L'ÉTÉ OÙ IL FAILLIT MOURIR

du même auteur
chez le même éditeur

AVENTURES D'UN GOURMAND VAGABOND
DALVA
DE MARQUETTE À VERACRUZ
EN MARGE (MÉMOIRES)
ENTRE CHIEN ET LOUP
EN ROUTE VERS L'OUEST
FAUX SOLEIL
LA FEMME AUX LUCIOLES
JULIP
LETTRES À ESSENINE
LOINTAINS ET GHAZALS
LA ROUTE DU RETOUR

coédition Seuil Jeunesse / Christian Bourgois éditeur

LE GARÇON QUI S'ENFUIT DANS LES BOIS

JIM HARRISON

L'ÉTÉ OÙ IL FAILLIT MOURIR

Traduit de l'anglais (États-Unis)
par Brice MATTHIEUSSENT

Collection « Fictives »
dirigée par Brice MATTHIEUSSENT

CHRISTIAN BOURGOIS ÉDITEUR

Titre original :
The Summer He Didn't Die

ISBN 2-267-01810-1

L'Été où il faillit mourir

I

À quoi bon vivre si je dois me faire arracher plusieurs dents ? se demanda Chien Brun, assis sur une souche de pin blanc à côté d'une rivière boueuse avec, pour seule compagnie, sa joue tout enflée. C'était fin avril, la saison de la truite ouvrirait dans deux jours. Braconnier impénitent, Chien Brun avait déjà fait deux bonnes pêches de truites de rivière, non par mépris envers les pêcheurs respectueux de la loi, mais parce qu'il avait faim de truites de rivière, tout comme son oncle Delmore et ses enfants adoptifs Red et Baie. Malgré tout, Chien Brun appréciait énormément l'ouverture de la saison de la truite, car cette date signifiait la fin de l'hiver, même si à ses pieds, près de la souche, il y avait encore une grande plaque de neige décorée çà et là de crottes de chevreuil.

Me voilà assis dans la péninsule Nord du Michigan, quatre-vingt-dix kilos de viande frissonnante plus trois dents qui me font un mal de chien et qui, en guise de messages, échangent entre elles pulsations, palpitations et élancements comme le langage secret de la souffrance, pensa-t-il. Chien Brun n'était pas ce qu'on appelle un penseur profond, mais lors de cette rage de dents, des réflexions relatives à la mort avaient tendance à naître en lui durant les quelques secondes d'accalmie relative qui séparaient la douleur diffuse du coup d'aiguillon électrique, l'apogée et le léger reflux. Assis sur cette souche, il plissa les yeux et sa vision de la rivière devint celle d'un immense serpent marron qui émergeait en ondulant du vert profond d'un marais de cèdres. Jusqu'à l'automne précédent, l'eau de cette rivière avait été limpide, même après les grosses pluies, mais les crétins responsables de l'entretien de cette route du comté avaient bousillé un fossé d'écoulement proche de la route, en amont, et maintenant la rivière avait la teinte répugnante d'une flaque d'eau croupie.

Chien Brun savait que ses dents étaient simplement des dents, qu'il ne fallait pas les laisser repeindre le monde aux couleurs hideuses de leur rage. La semaine passée, lorsqu'il s'était présenté aux services sociaux, très désireux de trouver un peu d'aide pour apaiser ses tourments, on ne lui avait pas aussitôt permis de voir son alliée Gretchen ; il dut d'abord affronter le cerbère des lieux, Terence Stuhl, le directeur des services sociaux, qui rappelait toujours à Chien Brun les eaux douteuses de la rivière Escanaba après qu'elle eut traversé l'usine de papeterie locale. Stuhl, davantage assommé d'ennui que vraiment méchant, se mit à pouffer de rire dès qu'il repéra Chien Brun dans le miroir accroché au bout de son bureau pour refléter l'image de quiconque entrait dans le hall de son domaine et s'y trouvait temporairement arrêté par l'hostilité délibérée des réceptionnistes pour qui tous les chômeurs étaient des délinquants en puissance, des bons à rien qu'il fallait à tout prix humilier. En plus de ses gloussements incessants, Stuhl suçotait si vigoureusement sa pipe éteinte que l'extrémité du tuyau venait parfois cogner contre sa luette ; il se mettait alors à tousser violemment, puis à téter une bouteille d'eau minérale de luxe, payée par les contribuables du comté de Delta.

Mais Stuhl était loin d'être le plus gros couillon auquel Chien Brun se trouvait confronté dans sa vie de tous les jours. Stuhl prit simplement dans un placard le dossier de Chien Brun, en fait une seule feuille volante ; puis, tout en pouffant et en toussant, il récita la liste des délits mineurs et des infractions dont son interlocuteur s'était rendu coupable par le passé : exploration sous-marine illégale de vieux rafiots coulés dans le lac Supérieur, vol d'objets à bord de ces épaves et revente desdits objets ; vol d'un camion frigorifique pour transporter le corps d'un Amérindien découvert en grande tenue de cérémonie au fond du lac Supérieur ; déprédations répétées commises aux dépens des biens et du campement d'anthropologues de l'université du Michigan, qui désiraient effectuer des fouilles sur le site d'un ancien cimetière autochtone, peut-être le site Hopwell situé le plus au nord, dont l'emplacement secret avait été divulgué par mégarde à une très jolie étudiante nommée Shelley pendant que Chien Brun se vautrait honteusement dans le stupre. Il y avait aussi quelques babioles, par exemple une interdiction légale de se rendre dans le comté d'Alger, où se trouvaient le site du cimetière et son ancien foyer à Grand Marais, un adorable village au bord du lac Supérieur. Une autre accusation de fuite à Los Angeles pour échapper au bras de la justice n'avait pas été retenue, grâce aux efforts de Delmore, l'oncle de Chien Brun, un pur Indien Chippewa (Anishinabe). Delmore avait réussi à éviter la prison à Chien Brun en arrangeant le mariage de ce dernier avec Rose, elle-même complice dans l'attaque du site anthropologique. Malheureusement, dans une bagarre Rose avait arraché avec ses dents un bout de doigt d'un flic de l'État et elle devait encore passer un an et demi à l'ombre, ce qui semblait très long, deux ans en tout, mais son avocat commis d'office, un bleu fraîchement débarqué de Lansing, loin au sud, avait déclaré qu'au vu des photos Rose avait également collé deux yeux au beurre noir à ce flic tout en lui arrachant aussi l'oreille après qu'il lui eut touché les seins. Par ailleurs, Rose avait braillé tant et plus durant le procès, criant que le juge pouvait bien lui embrasser son gros cul, une déclaration qui avait provoqué les rires du public et la colère du juge, surtout quand Rose s'était retournée face au mur et pliée en deux pour montrer au juge toute l'ampleur de la cible. Chien Brun avait hélas manqué ce grand moment, car il avait pris la poudre d'escampette vers Los Angeles en compagnie du frère aîné de Rose, Lone Marten. L'autre frère de Rose, David Quatre-Pieds, avait été le grand copain d'enfance de Chien Brun et il était mort dans la prison de Jackson. Rose s'était mal comportée en détention ; ainsi, lorsque Delmore, Chien Brun et les enfants de Rose, Red et Baie, s'étaient rendus en voiture à la prison toute proche de Sault-Sainte-Marie, les enfants n'avaient pas eu le droit d'assister à la cérémonie de mariage de leur mère. Rose n'avait même pas embrassé C.B. à travers le lourd grillage métallique.

« Mon cœur et mon corps appartiennent toujours à Fred », chuchota-t-elle seulement, faisant ainsi allusion à un autre membre du commando qui avait attaqué les anthropologues. Lors du long trajet de retour en voiture, Chien Brun se dit que le seul mariage de ses quarante-neuf années d'existence n'avait guère été spectaculaire, mais que ça valait mieux que de croupir lui aussi en prison. L'arrangement trouvé par Delmore avec le procureur pour permettre à Chien Brun de revenir de l'Ouest pas si doré que ça était assez simple : épouser Rose et assumer la charge pleine et entière de l'éducation de ses enfants, Red et Baie, nés de deux pères inconnus, et ainsi faire économiser un sacré paquet de fric au comté. Red, âgé de douze ans, ne posait aucun problème. Mais Baie, sept ans, était victime du syndrome d'alcoolisme de la mère enceinte ; c'était un cas bénin, mais assez grave néanmoins pour lui retirer toute chance de mener ce que la société définit maladroitement comme étant une « vie normale », un concept aussi brumeux que le destin même de la république. En tant qu'Indienne pure et membre actif de la tribu, Rose bénéficiait de quelques avantages financiers, et avec un peu d'aide des services sociaux, sans oublier ce qu'il gagnait en coupant du bois pour Delmore, Chien Brun se débrouillait pour payer l'éducation des deux enfants, son seul chèque garanti étant les cinquante dollars hebdomadaires que Gretchen et les services sociaux avaient réussi à extorquer à Delmore après qu'un arbre sournois eut écrasé le genou de Chien Brun.

De fait, les talents domestiques relèvent de l'acquis et jusqu'à son mariage en prison Chien Brun n'y avait guère consacré davantage que quelques instants quotidiens. Il avait passé le plus clair de sa vie dans des chalets de chasse en troquant son loyer contre ses services d'homme à tout faire. Il savait à peu près poser un linoléum neuf et bon marché, refaire un toit, retaper les sommiers affaissés, bricoler les poêles à bois en voie de désintégration rapide et couper le bois de chauffe : il trouvait donc toujours un endroit où habiter. Ces modestes talents le qualifiaient mal pour éduquer deux enfants, mais Doris, la mère de Rose, bien que malade, l'avait beaucoup aidé jusqu'à ce matin de Noël fatal où elle était morte, un événement regrettable qui entraîna des conséquences diamétralement opposées aux grandes espérances de Charles Dickens. Le chalet de Delmore au fond des bois était difficile à chauffer dès les premiers jours de novembre et trop éloigné de la route pour que Red pût bénéficier du car scolaire, si bien que Delmore avait acheté une vieille caravane, installée à une centaine de mètres de la maison principale. À la pioche, Chien Brun avait creusé une fosse dans le sol gelé pour aménager des toilettes en plein air. Il y avait l'électricité, une cuisinière et un chauffage au gaz, mais il fallait transporter l'eau de chez Delmore dans un grand bidon de lait posé sur la luge de Baie. Hélas, cette luge se brisa bientôt et il dut en acheter une neuve ainsi qu'un toboggan pour l'eau, l'ensemble lui coûtant deux pleines journées de salaire.

Dès que Doris avait décliné, on l'avait transportée de la caravane à la maison de Delmore, où le vieil Indien s'était occupé d'elle avec patience. Amis depuis l'enfance, c'est-à-dire depuis plus de soixante-dix ans, ils étaient restés en contact durant les longues années où Delmore avait travaillé dans une usine de voitures située à plus de six cents kilomètres au sud, à Detroit, et il était alors devenu riche malgré lui, car pendant la Seconde Guerre mondiale il avait acheté une modeste ferme sur un terrain qui allait bientôt faire partie du quartier huppé de Bloomfield Hills.

Au bord de la rivière, Chien Brun descendit une ou deux gorgées de sa demi-pinte de whisky, puis il se colla contre les gencives trois compresses de camphre, un remède éprouvé mais hélas temporaire pour lutter contre les rages de dents. Il fut tenté d'emporter jusqu'à la taverne les dix billets qu'il avait en poche afin de les liquéfier sans plus attendre, mais il en avait besoin pour faire les courses du dîner, tant pour les gosses que pour lui-même. Aux services sociaux, Gretchen lui avait donné *Le Livre de cuisine de papa*, par Robert Sloan, et il reconnaissait peu à peu qu'il en était venu à apprécier davantage cette tâche que ses haltes à la taverne après une journée passée à couper du bois. Il n'y avait pas de touristes de sexe féminin à reluquer à la fin de l'automne, en hiver ou au début du printemps, rien que les bons vieux habitués du coin et des deux sexes, qui ressassaient leurs éternelles litanies, le mauvais temps, les canalisations gelées, les chèques en retard, l'ingratitude des enfants, l'infidélité des maris et des épouses.

Depuis l'arrivée du livre de cuisine, Delmore avait pris l'habitude de rôder autour de la caravane vers l'heure du dîner en reniflant comme un vieil ours prêt à boulotter du poulet. Il prenait toujours un récipient Tupperware, car le comportement imprévisible de Baie lui tapait vite sur les nerfs, surtout quand Red rentrait de l'école en retard, que Chien Brun cuisinait et que Delmore se sentait alors sans défense face aux manifestations d'affection débordante de Baie. Selon Chien Brun, l'esprit de Baie souffrait d'un câblage défectueux ; ainsi, quand elle pissait contre un arbre, se baladait la nuit ou hurlait des chansons sans queue ni tête, ces excentricités faisaient tout bonnement partie de sa nature, tandis que Delmore tenait à ce que le couvercle de la réalité fût toujours solidement vissé. Il aimait Baie, mais il tenait à rester à bonne distance de ses excès. Delmore, qui avait trop regardé les films de *La Planète des singes* à la télévision, disait volontiers : « Nous sommes tous des singes, en moins poilu », et Baie le ramenait une fois de plus à cette époque révolue. Chien Brun avait remarqué un déclin notable chez Delmore depuis le décès de Doris, presque cinq mois plus tôt. Alors qu'elle était sur son lit de mort, il lui avait chanté presque chaque jour : « J'aimerais t'emmener en bateau jusqu'à la Chine » ; Chien Brun trouvait que c'était vraiment une chanson bizarre à chanter à une mourante, même si Doris adorait ça et chantait souvent avec lui.

La veille au soir, quand Delmore s'était pointé à la caravane pour se faire servir une part de spaghettis aux boulettes de viande, il avait entonné : « En guise de récompense et de cadeau, le prince Igor eut droit à toutes les danseuses de son choix. Encore un peu de sauce, s'il te plaît. »

Delmore écoutait la radio canadienne avec son matériel compliqué et Chien Brun soupçonnait que certaines déclarations de Delmore venaient tout droit d'émissions sophistiquées. Delmore appréciait beaucoup que cette radio canadienne diffuse de nombreuses informations indiennes et parle des autochtones comme de « nos premiers citoyens ». Alors que Doris était allongée sur son lit de mort et que Chien Brun essayait d'obtenir quelques informations sur ses propres origines, Delmore avait augmenté le volume de la radio au point qu'on ne s'entendait plus penser. C'était une émission consacrée au jardinage en général, à la plantation et aux soins à apporter aux plantes vivaces en particulier, mais, de toute façon, Doris ne lui aurait sans doute fourni aucune information. La généalogie était le cadet de ses soucis. Delmore s'était senti passablement vexé quand Doris avait donné son sac-médecine à Chien Brun afin qu'il le conserve pour Baie jusqu'à ce qu'elle soit en âge de le cacher et d'empêcher Rose d'en vendre le contenu pour se payer à boire dès qu'elle serait sortie de prison. Doris lui avait montré sa pipe en forme de tête de huard, sculptée dans une pierre tendre du vivant de Jésus, selon ses dires.

Sur le chemin du retour vers sa voiture, Chien Brun fit un crochet vers une longue colline, un lieu où il se rendait volontiers quand son cœur et son esprit requéraient une vision de la vie plus large que celle proposée par les problèmes mesquins du quotidien, par exemple les eaux boueuses au lieu des rivières et des cours d'eau limpides qu'il aimait tant. Assis sur un surplomb rocheux, on apercevait à des kilomètres de là le confluent du bras ouest et du bras central de la rivière Escanaba ; dans un fourré du versant sud il y avait un nid de faucons rouges et, quelques centaines de mètres plus loin, une tanière d'ours, ce nid comme cette tanière utilisés chaque année, du plus loin qu'il s'en souvienne. C'était une colline qui dissipait la tristesse pour la disperser dans l'atmosphère ; quand il en eut presque atteint le sommet, il remarqua que certes il avait toujours mal aux dents, mais que cette douleur s'était un peu éloignée, comme s'il était un train et que son inconfort eût reflué jusqu'au fourgon de queue. Une fois le sommet atteint, il exécuta une petite pirouette sur la pointe d'un seul pied, ce qu'il faisait chaque fois pour se donner l'illusion d'avoir un champ de vision de trois cent soixante degrés. Il y avait eu un bref épisode de temps chaud caractéristique de la fin avril, suffisant pour provoquer les premiers bourgeonnements timides de vert pastel dans les arbres. Il aspira violemment l'air entre ses dents afin de récupérer après la rude montée et il eut l'impression d'inspirer dans ses poumons le printemps lui-même, les odeurs fraîches de la terre qui durant tout l'hiver se réduisaient à un simple souvenir. De rares larmes lui envahirent les yeux quand il vit le dos du faucon rouge filer en contrebas. Si l'on restait assez longtemps dans cette région, les faucons et les corbeaux locaux s'habituaient à votre présence et reprenaient leurs activités normales, même s'il était amusant d'irriter les faucons à queue rouge en imitant leurs sifflements rauques. Il fouilla sous les racines d'une souche et en tira une boîte métallique contenant des billes, des têtes de flèche et une photo de Lana Turner presque nue qu'il possédait depuis l'âge de douze ans. Il ne la regarda pas, mais continua de creuser à la recherche d'une bourse en cuir qui abritait une pinte de schnaps à la menthe à moitié pleine, dont il but une grande lampée avant de s'allonger pour se plonger dans une séance d'étude des nuages. Delmore lui avait dit que loin à l'ouest, dans le nord de l'Arizona, il existait une tribu qui vivait dans les falaises et ses membres croyaient que les âmes de leurs ancêtres défunts avaient pris résidence dans les nuages. Il aimait donc penser que sa propre mère, dont il ne se souvenait pas, habitait ce stratocumulus qui approchait de l'ouest, et que peut-être le père qu'il n'avait jamais rencontré la rejoignait dans ce nuage. Son grand-père, qui l'avait élevé, avait adoré les éclairs et les nuages d'orage ; assis sur la vieille balancelle de la véranda, il regardait les orages d'été traverser la partie nord du lac Michigan. Chien Brun n'accordait jamais la moindre pensée à sa propre vie après la mort, qu'il découvrirait bien assez tôt. Au moment précis où le faucon rouge le survolait rapidement pour d'un coup d'œil observer ce corps allongé en contrebas, Chien Brun pensa qu'au paradis il vivrait sous la forme d'un faucon rouge dont la tête aviaire n'abriterait pas la malédiction des dents.

Redescendant la colline après une brève sieste et une autre généreuse lampée de schnaps, il s'arrêta, en proie à une terreur soudaine, quelques secondes d'une hésitation bien compréhensible à l'idée de retrouver un univers domestique pour lequel il n'avait aucune formation véritable. L'éventualité de passer au moins une bonne année en prison lui rappela les paroles de son grand-père : « Coincé entre le marteau et l'enclume. »

Lorsqu'il rendait visite à des amis condamnés, les prisons lui semblaient puantes, elles résonnaient du fracas des grilles et des portes claquées, et puis la nourriture y était infecte, il n'y avait pas de place pour marcher, ni le moindre oiseau. Son ancienne petite amie, Shelley, l'étudiante en anthropologie, lui avait raconté qu'autrefois, au Moyen Âge, on décrivait l'enfer comme un lieu d'où tous les oiseaux étaient bannis. La prison était aussi un endroit sans femmes, une perspective tout aussi sinistre et une punition plus immédiate. Chien Brun était formidablement attiré par les femmes, il ne connaissait rien de cette hésitation typique de ses homologues plus contemporains qui entraient dans la vie des femmes sur la pointe des pieds et en sortaient de même, avec un bandeau sur les yeux, des bouchons dans les narines et dans les oreilles, et les faibles palpitations d'un cœur ironique. Par une chaude matinée d'été, alors qu'un drap humide était entortillé autour des genoux d'une Shelley entièrement nue, Chien Brun avait longuement contemplé les parties génitales de son amie avant de se mettre à applaudir avec excitation. Elle se montra légèrement irritée d'être ainsi réveillée, puis elle s'attendrit à l'idée que ce rustre sorti du fond des bois ait trouvé belle cette partie de son anatomie qui suscitait chez elle quelques doutes.

Quand Chien Brun atteignit sa voiture, une Chevelle 72, la violence de sa rage de dents le fit trembler des pieds à la tête. Il absorba quatre Ibuprofen avec une gorgée d'eau de sa gourde. Delmore avait eu cette voiture en guise de dédommagement pour une grosse dette d'un cousin d'Iron River, sans se rappeler que cette vieille berline marron était équipée d'un puissant moteur 396, ce que Red sur la banquette arrière appelait « un vrai tigre » ; et quand Chien Brun enfonça le champignon pour voir ce qui se passerait, il faillit subir le coup du lapin. Histoire de s'amuser, Delmore racontait que les flics de Detroit se servaient de Chevelles pour donner la chasse aux bandits. Chien Brun fut atterré. Rose, en état d'ébriété avancée, lui avait bousillé son vieux van bien-aimé, un Dodge, après quoi il avait eu droit au pick-up Studebaker sans vitres latérales. Suivant le conseil de son grand-père, il roulait d'habitude à quarante-neuf miles à l'heure, ce qui par coïncidence était aussi le chiffre de sa température préférée exprimée en degrés Fahrenheit.

Sur le trajet du retour, il s'aperçut que son irritation envers Delmore augmentait. Ce jour-là, après avoir franchi tous les obstacles des services sociaux, dont le baveux Stuhl, pour atteindre le bureau de son alliée Gretchen, il lui avait déballé tous les affres de son mal de dents, mais sans qu'elle réagisse vraiment à ses tribulations. Loin de manifester son enthousiasme habituel, Gretchen restait morose. Comme tous deux étaient de vieilles connaissances, presque des amis, Gretchen lui avoua qu'elle venait de se faire plaquer par sa copine, une fille qu'elle connaissait depuis huit ans et avec qui elle vivait une sorte de « mariage » entamé lors de sa troisième année d'études à l'université d'État du Michigan. Malgré sa déprime, elle se débrouilla pour que Chien Brun obtienne une consultation gratuite chez une dentiste de ses amies. Mais il n'y avait pas d'argent public disponible pour un vrai traitement. Gretchen se déclara néanmoins certaine de pouvoir arracher l'argent des soins dentaires à Delmore, en remettant sur le tapis l'odieuse radinerie du vieil Indien peu désireux de s'occuper des frais médicaux de Chien Brun quand un arbre, tombé là où il n'aurait pas dû, lui avait fracassé la rotule. Et puis, elle pouvait aussi contraindre légalement Delmore à installer une plomberie digne de ce nom dans le mobile home miteux. Delmore, qui détestait Gretchen, la qualifiait en ricanant de « fille de Sappho », une expression péjorative et vieux jeu pour désigner une lesbienne. Plutôt que d'écouter les invectives de Gretchen, Chien Brun laissa son esprit dériver vers la serveuse de boui-boui à qui il avait fait l'amour sur la moquette du salon de Gretchen alors qu'il était censé repeindre les murs en jaune. Cette serveuse avait une jambe plus courte que l'autre, mais au bout de nombreux matins passés dans ce boui-boui pour prendre son petit déjeuner, il avait décidé que cette jambe possédait un charme certain. Il n'avait pas remarqué que la maîtresse de Gretchen était à l'étage, la croyant partie au travail. Chien Brun fouilla dans le tiroir de la lingerie intime de Gretchen, y découvrit des photos et comprit que cette dame était vraiment canon. C'est triste à dire, mais en entendant tout le boucan amoureux juste sous ses pieds, elle téléphona au bureau de Gretchen et Chien Brun fut surpris la main dans le sac.

Ce léger malentendu refroidit un peu leur amitié, laquelle se réchauffa progressivement, surtout parce que Gretchen avait un faible pour cet improbable hurluberlu, si différent de son propre père et des amis de celui-ci dans la banlieue modérément chic de Grand Rapids où elle avait grandi et où tous les hommes occupaient des postes à responsabilités chez Steelcase (soi-disant le plus grand producteur mondial de bureaux, meubles de rangement et chaises pliantes), ou chez Amway, une version modernisée de l'ancienne Fuller Brush Company. Elle détestait de tout son cœur son butor de père, sans parler de ses amis et de leur condescendance voilée mais implicite envers la gente féminine, depuis la Vierge Marie jusqu'aux chattes et aux chiennes. S'ils devaient pêcher avec des vers femelles, alors ils se moquaient de ces vers avec toute l'arrogance étonnante à laquelle trop de membres masculins de notre culture croient avoir droit pour la simple raison qu'ils possèdent un zizi.

Chien Brun fit le pied de grue une bonne heure dans la salle d'attente de la dentiste huppée amie de Gretchen. Ce lieu lui rappela les hôtels chic de Chicago, même s'il en avait seulement contemplé les fastes de l'extérieur, par la devanture vitrée. Il y avait là trois femmes et deux hommes qui attendaient comme lui, de toute évidence des membres de ce que Delmore appelait le « gratin » d'Escanaba, une catégorie qui pouvait tout aussi bien inclure de riches concessionnaires de voitures et leurs épouses. Aucun des gens présents dans la salle d'attente ne lui retourna son signe de tête amical ; pour expliquer leur impolitesse il se dit qu'ils souffraient peut-être autant que lui. Il remarqua alors son pantalon tout empoissé d'une sève de pin qui y avait attiré la terre, ainsi que les grosses taches grasses sur son T-shirt aux motifs de camouflage, des taches dues au ragoût de poulet mexicain qu'il avait préparé la veille au soir à partir d'une recette du *Livre de cuisine de papa*. Il avait acheté ce T-shirt dans un lot soldé au fond d'un supermarché de produits au rabais, douze T-shirts en fait pour un dollar pièce. Il se rappela soudain que, dans sa jeunesse, les riches saluaient les pauvres dans la rue, une habitude quasiment oubliée.

La dentiste était assez corpulente et bronzée, mais C.B. ne put s'empêcher de se sentir titillé lors de l'examen préliminaire quand le pelvis féminin recouvert d'une tunique verte lui effleura les genoux. Elle fut sincèrement atterrée en apprenant que, de sa vie, il n'était jamais allé chez le dentiste. Et Chien Brun se sentit assez gêné pour changer de sujet et lui demander pourquoi elle portait de minces gants en latex.

« Prévention contre le sida, espèce de crétin ! »

Elle n'était pas tant furieuse que stupéfaite de voir un homme allongé devant elle, la bouche ouverte, qui n'était jamais allé chez le dentiste. Et puis, Gretchen avait employé le terme de « crétin » en référence à C.B., sans oublier d'ajouter qu'il avait en ville la réputation d'être un formidable amant. La dentiste, Belinda Schwartz, n'avait pas vraiment trouvé son bonheur parmi les hommes de sa propre classe sociale, le « gratin » comme disait Delmore : il y avait eu Stuhl, le patron de Gretchen, qui était fasciné par toutes sortes d'instruments, deux concessionnaires de voitures et un alcoolique qui bossait pour le journal local et qui avait chié dans son froc après s'être écroulé dans la baignoire de Belinda. Alors cette dentiste, qui de toute évidence avait décidé de ne pas ressembler à un top model, prit l'habitude d'aller passer ses week-ends dans le Nord, à Ontonagon, où son esprit audacieux lui avait presque aussitôt gagné l'affection d'un certain nombre de jeunes autochtones, de deux mineurs finnois et d'un bûcheron mulâtre qui l'avait envoyée au septième ciel.

Interrogé, Chien Brun avoua avoir eu une précoce carrière de boxeur à mains nues et elle lui expliqua que c'était la raison pour laquelle ses dents se déchaussaient régulièrement et ses racines étaient si mal en point. Avant de le libérer, elle lui donna quelques douzaines de Percodan et de Percocet en admettant volontiers la douleur de son client, puis, comme convenu, elle appela Gretchen afin de lui demander un dépôt initial de trois mille dollars. Gretchen appela à son tour Delmore pour lui annoncer la nouvelle et le menacer d'installer sous la contrainte une plomberie digne de ce nom. Quand Delmore la traita de « vile brouteuse de moquette », elle lui répondit du tac au tac : « Ce coup-là, mon gars, c'est moi qui vais gagner. »

Deux semaines plus tard, les analgésiques envolés depuis longtemps, la rage de dents de Chien Brun était toujours l'otage de la guerre entre Delmore et Gretchen. Quand il était rentré de chez la dentiste en fin d'après-midi, il s'était attendu à essuyer une tempête de merde, au lieu de quoi Delmore pleurait en silence sur la balancelle de sa véranda ; puis il eut la bonté d'offrir à C.B. un verre de son whisky Four Roses rationné. Lorsque C.B. tapota l'épaule de Delmore, celui-ci annonça qu'il pleurait à cause de la jeunesse américaine. Cette déclaration surprenante réussit à planer seule dans l'atmosphère fraîche de ce mois d'avril, pendant au moins cinq minutes. C.B. avait déjà entendu maintes fois ces histoires de « jeunesse américaine », mais il demeurait néanmoins attentif à d'éventuels ajouts. Sur le chemin de la maison, il avait pris un Percodan avec une cannette de bière tiède trouvée sous le siège de la voiture, qui l'avait rendu aussi réfractaire qu'une tête monolithique olmèque aux débordements verbaux de Delmore, provoqués par l'inflexibilité du héros John Wayne dans *La Rivière rouge*, ou la virilité des entraîneurs de football américain Woody Hayes et Vince Lombardi, des propos auxquels C.B. répondait régulièrement : « C'est facile quand on reste sur la touche » ; alors Delmore ajoutait Bobby Layne, l'ancien trois-quart arrière des Detroit Lions, les braves jeunes gens d'Iwo Jima et de Pork Chop Hill, sans parler des guerriers Ojibwa, les propres ancêtres de Delmore, qui au dix-huitième siècle avaient repoussé l'invasion des Mohawk lors d'une bataille fameuse dans la partie orientale de la péninsule Nord.

La conclusion du morne discours de Delmore, c'était que dans l'ancien temps, « quand les hommes étaient vraiment des hommes », ils s'arrachaient eux-mêmes leurs dents au lieu de dépenser l'argent durement gagné par autrui. C.B. savait que c'était la vérité, car par une fenêtre donnant sur l'arrière de la maison il avait jadis vu son grand-père s'arracher une molaire. Il savait aussi que Delmore bénéficiait d'une assurance dentaire à cent pour cent, en tant que retraité de son usine automobile. Le lendemain, Delmore rapporta des tenailles flambant neuves et un litre de whisky en guise de provocation, une affaire en comparaison du coût de la dentiste, ou de l'installation de la plomberie dans la caravane.

L'impasse se poursuivit lors d'une longue soirée passée

dans les bois avec les tenailles et le whisky : il suffisait que le métal glacé de l'outil touche une dent douloureuse pour que Chien Brun recule d'effroi. Il se sentait submergé d'un profond sentiment de déclin physique et, lorsqu'il sortit son zizi pour pisser, il s'adressa à lui : « Un jour tu t'épuiseras, mon vieux. » Mais pas tout de suite, bien sûr.

Quand Chien Brun avoua à Gretchen le coup des tenailles et du whisky concocté par Delmore, elle péta les plombs et appela compulsivement le procureur du comté pour savoir si l'on ne pouvait pas poursuivre en justice de tels agissements, mais ce n'était pas le cas. Elle eut en effet droit à un raclement de gorge républicain et à cette information que l'autodentisterie était une relique du « bon vieux temps », quand « les hommes étaient vraiment des hommes ». Elle hurla alors au téléphone : « Espèce de sale connard ! » après quoi le procureur raccrocha avec un : « Tss tss tss, enfin ma chérie... »

Par la fenêtre de son bureau Gretchen regarda C.B. qui de toute évidence parlait à un corbeau perché au sommet d'un jeune érable, et ce corbeau semblait l'écouter avec une grande attention. Elle appela Belinda et donna son accord financier pour la plus endommagée des trois dents. Gretchen avancerait l'argent, bien que son ex-petite amie ait récemment siphonné leur compte joint. Même dans l'amour les gens mettent volontiers de côté des magots secrets, et Gretchen possédait une petite cagnotte qui couvrirait les frais de la première dent. Gretchen était sans doute une grande gueule, mais c'était aussi une femme préoccupée des problèmes sociaux, une femme qui avait lu tous les livres sur le sujet, de Simone Weil aux derniers brûlots apocalyptiques. Sa Subaru vieille de cinq ans exhibait sur le pare-chocs arrière un long autocollant où l'on pouvait lire « 5 000 000 d'enfants américains ont faim ».

Dans un tiroir de son bureau elle prit une cigarette cachée là pour ce genre d'occasion. Ce serait sa première cigarette depuis trois semaines et deux jours, mais elle en avait vraiment besoin.

Chien Brun fut légèrement étonné de voir Gretchen sortir par la porte de derrière du bâtiment des services sociaux. Il barbotait dans l'eau trouble des sept analgésiques, tout en restant parfaitement éveillé au forsythia en fleur dans la chaleur du soleil sur la façade est du bâtiment, attentif aussi au corbeau qui s'envola dès que Gretchen franchit la porte. Il était certain qu'il s'agissait du corbeau qui habitait les bois derrière la maison de Delmore : tant lui-même que ce corbeau se demandaient ce que l'autre fabriquait au centre-ville d'Escanaba. C'était presque l'heure du déjeuner, mais il avait bien du mal à traîner son estomac vers un endroit intéressant où ses dents pourraient le suivre, sinon pour ingurgiter une soupe au poulet. Gretchen, vêtue comme d'habitude d'un pantalon gris et d'un col roulé noir, suggéra une alternative impensable. Il lui prit la main pour l'embrasser comme dans les vieux films que Delmore aimait tant. Delmore s'écriait souvent que Charles Boyer touchait davantage de culs qu'un siège de toilettes.

« Nous allons chez la dentiste, dit-elle.

— J'irais n'importe où avec toi, rétorqua-t-il en inclinant le buste avec respect.

— Arrête ça. On y va tout de suite. »

Il suivit Gretchen jusqu'à sa voiture en croyant discerner l'infime bruit émis par le frottement de ses fesses compactes. Il y avait aussi une odeur de spray capillaire et de savon Dial. Son organe palpitait comme la grouse en son nid, mais il savait qu'il avait encore moins de chances de faire l'amour à Gretchen que de devenir pape ou président des États-Unis. Il fut déçu quand elle se contenta de le déposer devant le cabinet de Belinda, sans même prendre la peine d'entrer pour lui tenir la main.

Belinda aimait de toute évidence la bonne chère, et l'idée de renoncer à sa pause-déjeuner pour arracher une dent fut loin de lui plaire. Au lieu de savourer les délices tant attendus du buffet chinois, il lui faudrait se contenter de deux Big Mac ou Whopper Junior avalés en vitesse, lesquels gâcheraient le régime qu'elle avait entamé la veille au soir après une orgie de mayonnaise : cette dépendance alimentaire, elle la reprochait à ses parents qui l'avaient emmenée en France quand elle avait douze ans. Près d'Arles, dans un restaurant nommé Paradour, elle avait découvert l'aïoli et ne s'en était jamais remise. Elle le préparait elle-même et, après l'avoir englouti avec n'importe quel aliment qui lui tombait sous la main, elle fondait invariablement en larmes.

En attendant que le protoxyde d'azote ait fait son effet sur C.B., Belinda se demanda pour la centième fois pourquoi toute l'indéniable séduction de Gretchen demeurait inopérante. Lorsqu'elle pivota pour s'écarter du plateau d'instruments, en maudissant son assistante qui, elle, prenait son heure de déjeuner, elle découvrit avec surprise que son patient avait une érection très évidente et qu'il souriait béatement. D'habitude, dans le fauteuil du dentiste, les hommes avaient beaucoup plus peur que les femmes. Dans un placard elle prit une blouse protectrice, qu'elle fit lentement remonter le long du corps de Chien Brun, si bien que sa main toucha la protubérance du patient avant qu'elle n'ait fini d'installer cette blouse. Aussitôt, C.B. lui embrassa avidement la main et laissa une trace baveuse sur le gant en latex. Elle recula d'un pas, la pince tremblant entre ses doigts. Il suffirait de lui acheter quelques vêtements pour que ce type soit plus que présentable et, à voir ainsi sa sexualité dominer la peur de la douleur, on en concluait aisément que c'était un chaud lapin. Elle se sentit elle-même frissonner en bondissant vers la bouche de Chien Brun telle une tigresse, elle lui arracha ses trois dents gâtées en un rien de temps, après quoi elle le guida jusqu'à la petite salle de repos, un lit de camp et un vase de fleurs de forsythia mêlées à des fleurs de saule. Puis elle traversa la route pour aller dévorer ses Big Mac, décidant au dernier moment d'y ajouter une petite portion de frites. La seule idée du sexe lui donnait une faim de loup.

De retour à son cabinet, après une première et très grosse bouchée de hamburger, elle jeta un coup d'œil à son patient qui tenta de lui adresser un sourire aguicheur, malgré le sang qui lui coulait de la bouche. Belinda lui tapota les lèvres avec une compresse, puis ne put résister à l'envie de le serrer contre elle, de masser ses épaules musclées et de laisser une main s'égarer vers sa braguette. Il lui embrassa un sein, laissant une tache de sang sur la blouse de la dentiste, mais leur amour ne devait pas se concrétiser, du moins pas tout de suite. Belinda envisageait de faire passer sa jambe au-dessus du lit de camp, un bel exploit pour elle, quand on sonna à la porte d'entrée du cabinet : son assistante revenait de déjeuner avec cinq minutes d'avance, un événement inhabituel. Elle retrouva très vite sa contenance et dit à Chien Brun de la rejoindre chez elle ce soir à vingt et une heures précises, avant de quitter la salle de repos pour découvrir Gretchen qui était venue chercher son client. Gretchen regarda la tache rouge sur le sein de Belinda sans émettre le moindre commentaire, mais en remarquant que son amie cherchait son souffle comme si elle venait de gravir une montagne au pas de course. L'amour se trouve certainement au sommet, pensa-t-elle.

« J'en ai arraché trois pour le prix d'une, croassa Belinda.

— Merci. »

Gretchen compta cinq cents dollars sur le bureau de Belinda.

« On avait dit sept cents, protesta Belinda en reprenant ses esprits. J'ai une voiture à payer.

— Je ne peux pas faire mieux », dit Gretchen en jetant un coup d'œil désapprobateur par la fenêtre vers la Mercedes décapotable noire de Belinda, une SL500R, sans doute le seul modèle de ce genre dans toute la péninsule Nord, un véhicule affreusement coûteux, acheté au prix de gros par l'intermédiaire d'un oncle concessionnaire de voitures à Detroit. Compte tenu des habitudes sexuelles de Belinda, elle aurait été mieux lotie avec une Chevrolet Suburban équipée d'un matelas d'eau dans l'espace de chargement, de draps de satin noir et d'étriers disponibles *via* les petites annonces de la presse spécialisée. Gretchen réprima ses pensées pleines de fiel. Après tout, elle avait eu trois extractions pour le prix d'une. Belinda était une poire bien aimable, même si elle en avait hélas les formes rebondies.

Chien Brun émergea de la salle de repos avec un sourire béat et un morceau de gaze rosâtre à la commissure des lèvres.

« Ma tête pèse une livre de moins », annonça-t-il d'une voix pâteuse.

En fait, il se sentait merveilleusement bien. Sa bouche était enfin affranchie des pulsations douloureuses qu'il ressentait depuis plus d'un mois, et il avait envie de prendre son après-midi. Le soleil brillait, il faisait près de dix degrés, la saison de la truite était ouverte et, même si sa bouche le faisait encore souffrir, la disparition des pulsations douloureuses le rendait heureux comme un gamin, une réaction valable pour tous les membres de la race humaine. Alors qu'il se dirigeait vers la porte, Belinda lui glissa discrètement une carte de visite avec son numéro de téléphone, son adresse et « 21 h » griffonné en bas. Gretchen surprit ce geste et se retrouva malgré elle à admirer la vitalité de Belinda, sa capacité à « conclure ». Contrairement à ce que pensait l'ancien président Carter, la « lubricité mentale » était une abstraction futile.

Lorsque Gretchen se retourna sur le trottoir et vit Chien Brun embrasser la main de Belinda, elle n'eut pas la moindre envie d'acquérir les droits cinématographiques de l'escapade imminente, en oubliant que quatre-vingt-dix-neuf pour cent des gens qui font l'amour sur terre ne sont pas d'une beauté à couper le souffle, et que, si nous devons nous fier à Hollywood, les accouplements d'extra-terrestres sont encore moins séduisants.

La différence entre les souffrances physique et mentale n'était pas un sujet auquel Chien Brun avait beaucoup réfléchi. L'épuisante réalité quotidienne du travail physique avait tendance à transformer la nature diffuse de la souffrance mentale en petits nœuds psychiques ; ainsi, quand il coupait du bois, abattait des arbres ensuite envoyés aux usines de papeterie, la douleur provoquée par la trahison de Shelley divulguant l'emplacement secret du cimetière indien aux prédateurs patentés de l'université du Michigan se concentrait dans son cerveau pour atteindre la dimension d'un pois sec, qu'il pouvait d'ordinaire éviter comme la plupart des mauvais souvenirs. Ce qui lui rappelait la classe de CE1 quand, par un sombre et froid matin d'hiver, après avoir pissé sur un talus de neige, il s'était coincé le zizi dans la fermeture Éclair de son pantalon. Son meilleur ami, David Quatre-Pieds, s'était écroulé de rire dans la neige. Quand les jambes atrophiées de

David se fatiguaient, il se mettait à marcher à quatre pattes comme un chimpanzé et, lorsqu'il reçut son nom définitif, ce nom confirma le caractère permanent de son infirmité. Le chaman tribal avait prédit à David un avenir hors du commun, mais l'ami de C.B. trouva la mort dans une bagarre à la prison de Jackson, à vingt-cinq ans. Chien Brun pensait qu'à un moment ou à un autre tous les garçons se coincent le zizi dans la fermeture Éclair de leur pantalon, mais lorsque Doris lui apprit la mort de David, il s'effondra simplement par terre, englouti dans un tourbillon de douleur, le cœur brisé. Un mois plus tard, à Sault-Sainte-Marie, une connaissance à moitié Chippewa qui était gardien de prison se renseigna et finit par apprendre que l'adversaire de David avait lui aussi été poignardé à mort, moyennant quoi toute vengeance était désormais exclue, laissant enfin Chien Brun interroger les galaxies muettes quand, par les nuits d'été, il dormait à la belle étoile.

Vingt-cinq ans plus tard, alors qu'il rassemblait son matériel de pêche par un après-midi du début mai, il savait qu'il allait pêcher sur une portion de rivière où David Quatre-Pieds et lui-même avaient beaucoup aimé camper. Alors qu'il scrutait l'obscurité de son panier de pêche, il eut cette idée troublante : nous vivons surtout dans l'esprit des autres, mais nous sommes seulement morts quand nous sommes morts pour nous-mêmes. On comprendra aisément que cette idée le poussa à glisser la main sous le siège de la voiture pour atteindre la bouteille de schnaps. L'alcool lui fit l'effet d'une piqûre brutale dans les trois trous de ses dents absentes, mais cette sensation fut rendue tolérable par l'effet bénéfique de la gnôle.

Lorsqu'il entendit derrière lui le gravier crisser, tout courage l'abandonna. Il se retourna et vit Delmore debout sur la route de comté, à une cinquantaine de pas de la caravane, son air pensif annonçant une nouvelle requête de travail harassant. Chien Brun décida d'opérer une attaque préventive.

« Écoute. Je me suis fait arracher les dents sans que ça te coûte un dollar », déclara-t-il en montrant du doigt sa bouche ouverte.

Delmore acquiesça, comme si cet exploit témoignant d'une force de caractère exceptionnelle était en réalité une simple broutille. Ce qu'il voulait présentement, c'était que Chien Brun transplante quatre bouleaux et trois cèdres derrière la maison, pour former un modeste bosquet où Delmore pourrait enterrer l'urne contenant les cendres de Doris. Chien Brun accepta sans barguigner et ajouta une pelle à son équipement de pêche, en omettant de signaler à son oncle que les cèdres ne pouvaient survivre qu'en groupes nombreux. Il avait hâte de pêcher et l'assentiment constituait la meilleure tactique de fuite.

« Charlton Heston affirme que le gouvernement va nous prendre nos armes, hasarda Delmore afin d'essayer de prolonger la conversation.

— Pour les mettre où ? Je savais pas que tu en avais une...

— En tout cas, moi j'ai le droit d'en posséder une », grommela Delmore.

Chien Brun haussa les épaules et monta dans la voiture, mais Delmore s'accrocha d'une poigne de fer à la portière afin de poursuivre ses fadaises. Chien Brun lui suggéra de planquer ses pistolets et sa carabine inexistants dans une bûche creuse. Après tout, l'été précédent la police locale et les sauveteurs n'avaient pas réussi à retrouver le gamin soi-disant perdu dans un marais de quarante arpents. Chien Brun, présent sur les lieux des recherches, avait remarqué quatre flics, chacun dans sa voiture de patrouille, qui passaient leur temps à discuter entre eux sur des radios bruyantes : comment auraient-ils pu entendre le gamin si jamais il avait appelé à l'aide ? Chien Brun connaissait les parents du garçon, des alcoolos et des bons à rien que pour rien au monde il n'aurait fréquentés. Juste avant la tombée de la nuit, quand les secouristes interrompirent leurs recherches pour dîner, Chien Brun lança : « Ralph, truites grillées ! » et le gamin émergea du marais, couvert d'algues, dégoulinant d'eau, le visage enflé par les piqûres d'insectes. Quand C.B. emmena Ralph dîner chez Delmore, celui-ci appela le grand-père du gamin à Baraga dès qu'il eut constaté les traces des coups donnés par les parents ivrognes. Le lendemain matin, après que le grand-père fut passé chercher son petit-fils, Chien Brun emmena Delmore en voiture jusqu'à la caravane des parents et Delmore leur annonça très calmement qu'ils seraient condamnés à la prison à perpétuité si jamais ils essayaient de récupérer leur gosse.

À l'approche d'un cours d'eau à truites ou d'un étang de castors, Chien Brun avait invariablement le trac, même s'il avait déjà consacré plusieurs milliers de jours de son existence à la pêche à la truite. Il en était venu à penser que ces frissons n'étaient guère différents de ceux qui précèdent l'amour, quand le cœur palpite, que la bouche se dessèche et que l'environnement immédiat perd ses contours. Pour se calmer, il décida de déterrer d'abord les petits cèdres et les bouleaux, d'en envelopper les racines dans les morceaux de toile mouillée qu'il avait apportés afin de protéger les radicelles qui absorbaient la nourriture de l'arbre. Alors qu'il creusait, il fut troublé par la perspective de son rendez-vous avec Belinda, le soir même. Le léger embonpoint de la dentiste ne diminuait en rien l'intensité des fantasmes de Chien Brun, l'idée qu'ils s'accoupleraient peut-être comme des ours au clair de lune dans son jardin. Il espéra qu'il lui restait une chemise propre, car Belinda était très classe, même si son expérience avec la riche anthropologue Shelley l'avait convaincu que l'amour était plus fort que sa garde-robe miteuse.

En forêt, Chien Brun était très attentif et sur ses gardes, sauf quand l'ivresse de la baise s'emparait de son cerveau ; ainsi ne vit-il pas un homme adossé à un pick-up couleur olive, qui l'observait avec des jumelles, à deux cents mètres de là sur la route. Chien Brun mit les arbres dans son coffre, qu'il laissa ouvert mais attacha au pare-chocs arrière avec une corde. Il bondit soudain en arrière quand Dirk, le garde-chasse, freina brutalement près de lui avant de jaillir hors de son véhicule, la main sur le holster. Les gardes-chasse de la péninsule Nord étaient particulièrement méfiants depuis que l'un d'eux avait été assassiné dans la Garden Peninsula, quelques années plus tôt.

« Dirk, c'est moi », murmura Chien Brun.

Les pistolets l'effrayaient, car ils étaient conçus pour faire des trous bien rouges dans le corps des gens.

« Je sais bien que c'est toi. Mais ç'aurait pu être quelqu'un qui te ressemblait, répondit Dirk, dont la main quitta le holster. Quoi qu'il en soit, tu es en état d'arrestation pour vol de biens appartenant à l'État. »

Tous deux regardèrent les quarante arpents où Chien Brun venait de déterrer les jeunes bouleaux et les cèdres. Au cours de l'hiver toute la région avait été ratiboisée par l'industrie du bois et aucun ouragan ni aucune tornade digne de ce nom n'aurait pu dévaster à ce point quarante arpents de forêt. Il y avait des tas de cimes d'arbre un peu partout, l'eau emplissait les tranchées creusées par les pneus monstrueux des transporteurs de billes de bois. Beaucoup d'arbres jeunes avaient été blessés à mort par la chute d'arbres plus anciens, quand on les avait coupés.

« C'est la loi, renchérit Dirk.

— La loi pue comme un gros tas de merde dans une vieille chaussette sale, hasarda Chien Brun.

— Peut-être que oui, mais j'ai déjà rapporté le délit par radio. Faut que je t'embarque.

— Tu veux vraiment me faire passer un an en taule pour quelques malheureux arbrisseaux ? Je suis déjà en liberté conditionnelle. Et pas plus tard que ce matin je viens de me faire arracher onze dents. » Chien Brun ouvrit grand la bouche et montra les trous sanguinolents, qui firent reculer Dirk. « Red et Baie seront envoyés dans des familles d'accueil. Tu te rappelles peut-être qu'après Thanksgiving et juste avant qu'elle passe l'arme à gauche, Doris t'a donné un gros morceau de gâteau au chocolat ? Delmore t'a fait cadeau d'un couteau à manche en os et d'un sifflet fabriqués par son arrière-grand-père avant la guerre de Sécession. Rien que la semaine dernière, Baie a montré à ta femme un endroit d'où observer toutes les fauvettes du printemps. Nous constituons une vraie famille américaine et voilà maintenant que tu viens pisser dans le whisky. Cette année, en ton honneur, j'ai même acheté un permis de pêche... »

Dirk encaissa en grimaçant et en dansant gauchement d'un pied sur l'autre. Le métier de garde-chasse était parfois un vrai casse-tête. En mars, il avait poursuivi un poivrot en motoneige qui, à cause d'une bosse, avait percuté un lampadaire avec une force telle qu'il avait eu la jambe presque arrachée. Dirk avait bêtement ouvert la combinaison du conducteur de motoneige et constaté une fois encore l'incroyable quantité de sang contenue par un corps humain. Ce soir-là, de retour chez lui, il avait sauté le dîner. Et puis il y avait Doris, sa vieille dame préférée sur terre, loin devant sa virago de mère qui donnait des cours à l'hôpital local. Doris lui racontait des histoires merveilleuses sur l'ancien temps, comment durant la Dépression, quand les chevreuils se faisaient rares, ses frères et elle avaient aidé leur père à déterrer et à tuer trois ours enfouis dans leur tanière, pour les manger, moyennant quoi la famille avait souffert de cauchemars d'ours si graves qu'il fallut appeler un chaman Medewiwin pour les exorciser. Doris ajouta qu'un cousin habitant près de Leech Lake dans le Minnesota avait un jour eu si faim qu'il avait mangé un loup pris au piège et, dès le lendemain, égorgé son propre chien à pleines dents. Son cousin n'avait jamais retrouvé le moindre bon sens et il avait disparu vers le nord en clopinant dans la neige sur une seule raquette. Doris avait conclu cette histoire en disant à Dirk : « Faut faire bien attention à ce qu'on mange. »

Un compromis fut trouvé. Dirk aida Chien Brun à replanter les arbres dans leurs trous avec leurs toiles mouillées, si bien que Chien Brun pourrait les déterrer de nouveau après la pêche, quand Dirk se trouverait dans une autre partie du comté. Lorsqu'ils eurent terminé, les deux hommes regardèrent autour d'eux sans émettre le moindre commentaire. Rien de ce que l'homme fait subir à la nature n'est très joli, ni n'y ajoute quoi que ce soit ; Chien Brun avait beau gagner sa vie en coupant du bois, l'horreur des résultats immédiats l'effarait. Bien sûr, au bout d'un an ou deux, la terre se réparait toute seule grâce à de nouvelles pousses, mais l'utilisation du papier pour les journaux, les boîtes en carton, les sachets, les pages brillantes des revues, tout cela semblait pour le moins douteux.

Tandis que Chien Brun farinait et assaisonnait sa douzaine de truites de rivière, il se remémora la manière dont il les avait prises. Les quatre premières avaient émergé d'un tourbillon brumeux grâce à des vers et à une cuiller

Colorado pour assurer une bonne visibilité, les cinq suivantes furent pêchées avec un faux bourdon taïwanais, et quand ce leurre se démantibula à la manière classique des mouches taïwanaises bon marché, il attrapa les trois dernières truites dans un dévers avec sa mouche préférée, une *muddler* femelle n° 16 dotée d'un minuscule ventre jaune, qu'il considérait comme sa petite amie la plus fidèle. Dans une autre grande poêle noire, une Wagner en fer ayant appartenu à son grand-père, il prépara le « suprême de frites » selon Sloan, l'auteur du *Livre de cuisine de papa*, avec des pommes de terre, des oignons, un poivron vert, de l'ail et un peu de paprika. Red et Baie réclamaient souvent cette recette, qui avait l'avantage d'être facile à préparer en comparaison du plat de « spaghettis des grandes occasions » pour lequel il fallait faire frire un poulet entier avec de la saucisse italienne, que l'on ajoutait à une sauce *marinara*. Comme n'importe quelle mère de famille dotée d'un emploi, Chien Brun rentrait chez lui épuisé, si bien qu'il préparait partiellement ses plats la veille au soir. Par exemple, il avait déjà commencé de cuisiner le « chili de papa » pour le lendemain, à cause de son rendez-vous imminent avec Belinda, dont la seule pensée suffisait à lui enflammer les reins.

Quittant des yeux la cuisinière, il vit que Baie jouait avec son serpent noir apprivoisé sur la table de l'alcôve de la caravane. Elle essayait en fait de donner à manger au serpent un petit morceau d'ail bruni, à l'origine une erreur de cuisine qu'il aimait bien dévorer, mais pas autant que Baie qui elle en engloutissait une pleine tasse. Quand la maîtresse de Baie en « éducation spécialisée » avait envoyé un mot à la maison pour demander : « Que mange donc cette jeune personne ? », Chien Brun l'avait appelé pour lui expliquer la passion de sa fille adoptive.

Chien Brun s'assit près de Baie, qui le serra dans ses

bras. Elle ne pourrait jamais lire, écrire ni même parler, mais Chien Brun communiquait parfaitement avec elle. À Noël, dans sa classe d'éducation spécialisée, Baie avait brandi les images de cinquante oiseaux différents en imitant le chant de chacun d'eux et tout le monde avait eu l'impression que ces oiseaux voletaient dans le sapin de Noël installé derrière le podium. Quand il avait emmené Baie et Red pêcher la perche sur la Big Bay de Noc, Baie avait rendu les mouettes à moitié folles avec ses imitations, et ces grands oiseaux avaient suivi leur bateau en masse, poussant presque Chien Brun à bout jusqu'à ce que Baie renvoie les mouettes vers la terre en imitant le cri de l'autour. Tous les oiseaux redoutent l'autour. Baie aimait manger des tranches de perche crue avec du sel et du Tabasco, mais Red n'y touchait jamais.

« Tu ferais mieux de mettre ton serpent ailleurs, mon cœur. Delmore et Red vont venir dîner dans une minute. »

Après l'école, Delmore aidait Red à faire ses devoirs et à présent Red n'avait presque que des A. Il était aussi capitaine de l'équipe de football de la classe de cinquième, ce qui n'était pas mal pour un métis.

En regardant Baie ranger son serpent dans un nid fabriqué pour lui en bas de son armoire, Chien Brun fut soudain submergé par une bouffée de nostalgie pour son ancienne vie non domestiquée. Dans un chalet dont il avait refait le toit entre deux saisons de chasse au chevreuil, il y avait un gros serpent noir qui restait lové autour du témoin lumineux de la cuisinière à gaz afin de s'y réchauffer. Quand, pour le petit déjeuner, Chien Brun mettait une poêle à chauffer, ce serpent s'en allait pour la journée, se faufilant par un brûleur avant de retrouver le sol pour rejoindre un endroit situé derrière la boîte à pain, tout près du poêle à bois. Dès qu'il faisait assez chaud, le serpent rampait jusqu'à un trou de souris situé dans un angle de la pièce, un trou qui menait au monde extérieur. Toutes les filles de la taverne qui venaient passer la nuit au chalet étaient horrifiées par ce serpent, sauf une gamine originaire de Germfask, membre d'un mouvement rural visant à l'amélioration de la jeunesse, qui assise près du poêle à bois fredonna *He's Got the Whole World in His Hands* (« Il tient le monde entier entre Ses mains ») sur l'air du concours de talents à la foire du comté. Le serpent parut charmé par cette prestation musicale qui vibrait et se lamentait comme un huard métallique. Âgée de dix-sept ans, cette fille était trop jeune au goût de Chien Brun, et puis elle évitait tout contact sexuel au lycée afin de conserver sa réputation. Cette musique ne dérangea pas Chien Brun. Ce n'était pas quelque chose qu'on avait envie d'entendre tous les jours, mais au moins cette fille, prénommée Rhonda, ne hurlait pas à la vue de ce pauvre serpent.

Quand il se retourna, il découvrit Baie qui sautait sur place, aussi haut que n'importe quelle gamine de sept ans dans la lointaine Afrique. Il lui avait promis une poupée après qu'ils étaient tous allés dans le comté d'Antrim pour le week-end prolongé de Memorial Day afin d'y cueillir des morilles avec quelques amis Pottawatomie de Delmore. Le seul fait de regarder Baie mit C.B. en rogne contre Rose. Doris, la mère de cette dernière, avait comparé sa fille à « une grosse pierre posée sur une étagère étroite ». Tu bois quand tu es enceinte et tu as une petite fille blessée dans la tête. La maîtresse de Baie leur dit qu'ils avaient de la chance dans leur malheur, car Baie était une enfant heureuse, isolée dans son propre monde, une nymphe des bois dont la curiosité faisait du monde naturel une source inépuisable de plaisirs, alors que la plupart des victimes du syndrome d'alcoolisme durant la grossesse étaient incontrôlables et déprimées, car souffrant de leur différence avec les autres. L'institutrice de Baie prêta à Chien Brun un livre de Michael Dorris, mais Chien Brun était incapable de le lire, car chaque page le navrait. En revanche, il avait dépassé le milieu de *Cent ans de solitude* ; en effet, un touriste lui en avait offert un exemplaire dix ans plus tôt. Il ne lisait jamais plus d'une page à la fois, mais ce livre lui donnait envie d'aller là-bas ; d'ailleurs, il avait remarqué sur la carte qu'il y avait beaucoup d'eau en Colombie et que la pêche y était sans doute excellente. Le problème, c'était qu'il ne pouvait aller nulle part tant que Rose serait en prison. À cause de Baie il ne réussissait pas à pardonner à Rose, mais le fait est qu'elle ne lui demandait pas vraiment son pardon, ou celui de Dieu. Ces questions abstraites poussèrent ses pensées à se recroqueviller pour se concentrer sur une vision de la doctoresse Belinda en porte-jarretelles. Il augmenta le gaz sous la poêle et retourna les truites pour que leur peau soit bien craquante et au goût des enfants.

Après le dîner et une douche dont le filet d'eau tiède descendait d'un réservoir d'eau chaude récupéré dans une casse, Chien Brun sortit de la salle d'eau et découvrit Delmore qui jouait aux échecs chinois avec Red et Baie ; les deux enfants n'avaient pas la moindre idée des règles, mais ils adoraient ce jeu. Delmore et Red étaient tolérants pourvu que Baie n'avale pas les pions ni ne les jette à terre. Delmore fut impressionné d'apprendre que Chien Brun sortait séduire une « femme exerçant une profession libérale » et il suggéra que, si son neveu ne bousillait pas l'affaire, la doctoresse Belinda pourrait peut-être jeter un coup d'œil gratuit aux dents des petits. À cause du rencard de leur beau-père, ils passaient la nuit chez Delmore, et Red protestait déjà à l'idée de devoir regarder *La Rivière rouge*, avec John Wayne, pour la centième fois. Chien Brun avait embrassé les enfants pour leur dire bonsoir et il était déjà à la porte quand Delmore, se rappelant quelque chose, lui tendit une lettre émanant du secteur scolaire et annonçant qu'à partir de septembre prochain Baie fréquenterait un internat de Lansing spécialisé dans ce type de handicap. Ici, personne ne savait très bien comment s'occuper de Baie, et puis les budgets locaux avaient subi des coupes claires décidées par l'État, mais ils étaient certains que l'internat de Lansing pourrait augmenter les « capacités de socialisation » de Baie et qu'un jour elle trouverait sa place dans la société. Il s'agit là d'une traduction de l'affreux jargon pédagogique, un langage aussi vain que le sabir juridique.

Chien Brun pâlit et rendit la lettre à Delmore. En ouvrant la portière de la voiture, il leva les yeux vers les étoiles qui commençaient à briller dans le crépuscule printanier, puis il hurla vers le ciel : « PAS QUESTION, BORDEL ! » après quoi il pointa les pouces vers le haut à l'intention de Delmore qui, debout sur le seuil avec Red et Baie, le regardait. Baie répondit au hurlement de Chien Brun par sa propre imitation de l'engoulevent, la plainte musicale et mélancolique d'un oiseau rarement observé, un son crépusculaire qui nous introduit à cette obscurité imminente que nous oublions durant la journée.

Belinda, vêtue d'un peignoir fuchsia, entendit sonner à vingt et une heures précises et ouvrit sa porte. Elle habitait une résidence appelée Nottingham Hills (les « Collines de Nottingham ») bien qu'il n'y eût pas la moindre colline alentour et que Nottingham se situât à environ huit mille kilomètres à l'est. Après des études mouvementées à Ann Arbor et à l'école dentaire de Detroit, elle désirait non seulement le chic d'une voiture neuve, mais aussi le chic d'un appartement neuf. Elle désirait un logement dépourvu de charme, mais efficace, qui ne lui demanderait aucun effort après avoir eu toute la journée les mains plongées dans la bouche des autres. Les soins dentaires ne constituaient pas une priorité absolue dans la péninsule Nord, une région victime de la dépression économique, qui dépendait de l'industrie minière, de l'exploitation des forêts et du tourisme ; dernièrement, Belinda s'était retrouvée face à quelques paysages dentaires affreusement dévastés, dont celui de Chien Brun, qui, debout sur le seuil de la dentiste, paraissait plus soucieux que lubrique.

« Entre, chéri.

— C'est pas de refus. »

En traversant l'entrée, il s'aperçut qu'il ne se rappelait pas avoir jamais mis les pieds dans une maison neuve. Derrière le parfum capiteux de Belinda, la maison dégageait la même odeur qu'une voiture neuve où il était récemment monté, par curiosité, chez le concessionnaire Chevrolet. On entendait un fond musical qui ressemblait aux harmonies assourdies diffusées dans le cabinet dentaire de Belinda.

« Quelque chose qui ne va pas ? s'enquit-elle, car elle s'était attendue à un fougueux assaut. Tu veux boire un verre ? »

Chien Brun accepta un whisky avec des glaçons et lui avoua sans plus attendre la menace qui pesait sur sa belle-fille Baie, tout en fixant des yeux l'extrémité opposée du plafond comme si cette surface récemment peinte détenait la réponse à sa question.

« Ils ne peuvent pas faire une chose pareille. Mon cousin est un gros avocat de Detroit. On laissera pas arriver ça, mon petit gars », assena Belinda, désireuse de changer l'ambiance de la soirée.

Chien Brun vida son verre en regardant Belinda à travers des larmes de gratitude. Il venait de trouver une alliée. Ils se percutèrent presque au milieu du salon, avant de tomber sur la moquette dont la douceur convainquit Chien Brun que c'était sans doute du poil de chat.

Quand C.B. partit, à l'aube, il se sentit brusquement envahi par la bruyante profusion des oiseaux chanteurs printaniers, et le gazouillis des fauvettes lui donna la chair de poule. De tous les combats amoureux qu'il avait menés au cours de sa vie déjà longue, Belinda venait de lui offrir le plus vigoureux. Il avait l'intention d'emporter dans les bois un sac de couchage avec sa tronçonneuse, car il devinait qu'il serait très vite épuisé. À l'occasion d'une brève pause dans leurs ébats, ils avaient dévoré un peu de poulet froid accompagné d'une mayonnaise qui avait l'odeur et le goût de l'ail. Il parla alors à Belinda de la prédilection de la petite Baie pour les toasts aillés. De toute évidence, deux femmes qui aiment l'ail ont toutes les chances de bien s'entendre. Puis ils dansèrent nus et en cercle, aux accents d'une musique mystérieuse dont Belinda déclara qu'elle était juive. Certes, leur spectacle n'était pas vraiment destiné à l'industrie du cinéma, mais il débordait de joie.

Pour ne pas réveiller les enfants, Chien Brun dormit deux heures vautré sur la banquette arrière de la voiture, en se demandant s'il existait un baume approprié à son zizi douloureux. Il se cacha le visage sous un petit gilet de Baie afin de se protéger contre le bourdonnement insistant des moustiques. Il avait invité Belinda à dîner, convaincu qu'elle apprécierait sans doute à sa juste valeur la recette de poulet à la saucisse qu'aimaient tant Delmore et les gosses.

Elle ne serait sans doute guère impressionnée par leur humble caravane et peut-être que Delmore consentirait à accueillir le dîner dans sa maison, même s'il tenait à éviter toute embrouille. L'essentiel, c'était d'amener Belinda à s'intéresser assez à Baie pour qu'elle intervienne contre le gouvernement, un monstre ténébreux dont Chien Brun n'avait jamais réussi à définir la nature exacte. Il se dit que ce serait formidable s'il existait un livre de recettes simples expliquant le gouvernement aux citoyens innocents, un livre entrecoupé de bonnes choses à cuire et agrémenté de photos. Il jugeait cruel et injuste d'être le père de Baie depuis six mois seulement et de voir le gouvernement bien décidé à la lui reprendre, un problème qu'on ne pouvait résoudre par quelques heures de pêche suivies d'autant de verres à la taverne locale.

II

Alléché par la perspective de soins dentaires gratuits, Delmore avait bien accueilli l'idée d'organiser chez lui le dîner pour Belinda. En descendant de sa rutilante voiture, elle commit l'erreur de déclarer qu'on aurait dû faire disparaître cette affreuse caravane abandonnée un peu plus loin sur la route. Chien Brun mit aussitôt les choses au point en déclarant : « C'est là que je vis avec les gosses. »

Pour réparer sa bourde, Belinda emmena ensuite Baie et Red faire un tour dans sa Mercedes décapotable. Chien Brun et Delmore furent abandonnés dans un nuage de poussière, tout près de la boîte à lettres, sur la route de comté.

« Je t'admire, lâcha Delmore.

— J'en doute », rétorqua C.B.

Il avait remarqué que Delmore était mentalement moins solide que par le passé, mais il soupçonnait aussi qu'avec l'âge son oncle avait fait tomber toutes les barrières qui entravaient son égoïsme foncier.

« Tu as tort, mon neveu. Voilà une dame bien substantielle. Son cul est aussi large qu'un manche de pioche est long.

— Suis-je ton neveu ? »

Chien Brun n'en revenait pas. Delmore ne l'avait

jamais appelé « mon neveu » et, même si, à quarante-neuf ans, il se désintéressait désormais de sa généalogie, néanmoins il éprouvait encore de la curiosité pour ses ancêtres, pour ces liens volontairement brouillés par le grand-père qui l'avait élevé, par Delmore en personne, et par Doris l'Indienne pur sang dont le décès à Noël dernier l'avait laissé pleurer une tante bien-aimée. Chien Brun comprenait très bien qu'il était un sang-mêlé, tout comme des dizaines de milliers d'habitants de la péninsule Nord. Lorsque les bûcherons et les mineurs avaient envahi la région pour la conquérir, ainsi que celles situées plus à l'ouest, leur énergie sexuelle avait jeté son dévolu sur les femmes disponibles, y compris sur les Indiennes Ojibwa (Anishinabe). Et après ? Delmore avait un jour déclaré que les gens sautaient de leur plein gré dans le robot Mixmaster de la sexualité et que le résultat final était sans doute amélioré par la diversité des ingrédients : « Si tu n'arrêtes pas d'accoupler des beagles à des beagles, tu vas obtenir des beagles débiles. » Ils venaient de passer une journée entière à chasser le lapin sans succès quand leur beagle avait disparu dans un marais tout proche de Rapid River ; ils le retrouvèrent le surlendemain, à une trentaine de kilomètres à l'ouest, en train de boulotter tous les œufs d'un élevage de poules.

Le dîner se passa très bien. Belinda apprécia beaucoup le plat de poulet grillé agrémenté de saucisse italienne et de ce qu'elle appela l'« épice de la vie » : l'ail. Une fois qu'il eut servi de généreuses portions à Belinda, Delmore, Red et Baie, Chien Brun se retrouva avec seulement deux ailes pour lui-même, mais il se dit avec philosophie qu'un père doit d'abord subvenir aux besoins de sa famille. Belinda avait aussi englouti avec appétit le salami de gibier qu'il avait servi en guise d'apéritif. La bonne nouvelle, c'était qu'elle allait examiner gratis les dents de Red et de Baie. La mauvaise, c'était qu'elle venait de déjeuner avec Gretchen et qu'on ne pouvait pas faire grand-chose pour s'opposer au départ de Baie pour Lansing au mois de septembre prochain. Apparemment, Chien Brun avait certes épousé Rose, la mère incarcérée, pour éviter lui-même la prison, mais il ne possédait pas encore « un statut clairement défini » envers les enfants. Il y avait une période probatoire de un an, dont la moitié seulement était écoulée. Il était tenu de satisfaire aux besoins de Red et de Baie, mais les services sociaux et le système pédagogique de l'État avaient toujours la haute main sur les enfants. Quand Belinda affirma que toute contestation devant les tribunaux risquerait de coûter une fortune, Delmore s'étrangla en avalant de travers son dernier spaghetti.

Pendant que C.B. faisait la vaisselle, Delmore fit visiter la maison à Belinda en se vantant que pas grand-chose n'avait changé depuis qu'il l'avait réparée après son retour dans le Nord durant les années 1950. Le linoléum était d'origine et Delmore avait posé de ses propres mains le papier peint à fleurs. Belinda resta perplexe devant le vestibule bourré de l'équipement radio de Delmore, mais celui-ci la laissa alors bouche bée en déclarant que, comme dans l'informatique, le processus était plus intéressant que le contenu. Delmore mit ensuite son casque, régla quelques boutons et découvrit bientôt que son copain radioamateur de Mexico venait de manger du porc et de la soupe de légumes, de faire une sieste de deux heures, et qu'il s'habillait pour retourner à sa teinturerie. Lorsque Belinda haussa les épaules, Delmore lui lança d'une voix sinistre qu'en notre époque de crises mondiales ce seraient les radioamateurs qui allaient sauver le monde.

Chien Brun finissait la vaisselle en regardant Baie faire la roue dans le jardin de derrière quand Belinda vint lui dire au revoir, ajoutant : « Tu me rends une petite visite un peu plus tard, gueule d'amour ? »

Il fut tenté, mais dut refuser, surtout à cause de son zizi extrêmement douloureux après les acrobaties sensuelles de la nuit passée. Belinda reconnut qu'elle aussi était « endolorie suite à la récente cavalcade » et l'espace d'un instant peu convaincant Chien Brun s'imagina en fougueux étalon comme sur les dessins de l'horoscope : mi-homme, mi-cheval.

Il restait encore une heure de jour et Chien Brun emmena Baie pêcher au bord de la rivière, en partie pour laisser Red et Delmore jouer aux échecs tranquillement. Delmore avait mis la cassette de *La Rivière rouge* et Red savait que ce film allait le déconcentrer. À douze ans, Red vivait de plain-pied avec son époque : il était fasciné par le programme spatial et par tout ce qui touchait à la technologie ; les cow-boys vieillots et lugubres de *La Rivière rouge* le plongeaient dans un mélange d'ennui et de nostalgie. Malgré ses débuts prometteurs d'athlète, il n'éprouvait aucune attirance envers la mythologie des « hommes virils ». Les entraîneurs constituaient un mal nécessaire. Il était ravi d'avoir Chien Brun pour beau-père, un aimable dingue, totalement dépourvu du machisme typique de la population masculine d'Escanaba qui feignait une passion dévorante pour la chasse, la pêche et la retransmission télévisée des grands événements sportifs. C'était avec un grand plaisir que Red écoutait U2 en faisant ses devoirs, après quoi il lisait un bouquin de Timothy Ferris sur l'astronomie. Il éprouvait peu d'intérêt envers son prétendu père, sans doute un botaniste vadrouilleur de l'université du Michigan, que sa mère Rose avait rencontré alors qu'elle cueillait des baies sauvages. Avant de mourir à Noël, sa grand-mère Doris lui avait demandé de se montrer indulgent envers l'affection débordante de sa mère pour les membres du sexe masculin. « Certaines d'entre nous sont ainsi », avait dit Doris.

Au bord de la rivière, Chien Brun et Baie assis sur une berge herbeuse observaient l'eau, à l'affût du moindre signe de truite. Comme Baie avait la tremblote, Chien Brun posa doucement la main sur la tête de sa fille adoptive pour la calmer. Baie, dotée d'une vraie vue d'aigle quand il s'agissait de repérer le poisson, voyait dans l'eau beaucoup mieux que C.B. ou que n'importe qui. Elle montra une portion de plan d'eau agitée sous un aulne en surplomb et Chien Brun mit un certain temps à discerner une truite qui allait et venait parmi les diverses configurations du courant. La main toujours posée sur la tête de la fillette, il s'interrogea sur ce qu'elle savait et sur ce qu'elle ignorait, avec un cerveau bourré de courts-circuits. Qu'allait-elle devenir dans un monde qui acceptait si mal les exclus ? Pourquoi le gouvernement avait-il le droit de la lui enlever ? Baie était une créature de la forêt, au même titre que l'ourson d'un an qu'elle avait repéré, endormi contre une souche, lors d'une promenade qui remontait à quelques semaines. Pour C.B., la forme de cet ourson avait seulement constitué une tache noire dans la pâle verdure du printemps.

Il se leva et attrapa adroitement la truite grâce à une mouche appelée *muddler*. Pendant ce temps, Baie tissa vivement des herbes du marais pour en faire un petit sac vert destiné à transporter le poisson jusqu'à chez elle, où le seul père qu'elle connaissait le grillerait pour elle au petit déjeuner du lendemain. Elle se portait comme un charme depuis que sa mère était en prison. Un soir d'hiver où elle avait fait pipi au lit et où Rose s'était cuitée au schnaps au caramel, la mère avait ouvert la porte du jardin pour lancer la fillette nue dans un tas de neige. Aujourd'hui, dès que son frère Red mangeait un de ces bonbons au caramel qu'il adorait, Baie s'enfuyait à toutes jambes. Pour ses neurones, l'odeur du caramel annonçait un cataclysme.

L'aube du samedi fut venteuse et froide, des rideaux de pluie s'abattaient sur la caravane qui oscillait dans la tempête sur ses cales en parpaing. Chien Brun regarda l'eau s'infiltrer par les fentes autour du châssis en aluminium de la fenêtre au-dessus de sa tête et remarqua une fois de plus la qualité désastreuse de cette caravane. L'aluminium était sans doute l'ennemi de la civilisation. Allongé dans son lit glacé, il se rappela la « blague » de son grand-père : « Il fait le plus sombre avant de faire encore plus sombre. » Les soucis qu'il nourrissait au sujet de Baie avaient plusieurs fois interrompu son sommeil, même s'il se consolait en se disant qu'il avait quatre mois devant lui pour résoudre ce problème. Le gouvernement était déjà arrivé à cette conclusion passablement justifiée selon laquelle Chien Brun était un mécréant irrécupérable, mais rien n'empêcherait le père adoptif d'emmener Baie avec lui au Canada en août prochain. Doris avait parlé avec affection de ses parents installés à Wawa, à l'extrémité est du lac Supérieur, ainsi que de son cher cousin Mugwa qui exerçait le noble métier de trappeur sur la Nipigon. Mugwa, citoyen américain, avait fui son pays pour éviter la guerre du Vietnam, un fait rarissime pour un Ojibwa qui, comme le Sioux plus à l'ouest, a toujours été prêt à se battre, même au service de son ancien ennemi.

À sept heures du matin très précises, ils étaient tous prêts pour se rendre dans la région de Boyne City et y ramasser des morilles. Baie avait décidé de mettre sa plus belle robe rouge au-dessus de son pantalon. Red et elle étaient assis sur la banquette arrière de la Chevelle. Delmore était en rogne, car il avait eu l'intention de préparer des sandwiches au corned-beef pour éviter les frais d'un déjeuner dans un boui-boui, mais le corned-beef avait disparu du garde-manger. Ils avaient déjà vécu ce genre de crise lors de sorties précédentes et Chien Brun savait que c'était Red le coupable, car le gamin détestait le corned-beef et adorait manger un hamburger au restaurant. Red, curieux par nature, savait qu'oncle Delmore transportait des centaines de dollars dans son portefeuille et que son avarice était aussi proverbiale que mystérieuse.

Trois heures plus tard, ils arrivèrent au détroit de Mackinac, où le vent fouettait si violemment l'eau, avec des pointes à cinquante nœuds, que les semi-remorques n'avaient pas le droit d'emprunter le pont de Mackinac, célèbre sous le nom de « Puissant Mack », le plus grand pont suspendu du monde jusqu'à la construction du pont Verrazano près de New York. Chien Brun n'avait jamais rencontré quiconque ayant contemplé le pont Verrazano, dont l'idée même était ignorée par les habitants du cru qui préféraient considérer leur propre pont comme le plus grand du monde.

Ils s'arrêtèrent à Mackinac pour déjeuner au Audie's et Chien Brun remarqua pour la énième fois que de l'autre côté du détroit les femmes semblaient différentes, pas vraiment maigrichonnes, mais certainement plus minces. On empruntait un pont long de presque huit kilomètres et soudain les femmes paraissaient presque sorties de magazines de mode. Leur serveuse, par exemple, était si séduisante que Red rougit. C.B. s'installa de manière à pouvoir regarder dans la cuisine où la serveuse se baissa soudain afin de prendre quelque chose dans un tiroir situé tout en bas d'un meuble. Quand elle pivota sur ses talons pour dire une chose qu'il n'entendit pas, il eut droit à un bref aperçu de ce qu'il y avait sous sa robe de serveuse vert pâle. Le cœur de Chien Brun bondit, ses testicules frémirent. Mobilisant quelques vestiges de sa période religieuse juvénile, il fut une fois encore reconnaissant envers le mystère de la beauté féminine, l'harmonieux postérieur de la serveuse saillant comme le cul d'une cane dans la basse-cour. Le petit badge qu'elle portait épinglé sur la poitrine lui accordait le doux prénom de Nancy et elle était sans doute du genre à prendre une douche et à changer de sous-vêtements tous les jours. L'esprit de Chien Brun retourna en arrière jusqu'à la lointaine époque où, écolier espiègle, il avait changé les paroles de *Frère Jacques* pour chanter « Je reluque, je reluque sous une splendeur bipède... »

« Fais un peu attention, aboya Delmore. J'essaie de te dire depuis un bon moment que les cheeseburgers ont augmenté de vingt cents en deux ans. L'inflation me bouffe mes économies. »

Ils touchèrent le jackpot à quelques kilomètres au nord de Thumb Lake, ou plutôt C.B. et Baie touchèrent seuls le jackpot, car il pleuvait toujours et Delmore ainsi que Red refusèrent de quitter la voiture. Delmore était plongé dans son calepin consacré aux morilles, où il consignait tous les emplacements de ses cueillettes depuis l'enfance, tandis que Red lisait un bouquin sur les galaxies.

C.B. et Baie réussirent à remplir un bon panier en une heure ; ils étaient trempés jusqu'aux os et Baie tremblait de manière incontrôlable. C'était une dénicheuse de champignons hors pair, car elle était plus près du sol que les adultes et elle les ramassait à toute vitesse. Elle sifflait dès qu'elle en trouvait un groupe assez nombreux parmi les fougères miniatures, les poireaux sauvages et les lis. C.B. ramassa aussi un bon panier de poireaux sauvages pour préparer du vinaigre selon la recette de Doris : faire bouillir les poireaux avec du vinaigre blanc, ce qui leur ajoute un goût subtil et sauvage, puis manger les poireaux ainsi conservés, par exemple afin d'agrémenter un plat aussi terne que la tourte à la viande qu'il cuisinait pour Delmore, lequel soutenait que ce plat raffermissait la colonne vertébrale défaillante de l'Amérique.

Pendant ce temps-là, Delmore ronchonnait dans la voiture. Il avait décidé de ne pas rendre visite à ses parents, entre Petoskey et Walloon Lake. Certains de ces parents étaient tout à fait fréquentables, surtout les aînés, mais les plus jeunes avaient tendance à être des escrocs au petit pied, dotés d'un goût prononcé pour les substances narcotiques et le rock'n'roll. Les soucis concernant Baie avaient aussi porté un coup à Delmore. Baie lui rappelait sa propre sœur qui à quatorze ans s'était enfuie à Milwaukee et dont on n'avait plus jamais entendu parler. Delmore possédait pas mal d'argent, grâce à la vente de sa petite ferme près de Detroit, à sa retraite de l'industrie automobile et à celle de la Sécurité sociale, mais il ne parvenait pas à maîtriser ses inquiétudes pour les membres restants de sa famille, Chien Brun, Red et Baie, sans parler de Rose en prison et de Lone Marten, l'activiste bidon. Il avait aussi de nombreux cousins auxquels il s'intéressait moins. Il se sentait responsable de C.B., de Red et de Baie, mais c'était surtout Chien Brun qu'il fallait surveiller de près. Les démêlés de C.B. avec la loi lui avaient déjà coûté bien assez de fric et un éventuel procès à cause de Baie était pour lui un vrai cauchemar, car on pouvait très bien payer un avocat rubis sur l'ongle et perdre malgré tout. C'était un pari aussi risqué qu'un prêt accordé à un parent, et voilà avant tout pourquoi il n'avait aucune envie d'aller à Petoskey. Enfant de la Grande Dépression, Delmore abritait en lui un océan de générosité, qui pour ne pas s'assécher devait impérativement se manifester sous la seule forme d'imperceptibles ruisselets. Le souvenir des repas de son enfance réduits à des pois des sables, des navets mous, des carottes ratatinées et des haricots à demi moisis ne le poussait guère à jeter l'argent par les fenêtres.

Quand Chien Brun et Baie retournèrent à la voiture avec leurs poireaux sauvages et leurs morilles, ils étaient d'excellente humeur malgré le froid et l'humidité de leurs vêtements. C'était une incroyable satisfaction que de trouver un bon coin à morilles, un plaisir qui outrepassait leur parfum excellent, peut-être une trace du bonheur de très anciens ramasseurs affamés dans le cours tortueux d'une longue évolution. La réussite dans la pêche, la chasse, le ramassage ou la cueillette rappelait toujours à Chien Brun l'époque de sa jeunesse, quand son grand-père qui l'élevait était allongé sur son lit de mort au mois d'août et qu'il avait demandé à manger une dernière fois du gibier. Une demi-heure plus tard, dans la cabane de la pompe, Chien Brun dépeçait une biche abattue illégalement, avant d'en faire frire le foie pour le dîner. Le foie d'une jeune biche est plus succulent qu'un bon foie de veau et grand-père déclara que cette biche lui offrait un mois supplémentaire de vie, en réalité trois semaines seulement.

Baie se déshabilla, puis Delmore l'enveloppa dans sa chemise de flanelle bien chaude avant de l'installer sur le siège avant de la voiture, juste en dessous de la sortie du chauffage pour lui réchauffer les jambes. Tandis que Delmore s'occupait de la sorte, Chien Brun prit une pinte de schnaps cachée sous le siège avant et en but une longue gorgée dans le fossé, le dos tourné comme pour pisser. Lorsqu'il revint à la voiture, la maigreur des bras de Delmore en maillot de corps le frappa. Delmore avait jadis été une sorte de monsieur Muscle et le temps commençait à réclamer son dû.

À la grande surprise de Chien Brun et de Red, Delmore proposa alors qu'ils aillent faire un tour à Lansing pour jeter un coup d'œil à la nouvelle école de Baie et voir si elle était correcte ou pas. Lansing, la capitale de l'État, se trouvait à environ quatre heures de route vers le sud.

« C'est samedi. Elle risque d'être fermée, non ?

— On peut tout deviner en regardant simplement un bâtiment et ses environs. Y a-t-il des arbustes, des arbres ou des parterres de fleurs ? Y a-t-il un fourré que Baie pourrait explorer ? Y a-t-il un torrent ou une rivière à proximité ? Tu es un vrai cul-terreux. Tu ne connais rien à l'architecture. Si tu voyais le quartier général du comté de Wayne, de stupéfaction tu tomberais à la renverse. »

Delmore adorait jouer à l'homme blasé qui avait tout vu et tout entendu. Chien Brun fut content, car cette visite signifiait qu'il n'aurait pas à se débrouiller tout seul pour sauver Baie de son sort.

Red déclara que, puisqu'ils se dirigeaient par là, il aimerait bien jeter un coup d'œil à l'université d'État du Michigan où il avait l'intention d'entrer plus tard. Delmore s'irrita de cette demande et répondit que l'Institut communautaire de Bay de Noc serait bien suffisant. L'université du Michigan coûtait vraiment trop cher.

« Je pourrais décrocher une bourse en tant que membre d'une minorité défavorisée », contra Red en retournant à son livre.

Il enlaça les épaules de Baie pour la calmer. La fillette percevait toujours les moindres tensions d'une conversation et elle se mettait alors à trembler en émettant un bruit sourd. À la mort de Doris, Baie s'était enveloppée dans une des vieilles blouses de ménagère de Doris et elle était restée prostrée dans un coin de la maison pendant plusieurs jours. Chien Brun l'avait ramenée à la vie en l'emmenant à Shingleton en voiture afin de lui acheter une paire de raquettes pour enfant, dépensant ainsi une pleine journée de salaire. Quelques jours plus tard, elle était revenue d'une promenade solitaire dans la forêt enneigée avec un collier de chien portant un nom et un numéro de téléphone. Chien Brun appela le propriétaire de l'animal, qui lui apprit que son chien s'était enfui plusieurs semaines auparavant. Intrigué, Chien Brun suivit discrètement Baie à distance respectable en l'observant avec les jumelles de Delmore, achetées dans un surplus de l'armée. Elle se dirigeait toujours vers leur rivière préférée pour la pêche à la truite, une rivière qui émergeait d'un énorme marais, d'environ dix kilomètres de large sur quinze de long. Une bande de chiens féroces vivait là et un groupe de chasseurs du cru avait plusieurs fois tenté de les exterminer, car ces chiens tuaient des chevreuils pour se nourrir, un peu comme les humains.

Assis à flanc de colline à environ huit cents mètres de Baie, Chien Brun l'observait dans une clairière à côté de la rivière. Elle était installée sur une souche au milieu d'une demi-douzaine de ces chiens sauvages, d'ordinaire inapprochables. Il y avait aussi quelques corbeaux dans les arbres environnants, qui partageaient les repas de chevreuils des chiens. Ce fut à ce moment-là que Chien Brun décida qu'il devait absolument trouver un chien pour Baie.

Dès qu'ils eurent dépassé le mont Pleasant en descendant vers le sud, il se mit à faire beau et chaud ; Chien Brun réfléchit une fois encore au climat implacable du Grand Nord, où la ville d'Ishpeming avait dû racler les fonds de tiroir pour remplacer les canalisations gelées à près de trois mètres sous terre après que la température fut restée inférieure à moins trente degrés durant trente jours d'affilée.

L'université du Michigan était facile à trouver grâce à la signalisation routière. C.B. remarqua que le campus était un vrai palais de la chatte où d'innombrables étudiantes en robe d'été ou en short couraient, sautaient, dansaient et gambadaient à qui mieux mieux. Cette découverte jetait incontestablement une lumière nouvelle sur le système éducatif dans son ensemble et Chien Brun ressentit un pincement de regret en se rappelant qu'il n'avait pas été au-delà de la classe de quatrième. Un entraîneur l'avait battu comme plâtre avant que C.B., aiguillonné par la douleur, ne se ressaisît pour, d'un uppercut bien senti, briser la mâchoire dudit entraîneur. Sans la présence de cinquante témoins sur le terrain de sport, Chien Brun serait allé tout droit en maison de correction après cet acte de violence. De nombreux entraîneurs profitent volontiers de leur impunité pour gifler les collégiens, mais celui-là était un vrai cogneur.

La traversée de Lansing, la capitale de l'État, fut un désastre. Delmore affirma qu'il connaissait cette ville « comme sa poche », car il y avait eu une petite amie à la fin des années 1940 ; mais un demi-siècle plus tard, on aurait dit une autre ville. Les rues à sens interdit, parfaitement inconnues dans la péninsule Nord, posèrent un vrai problème. Delmore fulmina jusqu'au moment béni où, dans l'ombre même du capitole de la ville – un bâtiment imposant à tout point de vue sauf pour ce qui s'y passait –, un policier aimable et apparemment gay leur fournit toutes les indications utiles. Quand ils repartirent, Delmore déclara : « Ce gars-là me fait l'effet d'être une tapette sans souris. »

L'école et les logements qui en dépendaient furent une grande déception. Tous les bâtiments se dressaient sur un terrain entièrement cimenté et entouré d'une haute clôture. Tout près de l'entrée se trouvaient deux acacias malingres dans des grands bacs en bois. Un peu à l'écart, un groupe d'enfants pleurnichaient et gémissaient sur des tape-culs et des balançoires. Delmore se prit le visage entre les mains, Red dit : « C'est nul, cet endroit. »

Chien Brun se souvenait assez bien de ses lointaines études bibliques pour comparer ces tas de briques beiges à l'abomination de la désolation évoquée par le prophète Daniel. Il emballa le moteur de la voiture pour démarrer et Baie adressa un signe de la main à un petit garçon qui bêlait en tournant sur lui-même près de la clôture.

Ils roulaient depuis une heure vers le nord de Lansing et la maison, quand quelqu'un osa enfin ouvrir la bouche pour parler de cette école.

« J'enverrais même pas un Arabe dans ce gourbi », déclara Delmore d'une voix toute frémissante de colère.

La boule dans la gorge de C.B. s'était progressivement dissipée, surtout grâce à un fantasme sexuel où figurait Belinda, et maintenant la colère de Delmore le ravissait. Le vieux avait les moyens de lui filer un peu de fric s'il devait prendre la tangente avec Baie. Chien Brun n'avait aucun intérêt pour la télévision, qu'il considérait comme une simple machine dévoreuse de temps, mais il avait remarqué que, lorsque des criminels échafaudaient des projets de fuite, ils se dirigeaient toujours vers le sud, moyennant quoi lui-même déjouerait les représentants de la loi en partant vers le nord. Belinda avait dit de Baie qu'elle constituait « un défi pédagogique dû à une déficience mentale », exactement comme Gretchen aux services sociaux. Chien Brun se demanda distraitement quel olibrius avait bien pu inventer une expression pareille, qui lui semblait idiote comme pas deux. Pour lui, un défi précédait un combat et Baie ne semblait nullement se quereller avec son propre esprit, mais bien plutôt vivre avec lui dans un monde séparé, peut-être semblable à celui d'un chien particulièrement brillant. De toute évidence, le moment était venu de passer à la SPA pour lui trouver un compagnon.

Ils arrivèrent à la maison vers minuit et découvrirent Belinda endormie sur la balancelle de la véranda de Delmore.

« Tu as une sacrée miche de pain sur la planche », pouffa Delmore avant de trottiner vers son lit.

Chien Brun emmena les enfants en direction de la caravane. Red dormait debout et, quand C.B. ouvrit la porte de la minuscule chambre du garçon, dont l'accès était d'habitude strictement interdit, il découvrit une rangée de spectaculaires photos tirées de *Penthouse* au-dessus de l'étagère bourrée de livres scientifiques aux titres abscons. Gretchen lui avait dit qu'il lui faudrait parler « des roses et des choux » à Red, car les cours d'éducation sexuelle étaient « hélas absents » de son école. Elle avait donné à Chien Brun un petit livret sur le sujet, qui contenait des diagrammes glaçants et compliqués des plomberies respectives de l'homme et de la femme, comme si ces êtres de chair et de sang avaient été tranchés en deux dans le sens de la hauteur. Alors Chien Brun pensa qu'il vaudrait mieux utiliser un magazine coquin, lequel proposerait toute la beauté requise par ce sujet.

Puis C.B. retourna jusqu'à la maison de Delmore, où Belinda ronflait toujours doucement sur la balancelle de la véranda, la tête penchée, si bien que le clair de lune accordait à sa joue la pâleur du rêve. C.B. frémit de reconnaissance. Voilà de longues années que tout n'était pas rose dans sa vie, mais il avait maintenant sous les yeux le cadeau inespéré de cette fille formidable et solide qui était de surcroît une dentiste hors pair. S'il n'avait pas abandonné sa religion, il serait tombé à genoux de gratitude. Il s'agenouilla quoi qu'il en soit et bientôt Belinda se laissa glisser de la balancelle afin qu'ils puissent se livrer à leurs ébats, tels deux mammifères ivres d'amour et indifférents au raffut qu'ils pouvaient bien faire.

Assez vite, Delmore apparut derrière la porte grillagée et alluma la lumière de la véranda.

« Bon Dieu, moi qui croyais qu'un animal se faisait égorger là ! s'écria-t-il en détournant pudiquement les yeux.

— On s'est laissé emporter », expliqua avec modestie une Belinda à quatre pattes.

Chien Brun s'était écroulé sur le dos de son amie, le visage enfoui dans les cheveux épars.

« Amusez-vous bien, les enfants », conclut Delmore en éteignant la lumière avant de battre en retraite.

Lorsque Chien Brun roula du vaste dos de Belinda, il atterrit sur les planches de la véranda avec un bruit mat. Les fesses de la dentiste brillaient mystérieusement au clair de lune, mais il était vanné par le ramassage des champignons, la longue journée et les mille kilomètres de route. Il s'endormit donc presque aussitôt et Belinda recouvrit le corps de son amant d'un châle luxueux qu'elle sortit du coffre de la Mercedes et qui servait d'habitude à des fins moins satisfaisantes. La chance qu'elle avait d'avoir découvert ce merveilleux homme des bois la faisait frissonner des pieds à la tête. Elle avait confié à Gretchen que Chien Brun la remplissait d'une « lueur intérieure », mais elle regretta aussitôt ces paroles en constatant que Gretchen détournait les yeux d'un air mélancolique en se rappelant sans doute qu'elle-même venait de perdre son amante.

Beaucoup trop tôt, Baie réveilla Chien Brun endormi sur la véranda. Le gros serpent noir était enroulé autour du bras menu de la fillette.

Ce dimanche, la SPA organisait une journée portes ouvertes et C.B. savait qu'il devait s'y rendre pour choisir un chiot après être allé chercher le *Detroit Free Press* de Delmore, un journal que le vieillard lisait avec concentration, de la première à la dernière page, bien qu'il eût quitté la région de Detroit depuis un demi-siècle. Aucune de ces informations n'avait le moindre sens pour le restant de la famille, mais Delmore aimait le lire à voix haute avant le dîner du dimanche. « Cinq membres d'un gang de la drogue découverts décapités », « La Rouge River en feu », « Pugilat mortel sur la route des vacances ». Dans une région relativement dépourvue d'événements majeurs comme la péninsule Nord, où « Un vieux Finnois fait cinquante kilomètres à pied pour voir son frère » (quand on lui a demandé pourquoi, il a répondu : « J'ai pas de voiture ») occupe la une des infos locales, les nouvelles de Detroit étaient aussi incroyables et stupéfiantes que n'importe quelle émission de télé.

Ils arrivèrent de bonne heure à la SPA, une visite comparable à celle d'un Treblinka miniature où toutes ces créatures abandonnées attendaient la chambre à gaz, hormis les rares assez chanceuses pour se voir choisies comme animaux domestiques. Pour obtenir une femelle opérée il fallait souvent débourser l'équivalent d'une demi-semaine de salaire. Chien Brun, qui avait grandi sans parents et connu plusieurs séjours en prison, se trouva dans une situation émotionnelle doublement critique. L'employé âgé leur offrit une limonade tiède et un petit gâteau de supermarché, sur une table décorée de papier crépon jaune. C.B. avait déjà vu cet employé, un instituteur à la retraite, se promener en ville avec ses trois clébards en laisse. Un peu à l'écart, au bout du petit bâtiment, un chien moucheté aboyait et Baie se précipita vers lui.

« Je ne recommanderais pas ce chiot pour une jeune dame », dit l'employé en posant la main sur le bras de Chien Brun.

Cette mise en garde éveilla bien sûr la curiosité de C.B., qui rejoignit aussitôt Baie agenouillée devant la cage. La femelle était une grande bâtarde à trois pattes, une chienne de chasse à l'ours qui avait perdu un membre à l'occasion d'une mauvaise rencontre. Le chiot, âgé de six semaines, louchait et avait de grosses extrémités. L'employé marmonna quelque chose sur l'irresponsabilité des chasseurs d'ours qui emmenaient des chiens dans le nord du pays pour les y perdre ou les abandonner là. Selon lui, le père devait être un demi-labrador sauvage et un demi-catahoula tout aussi sauvage, qu'un paysan avait abattu parce qu'il avait tué un veau en avril dernier. La mère gronda vers Chien Brun et l'employé, tout en léchant les doigts tendus de Baie comme si la fillette avait été un chiot perdu depuis longtemps. La mère avait appartenu à un coupeur de bois qui avait renoncé à la garder après qu'elle eut dévoré une douzaine de poules d'un voisin. Le chiot, une femelle, était immobile et taciturne dans la cage ; puis elle leva la tête et se mit à hurler.

Chien Brun resta un moment perdu dans ses pensées. Comment pouvait-on séparer une mère de son chiot ? Comme lui-même n'avait pas eu de mère, l'idée de la maternité séduisait Chien Brun. Deux chiennes risquaient de lui compliquer la vie, mais la vie était toujours compliquée. Baie, qui était entrée dans la cage, serrait dans ses bras le chiot qui avait cessé de hurler. La mère léchait son petit et Baie caressait sa tête massive. C.B. ne connaissait certes pas cette expression, mais on aurait parfaitement pu décrire la mère comme étant « de mauvais augure », tandis qu'elle approchait de la fin de sa longue vie consacrée à la chasse, une activité pour laquelle elle avait été génétiquement conçue. Les chiens de chasse à l'ours sont au mieux des missiles guidés qui, une fois apprise l'odeur de leur proie, sont à jamais conditionnés à poursuivre les ours, dont il y avait une abondante population dans la péninsule Nord. Chien Brun se dit que, cette mère ne possédant que trois pattes, il ne serait sans doute pas trop difficile de la maîtriser. Avec le chiot, il suffirait de bannir tout intérêt pour les ours ou pour les chevreuils, et de concentrer toutes ses velléités prédatrices sur des espèces inoffensives comme les écureuils, les tamias, les lapins ou même les ratons laveurs, qui avaient empêché Delmore de cultiver du maïs dans son jardin.

« Comment s'appellent-elles ? »

Chien Brun s'agenouilla devant la cage et Baie poussa la mère en avant pour faire les présentations. Elle renifla la main de l'homme et perçut alors le lien qui existait avec la fillette.

« La mère s'appelle simplement Chienne, mais je suis certain que vous lui trouverez un nom plus convenable pour la jeune dame, maugréa l'employé. Quant au chiot, il n'a pas de nom.

— Ted », fit Baie, prononçant l'un des rares mots qu'elle savait articuler.

Apparemment, elle saisissait environ vingt pour cent de la conversation des adultes et Ted était le nom de son *teddy bear* (son ours en peluche) brun et noir préféré. Le sexe féminin du chiot ne constituait un obstacle ni pour Chien Brun ni pour Baie, mais l'employé en resta bouche bée. Baie porta ensuite le chiot vers la voiture et Chienne suivit en agitant la queue comme si elle pressentait une libération imminente.

« Votre fille, elle va bien ?

— Non. Sa mère a bu trop de schnaps quand elle était enceinte.

— Elle mériterait de se faire botter le train. Vous pouvez offrir une petite contribution ? »

Chien Brun avait sept dollars en poche et il en donna cinq à l'employé, car il devait en garder deux pour le journal dominical de Delmore. Adieu le pack de bière du dimanche. Les côtes de porc grillées, il les mangerait sans boire la moindre gorgée de bière. Delmore, qui s'occupait de presque toutes les courses, était toujours à l'affût des promos sur la viande. Il achetait d'habitude moins que nécessaire, mais le repas du dimanche soir faisait exception à sa radinerie ordinaire. Un copain noir de l'époque où il bossait à Detroit dans son usine automobile lui préparait jadis une sauce spéciale barbecue pour ses tranches de porc épaisses de cinq centimètres et, cinquante ans plus tard, ce copain lui envoyait toujours par la poste des bocaux de sa sauce spéciale. Il s'appelait Clyde et il rendait visite à Delmore une fois par an, d'habitude aux environs du 4 juillet. Chien Brun regardait alors d'un œil amusé le Noir âgé et le vieil Anishinabe assis sur la balancelle de la véranda, qui mélangeaient du whisky Guckenheimer – le moins cher disponible dans la région – avec de la limonade en discutant religion, relations raciales et politique. Clyde était profondément chrétien tandis que Delmore restait fièrement païen, et leurs oppositions alimentaient les discussions jusque tard dans la nuit.

Après que Chien Brun eut découvert quelques pièces de monnaie sur le plancher de la voiture et acheté le journal, il lui restait assez pour s'offrir une seule bière. Baie, assise sur la banquette arrière, rayonnait de joie : le chiot dormait sur ses genoux, la mère était lovée à côté d'elle. Lorsqu'un homme sortit du magasin et s'approcha de leur voiture, Chienne gronda comme un orage lointain.

Sur le chemin du retour, la perspective de manger toute

cette bonne viande sans boire une seule bière fit craquer Chien Brun, qui décida de faire un détour jusqu'à chez Belinda pour lui emprunter de quoi acheter un pack de six. Entendant un gémissement, il se retourna pour voir s'il venait de Baie ou du chiot. Le chiot avait faim et Baie venait d'ouvrir son corsage pour le laisser téter un sein à peine existant. C'était pour le moins surprenant, mais Chien Brun, père depuis peu, ne sut pas quoi dire. Quand il s'arrêta sur le bas-côté de la route, Baie venait tout juste d'installer le chiot contre les mamelles de sa mère. Cette gamine est beaucoup plus maligne que ne le croient les gens de l'école, conclut Chien Brun pour la centième fois. Baie lui adressa un large sourire et C.B. tendit le bras pour lui serrer la main avec affection. Ce geste fit gronder Chienne, comme si elle avait décidé que Baie était aussi son chiot.

Son ignorance de l'art d'être père n'empêchait pas Chien Brun de se reconnaître à travers Baie, tout comme de nombreux parents remarquent certaines actions de leurs enfants qui les ramènent eux-mêmes vers leur propre passé. Il eut soudain les larmes aux yeux en se souvenant de son grand-père rapportant à la maison un chiot bâtard qu'ils nommèrent Bud et qui se révéla un tantinet bagarreur. Bud était sans doute le résultat d'un croisement entre un boxer et un terrier ; un jour que David Quatre-Pieds, qui à cause de son infirmité ne pouvait pas courir, et lui-même traversaient une pâture pour aller pêcher, un taureau d'élevage leur avait fait passer un sale quart d'heure. Mais Bud avait alors foncé sur la bête pour refermer ses mâchoires sur l'oreille du taureau, ce qui avait radicalement modifié les intentions malfaisantes de l'animal belliqueux. L'un des rares livres lus par Chien Brun durant son enfance était *Récits authentiques de chiens courageux*. Bud était capable d'aller attraper un écureuil à mi-hauteur d'un pommier, une prouesse qui n'avait rien d'héroïque, tout comme sa tendance à faire l'amour aux poubelles.

Alors même qu'ils arrivaient devant la résidence de Belinda, Chien Brun se demanda s'il était vraiment judicieux d'emprunter à une nouvelle maîtresse de quoi s'acheter un pack de bières. Delmore ne lui avait toujours pas payé son salaire de coupeur de bois et il ne lui avait pas davantage transmis les cinquante dollars hebdomadaires qu'il devait toucher suite à son accident de l'an passé. Il ne comprenait absolument pas pourquoi Delmore tardait tant à le payer, si bien qu'il avait l'impression de se retrouver sur le fauteuil du dentiste. Chien Brun avait été jusqu'à refuser de cuisiner pour Delmore son plat préféré – des macaronis au fromage recouverts d'une épaisse couche de bacon bien gras –, tant qu'il n'aurait pas craché au bassinet. Alors Delmore dressait la table des jeux de cartes dans le salon, il chaussait une paire de lunettes de lecture à trois francs six sous dont il n'avait aucunement besoin, il prenait un pot de café et en sortait des vieux billets fripés de un dollar, de cinq et de dix, qu'il comptait lentement.

C'est seulement lorsqu'il s'engagea dans l'allée de Belinda qu'il la vit appuyée contre le hayon d'un luxueux Toyota Land Cruiser gris, son bras enlaçant les reins d'un gros type en tenue kaki, lequel semblait vaciller sur des bottes de cow-boy frimeur. Le poignard légèrement rouillé de la jalousie s'enfonça dans le cœur de C.B., l'éclair de la révélation le pétrifia sur place, une prouesse de nos impulsions neuronales qui est tantôt bonne tantôt mauvaise selon la situation. Sa première pensée fut : Encore une de perdue. Il avait tendance à s'aliéner les femmes en âge de procréer quand leur subconscient biologique déclenchait le signal d'alarme afin de leur faire comprendre que ce zigoto n'était pas le candidat idéal pour la reproduction de l'espèce. Sans doute les attirait-il sexuellement, mais il se savait impuissant contre cette pulsion reproductrice. Il vivait ainsi de brèves aventures avec des femmes comme Belinda ou Shelley, l'étudiante en anthropologie, ou avec des donzelles qu'il rencontrait à la taverne et qui se sentaient attirées par les hommes travaillant dans les bois. La plupart des femmes qui rêvaient d'ascension sociale ne le voyaient même pas. Chien Brun vouait son amour le plus pur à la belle et intelligente assistante sociale Gretchen, qui était par ailleurs une lesbienne de choc. Un jour qu'il faisait des travaux de peinture chez elle, il l'avait surprise de dos en petite tenue, pendant qu'elle préparait son café matinal, et ses genoux avaient failli se dérober sous lui, si bien qu'il avait dû se raccrocher au chambranle de la porte pour ne pas tomber. C'était de l'amour ! Récemment, alors qu'il prenait un verre avec Gretchen pour évoquer la situation de Baie, il avait bien failli lui révéler son projet de s'habiller en femme pour qu'elle le trouve au moins temporairement acceptable. Il se retint seulement d'en parler parce qu'elle cria si fort « La vie est une horreur ! » que tous les clients de la taverne se retournèrent. Elle avait les larmes aux yeux à cause de la perte de sa compagne de toujours, la même réaction, remarqua-t-il, que les hétéros lorsqu'ils divorcent. Quand la douleur la poussa à prendre la main de C.B. entre les siennes, une décharge électrique lui vrilla le cœur ainsi que, malgré lui, les couilles.

Tous ces souvenirs lui traversèrent l'esprit à la vitesse d'un long-métrage follement accéléré pour durer seulement quelques secondes. Il coupa le contact et tenta de foudroyer du regard Belinda et son très affectueux ami, ce gros crétin gras du bide. Ils s'approchèrent, tout sourire, et elle lui présenta son ami Bob, un écrivain célèbre qui, pour un magazine national, effectuait une enquête sur la pauvreté en milieu rural dans le Grand Nord. Chienne perdait les pédales et Chien Brun descendit de voiture. Elle ne semblait pas gênée par la présence de Belinda, mais de toute évidence elle en voulait aux hommes. Elle passa la tête par la fenêtre de la voiture et gronda jusqu'à ce qu'ils aient battu en retraite à proximité de la véranda de Belinda. Bob et Belinda avaient jadis vécu ensemble dans une communauté d'Ann Arbor, pendant qu'ils suivaient les cours de l'université du Michigan. En qualité de journaliste, Bob avait couvert les guerres de l'ex-Yougoslavie, d'Afghanistan et dans diverses parties d'Afrique ; mais, marié depuis peu, il avait décidé qu'il était plus sûr de rester à l'intérieur des frontières de la nation s'il espérait élever des enfants.

Chien Brun ne put se retenir de lui demander pourquoi tous ces guerriers des pays étrangers tiraient en l'air des rafales d'armes automatiques pour manifester leur joie. Ignoraient-ils vraiment que ces balles devraient bien atterrir quelque part et qu'elles risquaient de tuer des innocents ? Cette question turlupinait C.B., car autrefois David Quatre-Pieds et lui-même avaient tiré des flèches en l'air et l'une d'elles avait frappé David à la tête. Quand David s'était mis à hurler, le chien Bud lui avait mordu le mollet. Bud n'aimait pas les cris et, chaque fois qu'il en avait l'occasion, il essayait d'imposer sa vision des choses.

« Ils en ont rien à foutre de tuer des innocents, répondit Bob avec une mélancolie si ineffable que Chien Brun regretta aussitôt sa question. Combien as-tu gagné l'année dernière, si je peux me permettre ? poursuivit Bob en sortant de sa poche un calepin.

— Environ cinq mille dollars grâce à la coupe du bois pour mon oncle Delmore, sans oublier cinquante billets par semaine à cause d'un accident où je me suis flingué la rotule. Un arbre qui m'est tombé dessus sans prévenir. Un retour de bâton, quoi.

— Un retour de bâton ?

— Ses branches ont percuté un autre arbre qui a renvoyé vers moi celui que j'étais en train de couper. Comme si un gros cheval de labour m'avait flanqué un coup de sabot dans le genou.

— Ça fait à peu près le prix d'un billet Chicago-Paris en première classe, dit Bob à Belinda avec un soupir.

— J'en sais rien, je voyage en business class. Mais ce vol dure une dizaine d'heures et c'est ce que notre ami gagne en une année entière », dit Belinda sans raison apparente.

Elle surprit alors le regard insistant que Chien Brun coulait vers le réfrigérateur et elle alla lui chercher une bière d'importation qui, remarqua C.B., coûtait autant que le pack de six qu'il achetait à son magasin discount habituel. Puis il sirota sa bière sans rater un seul mot de la querelle qui se développait entre Belinda et Bob à propos de l'ingénierie sociale qui qualifiait les créatures comme C.B. de « vraies gens ». Le jargon des gauchistes lui était inconnu, mais il se rappelait quelques expressions fréquemment utilisées par Shelley qui avait fréquenté la même université. Gretchen avait dit à Chien Brun que les riches croyaient toujours savoir comment les pauvres devaient vivre. Chien Brun avait conscience du fait que le luxueux véhicule tout-terrain de Bob lui avait coûté cinquante mille dollars, c'est-à-dire sept années des revenus de C.B., à condition bien sûr que pendant ces sept années il ne fasse aucune dépense pour se nourrir ni se loger.

« Je te propose cinq cents dollars si tu me balades deux jours dans la région pour rencontrer des pauvres », dit Bob avant de marquer une pause comme s'il s'attendait à un marchandage de la part de Chien Brun.

« Deux jours, ça devrait suffire. C'est pas comme si on voulait retaper une vieille Plymouth sans avoir les pièces détachées. » Chien Brun fut sur le point de défaillir à l'idée de cinq cents dollars. Red désirait des chaussures de sport spéciales et très chères parce qu'elles portaient le nom d'un joueur de basket de la NBA, et Baie avait besoin d'un manteau neuf pour l'hiver, car dans le sien elle avait enveloppé un chevreuil mort sur la route, non loin de la caravane. Début avril, une tempête de neige avait dissimulé le manteau et le chevreuil ; lorsque Chien Brun les découvrit enfin dans la neige fondante, le manteau empestait. Le veinard cacherait aussi quelques bouteilles de schnaps par-ci par-là dans les bois en prévision des journées pluvieuses, et puis il achèterait un gros jambon à cuire, car Delmore revenait toujours à la maison avec une minuscule épaule de porc fumé. D'autres achats lui traversèrent l'esprit à la vitesse de l'éclair, par exemple Red désirait s'abonner à une revue nommée *Scientific American*.

Bob et Belinda réfléchissaient en silence au rapport qui pouvait bien exister entre les pauvres et une vieille Plymouth à retaper. Bob tendit à Chien Brun deux billets de cent dollars en guise d'avance et C.B. signa un reçu. Bob suggéra qu'ils commencent leur boulot « à l'aube ou quelques heures plus tard », une manière de parler qui dérouta Chien Brun, si bien qu'ils tombèrent d'accord pour huit heures du matin.

Dans le jardin, Baie jouait avec Chienne et Teddy. Chienne se débrouillait très bien malgré sa patte arrière manquante. Belinda lui apporta une casserole de soupe au poulet après s'être disputée avec Bob pour savoir s'il fallait la réchauffer ou pas. Chien Brun remarqua qu'ils se chamaillaient comme d'anciens amants sur des sujets qui remontaient parfois aux calendes grecques : ainsi, était-ce cinq ou sept doses de LSD qu'ils avaient prises avant un concert de rock à Detroit ?

Bob s'éloigna vers quelques massifs ornementaux, sortit une flasque de sa poche arrière et s'en envoya une bonne rasade : finalement, c'était un poivrot pas si discret que ça. Après leur avoir dit au revoir et être remonté dans sa voiture, Chien Brun demeura momentanément perplexe en se demandant ce que Bob pouvait bien chercher chez les pauvres du coin. Désirait-il seulement les observer ou les décrire en mots écrits ? Mais qui aurait envie de lire des phrases sur ces gens, au nombre desquels Chien Brun se comptait ? Qui étaient les lecteurs qui trouveraient ça intéressant, et pourquoi ? Son ami Danny avait perdu une jambe l'an passé, quand son pied écrasé s'était infecté et qu'il n'avait pas eu les moyens d'acheter pour cent cinquante dollars d'antibiotiques. C.B. était venu jeter un coup d'œil au pied de Danny, un pied qui ressemblait à un gant de base-ball rouge et gris, et qui dégageait une puanteur terrifiante. À quoi bon lire un article de journal sur le pied de Danny ? Chien Brun prit bonne note d'interroger Gretchen à ce sujet.

Quand Chien Brun arriva chez Belinda le lendemain matin à huit heures, Bob avait la tête ailleurs, le blanc des yeux injecté de sang et des gestes très lents. Appuyé contre l'aile de son 4 x 4, il parlait dans un dictaphone :

« Je suis au fin fond de la péninsule Nord du Michigan, une région peu touristique de paysages dépourvus de caractère, de forêts impénétrables et de vastes marais saturés d'algues, une région où grouille une diversité affolante de très agressifs insectes volants. Lors d'une promenade effectuée à l'aube, je me suis perdu dans un marais des environs et j'ai maintenant le visage tout boursouflé et farci de piqûres d'insectes... »

Bob poursuivit dans cette veine intarissable et C.B. regarda le minuscule bourbier situé au fond du jardin de Belinda en pensant que c'était là-dedans que Bob avait mouillé son pantalon jusqu'aux genoux. Belinda était déjà partie travailler et C.B. attendit là en rognant un reste de steak de porc qu'il avait fourré dans sa poche, et en écoutant Bob poursuivre dans son dictaphone :

« ... et le long de ce chemin de terre plein d'ornières, qui me rappelle le delta du Mississippi, se dressent les cabanes en toile goudronnée des coupeurs de bois, qui fournissent les bûches à l'usine de papeterie locale, laquelle produit peut-être le papier destiné au magazine que vous tenez en ce moment même entre vos mains, cher lecteur. Nos forêts méritent-elles d'être anéanties à cette fin ? Des écologistes à la pointe du progrès pensent qu'il faudrait mettre tous les magazines sur Internet, tandis que les fabricants de papier soulignent le fait que les arbres meurent de vieillesse et qu'on peut ainsi considérer les bûcherons comme des médecins pratiquant l'euthanasie de nos forêts. En attendant, des familles entières habitent ces huttes en toile goudronnée et ces caravanes délabrées où les enfants sont mal vêtus et mal nourris, où l'éducation est désastreuse car en permanence grevée par des problèmes de survie immédiate. »

Chien Brun n'y comprenait rien, car le logement de Belinda se trouvait au cœur de la résidence la plus luxueuse d'Escanaba, mais il se dit ensuite qu'il n'avait pas à remettre en question les procédures de travail d'un écrivain célèbre, même s'il fut ulcéré par la dernière envolée de Bob au dictaphone :

« Aujourd'hui je suis accompagné par un formidable Indien bûcheron qui, dirait-on, pourrait transformer Mike Tyson en chair à pâtée. Il a de toute évidence été victime de conditions de travail atterrantes et il est analphabète. Vous qui habitez dans les jardins de Mary Poppins sur notre belle côte Est, préparez-vous à des émotions fortes et à salir considérablement vos jolies mains gauche et droite blanches comme neige... »

C.B. fut très vexé, car pour lui seuls les Indiens étaient des Indiens, ceux qui pratiquaient le mode de vie et la religion, comme les Chippewas qu'il avait rencontrés au pow-wow d'hiver, y compris les mystérieux et très traditionnels Medewiwin. Même oncle Delmore ne faisait pas le poids, tandis que tante Doris entrait sans conteste dans cette définition. Chien Brun, bien que très probablement métis, se considérait simplement comme un bûcheron des bois. Il s'irrita aussi de s'entendre qualifier d'analphabète, car tous les deux ou trois ans il prenait une soirée pour mettre ses pensées sur le papier, et puis il avait lu tous les livres d'Horatio Alger, de James Oliver Curwood et de Zane Grey qui figuraient dans la bibliothèque de son grand-père. Alger recommandait « de bosser dur et d'avoir du cran », mais ce mot de *cran* semblait bien difficile à définir. Et puis au cours de la décennie précédente, Chien Brun avait aussi consacré une partie de ses loisirs à la lecture de la moitié de *Cent ans de solitude* dans l'exemplaire qu'un riche gentleman farmer lui avait donné en guise de pourboire après la livraison de deux cordes de bois de chauffe. Chien Brun savait aussi qu'il n'aurait pas tenu une minute face à Mike Tyson, un boxeur qui d'un seul coup de poing était capable de mettre au tapis une vache laitière. De toute évidence, Bob ignorait tout de la boxe.

Ils se remirent laborieusement au boulot en rendant visite à Myrna, une cousine de Doris, qui habitait au nord de Gladstone. Myrna vivait près d'une enclave rurale misérable, mais son chalet était propre comme un sou neuf. Myrna leur offrit une part de tarte aux myrtilles et

Bob parut déçu en constatant qu'elle possédait un ordinateur et qu'elle était très calée sur les procédures juridiques concernant les non-paiements ou les retards de paiement du Bureau des affaires indiennes. Myrna enrageait, car elle avait tricoté quatre cents couvre-pots pour une entreprise de travail à domicile, qui ne l'avait jamais payée. Bob lui proposa aussitôt de procéder à une enquête rapide, mais Myrna parut douter de l'efficacité du bibendum : elle déclara que cette entreprise avait une adresse postale à Chicago et que son propre neveu bossait dans une aciérie de la ville voisine de Gary. Le neveu avait l'intention de rendre visite aux dirigeants de cette entreprise, armé d'une batte de base-ball, exactement comme dans *Le Parrain*, « un merveilleux film de famille » selon Myrna. Quand Bob commença de l'interroger sur sa pauvreté, elle se montra très peu coopérative, tout en déclarant qu'elle avait commencé de payer ses frais d'entretien à l'âge précoce de sept ans ; et comme elle en avait soixante-dix-sept, elle travaillait, dit-elle, depuis près de soixante-dix ans dans ce qu'elle appelait l'« économie de marché ». Le conseil tribal de la réserve voisine lui avait acheté cet ordinateur pour qu'elle puisse correspondre par e-mail avec ses parents. Myrna se trouvait chanceuse d'avoir eu assez d'intelligence pour assurer son indépendance financière. La vie était beaucoup plus dure autrefois, ajouta-t-elle ; un hiver où les chevreuils étaient rares, sa famille avait dû abattre le cheval de labour pour le manger.

Quand ils quittèrent le chalet de Myrna, Bob et Chien Brun se chamaillèrent un peu : Bob désirait rencontrer quelqu'un qui fût davantage un « Indien indien » ; C.B. lui rétorqua que les Indiens étaient des gens comme les autres et qu'ils ne passaient pas tout leur temps à essayer de jouer à l'Indien. Leur conversation faillit caler définitivement, quand Bob gémit qu'il avait dû dévorer trois

Viagra pendant sa nuit avec Belinda pour se montrer « à la hauteur » de l'insatiable appétit sexuel de sa partenaire. Lorsqu'ils étudiaient tous les deux à l'université, certains jeunes hommes de la cité où ils habitaient barricadaient leur porte tandis que Belinda écumait furieusement les couloirs en quête d'une partie de jambes en l'air. Depuis longtemps Chien Brun ne jugeait plus les femmes aussi sexuellement obsédées que lui-même, mais cette info sur Belinda le peina un peu, car il avait le sentiment qu'ils en étaient encore aux premières roucoulades de leur amour. Une question lui traversa alors l'esprit : était-il devenu si pantouflard qu'à force de gagner sa vie grâce à toutes sortes d'expédients et en élevant Red et Baie, il n'était plus l'amant connu comme le loup blanc (dans la péninsule Nord) pour son trop-plein d'énergie sexuelle ? Quelques rares femmes comme Belinda exigeaient de véritables prouesses, qu'il n'avait pas accomplies.

Cette humeur maussade était sans cesse interrompue par Bob qui manipulait fébrilement et simultanément son téléphone portable et son téléphone satellite. Bob parlait avec des gens de New York et de Washington pendant que Chien Brun conduisait le luxueux Land Cruiser, dont le tableau de bord lui rappela toutes les manettes, les cadrans et les boutons dans le cockpit de l'avion quand il avait fait son unique voyage aérien. Au lieu de chercher à rencontrer des pauvres, Bob lui faisait sans arrêt gravir des collines pour avoir une meilleure réception téléphonique. À un certain moment, il fut impressionné en entendant Bob hurler : « Dis au *National Geographic* d'aller se faire foutre ! »

Chien Brun avait cru qu'ils partageraient un pack de bière durant leurs déambulations, mais Bob fut catégorique : l'alcool, même sous sa forme la plus bénigne, risque d'entamer l'énergie qu'on doit concentrer uniquement sur le travail. À ce moment-là, C.B. venait d'entrer dans la cour d'un métis connu sous le nom de Larry Big Face, une vague relation de Chien Brun, où derrière la porte grillagée couverte de mouches ils furent accueillis par la vieille mère de Larry, qui avait la gorge couverte d'un goitre gros comme un ballon de football. Elle leur réchauffa un ragoût de queue de castor et, lorsque Bob se mit à lui poser quelques questions, elle lui répondit chaque fois : « Je t'emmerde, gros Blanc », ce qu'à la longue Bob trouva un peu décourageant. Son fils Larry était en taule après avoir projeté quelqu'un à travers la vitrine d'un bar d'Ishpeming. Lorsque Bob lui tendit sa flasque de gnôle, elle en engloutit tout le contenu en quelques secondes, mais ensuite refusa toujours de répondre à la moindre question. « Occupe-toi donc de tes oignons, sale con », sifflait-elle.

Ils levèrent le camp en catastrophe quand l'animal familier de cette charmante dame, un énorme raton laveur obèse, sortit brusquement de la chambre à coucher en poussant des cris stridents. Dans la cour, Bob déclara tout à trac qu'il devait aller aux toilettes et Chien Brun lui montra du doigt une minuscule cahute toute proche d'un enclos abritant un bouc furibard.

Chien Brun fit demi-tour à partir de Sagola, traversa Crystal Falls vers Iron Mountain pour qu'ils puissent déjeuner au Fontana's et, avec un peu de chance, boire une bière. Bob parlait dans son téléphone portable quand ils entrèrent par l'arrière du restaurant ; il heurta de plein fouet le chambranle de la porte mais parut ne s'apercevoir de rien. Chien Brun avait déjà remarqué que, lorsqu'un portable ne marchait pas correctement, son propriétaire le brandissait devant lui en le regardant d'un air ahuri.

Au restaurant, leur journée de travail s'acheva pour de bon quand Bob découvrit une armoire vitrée contenant des vins fins, après quoi il renifla et sourit pour la première fois depuis son arrivée dans le Grand Nord. Chien Brun fit comme si de rien n'était et continua de bavarder avec la ravissante serveuse qu'il avait sautée quelques années plus tôt, à l'occasion d'un tournoi de bowling féminin à Escanaba. Chien Brun avait déjà mangé plusieurs fois dans ce restaurant quand il était en fonds et il avait toujours commandé le plat baptisé *Roman Holiday*, qui incluait une boulette de viande grosse comme une tête de bébé, un copieux morceau de saucisse italienne, ainsi que des gnocchis et des spaghettis, le tout noyé dans une sauce tomate excellente, sinon très subtile. Autrefois, quand on avait vraiment faim, on pouvait se faire servir, en guise d'accompagnement et pour deux dollars seulement, un demi-poulet rôti farci à l'ail.

Après s'être lavé les mains aux toilettes, Chien Brun eut la mauvaise idée de se figer longuement devant le miroir afin de procéder à un examen critique de sa personne. Il fit de son mieux pour ne pas remarquer un tressaillement des muscles de sa mâchoire qui signifiait peut-être qu'une autre de ses dents venait de déterrer la hache de guerre et s'apprêtait à attaquer son propriétaire. Autre source d'inquiétude, alors que Bob était aux toilettes en plein air, la radio locale avait annoncé que Marvin, un copain de pêche surnommé Fine Bite, avait été arrêté à moto avec une passagère alors qu'il roulait à cent soixante à l'heure sur une voie de Marquette où la vitesse était limitée à quarante. Marvin avait résisté à l'arrestation en projetant un flic sur le toit de sa voiture de patrouille : cette année, il allait rater Noël.

« Je viens de concevoir un déjeuner pour nous », déclara Bob quand Chien Brun le rejoignit à table.

Je peux dire adieu à mon *Roman Holiday*, pensa aussitôt C.B., mais dans l'angle le moins éclairé de leur box il aperçut alors trois bouteilles de vin ouvertes et Bob commençait avec un martini. L'embargo sur l'alcool était donc levé et, une bonne nouvelle n'arrivant jamais seule, Bob fit glisser trois billets de cent dollars sur la table vers son hôte.

« Il faut que je repousse notre collaboration à une date ultérieure. Je pars pour l'Afghanistan sur un projet de reportage à cinq mille dollars. » Il tapait sur la table avec son téléphone portable pour souligner ses paroles, puis il montra de la main les bouteilles de vin. « Je n'ai pas eu droit à un seul repas correct depuis presque deux jours. Nous allons fêter ça en explorant le menu à fond. »

Quelle journée... Et quelle soirée... Démolis après le déjeuner, ils piquèrent un petit roupillon dans la voiture garée sur le parking du restaurant. Chien Brun trouva le repas splendide jusqu'en son milieu, après qu'ils eurent éclusé deux bouteilles de vin que Bob buvait comme de la bière ou de l'eau fraîche, lorsqu'il fondit en larmes sans prévenir. Bob, qui était allé au Rwanda, dit à Chien Brun qu'il ne pouvait pas imaginer à quoi ressemblaient des milliers de cadavres d'hommes, de femmes et d'enfants découpés à la machette. C.B. acquiesça, mais Bob n'en avait pas fini, car il se lança dans des descriptions macabres qui s'accordaient mal aux gnocchis sauce *marinara*. Chien Brun pensa que ce type était sur la brèche depuis une décennie, qu'à trente-trois ans il en faisait presque cinquante et que tout ce qu'il mangeait semblait beaucoup plus copieux que la quantité réelle de nourriture mêlée à ses larmes abondantes. Delmore avait autrefois évoqué sa propre dépression nerveuse au moment de quitter Detroit, et C.B. pensa que Bob vivait les mêmes affres. Rassemblant son courage, il demanda à Bob si le moment était vraiment bien choisi pour repartir au front.

« J'ai flambé tout mon pognon pour m'offrir du vin, des femmes et des chansons dans toutes les capitales de l'Europe. Maintenant il faut que je meuble mon nid. Tanya, mon épouse, adore les foulards et les pompes à cinq cents dollars. »

Chien Brun, qui coupait son énorme steak, n'arrivait pas à digérer les informations fournies par Bob. Et puis la viande ne faisait aucun bien à sa nouvelle dent douloureuse, même si le tableau du monde extérieur proposé par Bob rendait sa propre existence très séduisante.

À la tombée de la nuit, C.B. arriva avec Bob dans l'allée de Belinda. Bob avait acheté et descendu deux autres bouteilles de vin lors du trajet de retour. Belinda refusa qu'on le porte dans la maison, car il avait pissé dans son pantalon. Comme la soirée était fraîche, elle le recouvrit d'un drap rose pour le protéger des moustiques.

« Je t'ai été infidèle avec Bob, dit-elle, les épaules secouées de sanglots.

— Je sais. »

Chien Brun la serra contre lui. Depuis Noël et la mort de Doris il n'avait vu personne pleurer, et voilà que même les gens huppés fondaient en larmes devant lui.

« Ce connard te l'a dit, ce gros cul répugnant. Et maintenant tu me prends sans doute pour une vraie traînée, sanglota-t-elle.

— Je ne t'ai jamais prise pour une traînée, chérie. »

Il la serra fort contre lui tout en regardant Bob se retourner dans son cocon rose. Chien Brun avait bien du mal à comprendre ce qui lui arrivait.

Delmore enrageait quand C.B. rentra chez lui. Il déclara avoir préparé un excellent dîner, ajoutant que Red et Baie avaient néanmoins donné leur portion à Chienne et à Teddy qui s'étaient installées sous la véranda sans accorder la moindre attention à la niche flambant neuve achetée par Delmore. Chien Brun jeta un coup d'œil vers la poubelle posée par terre près du comptoir de la cuisine et y remarqua trois boîtes de conserve vides : l'une avait contenu un ragoût de bœuf bon marché, la deuxième du maïs et la dernière des tomates pelées. Les gosses refusaient systématiquement de manger la « recette spéciale » de Delmore, ce qui n'empêchait pas le vieillard de la leur resservir à chaque occasion. Chien Brun se dit qu'on n'avait pas besoin d'être un vrai cordon-bleu, qu'il suffisait de cuisiner à peu près bien. Chez Belinda, entre deux flambées sexuelles, ils avaient regardé leurs émissions préférées sur la chaîne consacrée à la cuisine et C.B. avait compris qu'il ne réussirait jamais à couper les oignons comme Bobby Flay ou comme le gros Italien rouquin.

« La fille de Sappho a appelé. Elle dit qu'elle a salement besoin de toi. Pour passer la serpillière, ou quoi ? »

Le mépris de Delmore pour Gretchen était illimité.

Chien Brun téléphona à Gretchen, qui se révéla seulement capable de sangloter entre deux hoquets, puis il dit bonsoir à Red et à Baie absorbés dans le genre de film d'horreur contemporain où un monstre jaillit de la poitrine nue d'une femme pour arracher la tête de son amant qui n'en croit pas ses yeux.

« Nous devons apprendre à accepter nos pertes », assena Gretchen d'une voix pâteuse.

Une bouteille de whisky canadien était posée devant elle sur la table de la cuisine et elle portait un peignoir violet mal fermé que Chien Brun trouva printanier. Une fois n'est pas coutume, il n'avait pas la moindre envie de boire. Il avait descendu beaucoup moins de verres de vin que Bob au déjeuner, mais assez cependant pour vouloir éviter la « double casquette », une expression de la péninsule Nord qui désignait deux cuites dans la même journée.

En fait, Chien Brun ressemblait à une balle de ping-pong projetée sur les murs de la cuisine de Gretchen par toute une série d'ironies grinçantes. D'un côté, Gretchen avait toujours admiré l'immense talent d'auditeur de C.B., un talent qui s'expliquait seulement par sa réelle curiosité pour ce que disaient les gens, une capacité très rare de nos jours. Tandis qu'il sirotait doucement son whisky et qu'elle vidait le sien à toute vitesse, elle compara la perte de son amante Marcia à la perte imminente de Baie dont il allait pâtir. Ce rapprochement inattendu eut le don d'énerver prodigieusement Chien Brun, qui finit par engloutir son whisky d'un trait. La Marcia de Gretchen lui avait envoyé une lettre cruelle de New York, où elle s'était mise à la colle avec une starlette de série télé.

« Mais c'est la vie qui est une série télé », sanglota Gretchen.

Puis elle entreprit de décrire ses récentes et ultimes tentatives pour assurer au moins à Baie une année supplémentaire à la maison. On lui avait alors conseillé de s'occuper de ses oignons, ce que Gretchen avait toujours fait ; une querelle acrimonieuse s'était ensuivie. Puis elle était rentrée chez elle, pour découvrir la lettre de Marcia.

« Il est hors de question qu'ils me retirent la garde de Baie. Il leur faudra d'abord arracher mes doigts glacés et morts de la crosse de ma carabine. » Chien Brun ne se rappelait plus où il avait entendu cette phrase lyrique. « Je vais l'emmener en douce au Canada, point final.

— Alors je ne te verrai plus jamais, gémit Gretchen.

— Tu pourrais venir avec nous. On se marierait et on élèverait Baie ensemble, suggéra Chien Brun, plein d'espoir.

— Arrête tes conneries. Tu sais que je vous déteste, vous les hommes et vos zizis ridicules. »

Gretchen se servit un autre verre et, quand elle voulut boire, la moitié du liquide rata ses lèvres avachies.

« Je ne dis pas qu'il nous faudrait coucher ensemble. Mais Baie a besoin d'une mère. »

Alors les ironies grinçantes s'intensifièrent. Chien Brun, qui tripotait d'une main nerveuse ses clefs de voiture, les fit volontairement tomber par terre. Une partie de lui-même ne désirait rien tant que sauver Baie, mais l'autre partie de son cerveau – et peut-être davantage – mourait d'envie de reluquer les jambes nues de Gretchen. Lorsqu'il se pencha pour ramasser ses clefs, il fut magnifiquement récompensé de ses efforts. En effet, les pans du peignoir étaient largement ouverts et elle ne portait pas de petite culotte. Tandis qu'il s'attardait dans cette position inconfortable, le sang lui martelait la tête tout en palpitant dans sa dent douloureuse, et son zizi s'accordait peu à peu au rythme antique de son cœur. Il resta longtemps immobile, comme en transe.

« Espèce de salaud ! » s'écria soudain Gretchen en décochant un coup de pied qui rata de peu le visage du voyeur.

Il se redressa aussitôt, en proie à un vertige soudain dû au fait qu'il avait oublié de respirer. Il se prit le visage entre les mains tout en réfléchissant à la meilleure défense possible, mais quand il jeta un coup d'œil discret entre ses doigts, Gretchen dormait. Cette situation nouvelle s'accompagnait d'une autre tentation satanique, mais il sut très vite que le moment de prouver la noblesse de son âme était arrivé. Grand-père lui avait souvent dit de ne jamais profiter d'une femme saoule à moins d'être soi-même saoul. Il prit donc Gretchen dans ses bras et la porta jusqu'à la chambre. Convaincu d'être injuste envers lui-même s'il détournait les yeux, il ne les détourna point, mais il lui fallait s'arrêter là. Il se souvint qu'Horatio Alger traitait de « lâches » les méchants de ses romans, et il ne voulut pas faire partie de cette catégorie méprisable. Il posa doucement Gretchen sur le lit et réunit très lentement les pans de son peignoir sur ses cuisses en résistant à la tentation de jouer à coucou-me-voilà avec ce même peignoir. Le corps de Gretchen était le plus ravissant qu'il eût jamais contemplé et, curieusement, il semblait même cultivé. Ah, comme il désirait déposer un baiser d'oiseau sur la cible, mais il ne le pouvait pas. Dans un bloc-notes posé sur la table de chevet, il écrivit : « Jamais homme ne connut plus grand amour que moi pour toi. » Puis il partit. Dehors, dans la nuit vivifiante, il se sentit courageux, fort et bon, toutes qualités dont il aurait grand besoin au cours des mois à venir.

III

L'été arriva et repartit vite, conformément à la nature de l'été pour les gens qui ne sont plus des enfants, ces favoris des dieux qui font fi des horloges et dérivent en accord avec le vrai contenu émotionnel du temps.

Après sa journée épuisante en compagnie de la classe cultivée – Bob, Belinda et Gretchen –, Chien Brun et Delmore réintégrèrent leur humble Académie de guerre, la ferme et la caravane de Berkutt Road, nommée en l'honneur du prédateur des forêts du dix-neuvième siècle qui, tel un barbier fou, tondit à ras et ratiboisa les forêts virginales de la péninsule Nord. C.B. et Delmore essayaient de mettre sur pied un plan d'urgence pour épargner à Baie ainsi qu'à eux-mêmes les projets du gouvernement. Ils siégeaient à la table du salon de Delmore pour leurs séances de *brainstorming ;* Delmore, affublé de sa visière de comptable, prenait des notes dans un calepin d'avocat. La pression qui s'exerçait sur eux était telle que C.B. se vit dispensé de la coupe du bois sur les propriétés de Delmore. Le danger très précis qui menaçait Baie rendait Delmore étrangement plus vieux, plus mélancolique et moins rapiat. Quant à Chien Brun, il avait l'impression de se mouvoir dans une étrange zone indéterminée où chaque soir l'absence d'épuisement physique provoquait une activité mentale et une insomnie inédites. Delmore était fréquemment en contact avec des parents qui vivaient au Canada et en particulier un neveu de Doris, jusque-là considéré comme un contestataire désireux d'échapper à la conscription, qui habitait sur la Nipigon, à l'est de Thunder Bay. Chien Brun parla à cet homme au téléphone, mais il ne fut guère encouragé quand son interlocuteur se mit à ressembler comme deux gouttes d'eau à Lone Marten, l'Indien gauchiste qui venait très récemment de mettre C.B. dans de très sales draps. Ce cinglé canadien se faisait appeler Mugwa, c'est-à-dire Ours, et Delmore y voyait une « dangereuse médecine ». Chien Brun et Mugwa arrangèrent un rendez-vous dans la partie canadienne de Soo, même si C.B. n'avait pas le droit de quitter le territoire américain ; en effet, Mugwa risquait d'être jeté en prison si jamais il mettait les pieds aux États-Unis. Chien Brun comptait entrer au Canada en se faisant passer pour l'un des milliers de pêcheurs innocents qui chaque été envahissent l'Ontario. Il se sentit intrigué par l'idée de se camoufler en ce qu'il était déjà.

La matin qui suivit sa vaine déclaration d'amour chez Gretchen, la dent abîmée de Chien Brun palpitait sur un rythme rapide qui rappelait le premier solo de batterie de Gene Krupa. À l'aube, étendu sur son étroit lit miteux, il se crut en lévitation à cause de cette douleur qui excédait de beaucoup celle de son genou écrasé l'année précédente. La douleur au genou, on trouvait toujours moyen de la tenir à distance respectable, mais la rage de dents broyait sa conscience dans un étau et il espérait avoir la chance de voir un semi-remorque lui foncer droit dans la figure. Les vestiges de la foi de sa jeunesse n'étaient ni assez précis ni assez profonds et puis il avait du mal à parler, mais il se surprit à prier en silence : « Ô Dieu du Ciel et de la Terre, soulage-moi de mon mal de dent. »

Il ne se passa pas grand-chose : simplement, il se rappela son baptême par immersion alors qu'il était adolescent, et une fille nommée Evelyn qui avait émergé du réservoir dans une robe blanche mouillée qui lui collait à la peau et révélait ses formes. Le prêcheur avait plusieurs fois demandé aux membres de la congrégation de s'affranchir de toute lubricité, mais ses efforts semblaient manifestement voués à l'échec. Il attendit jusqu'à six heures du matin pour appeler Belinda, qui lui apprit qu'elle avait passé presque toute la nuit au téléphone avec son rabbin de Detroit pour lui parler de son addiction sexuelle. Chien Brun regarda le combiné comme s'il venait d'entendre une information en provenance de l'espace intersidéral. Belinda lui dit de passer juste avant midi et, en attendant, elle lui conseilla de se blinder à l'Ibuprofen et au whisky.

« Ta bicuspide est niquée, conclut Belinda. Va falloir que je t'en débarrasse. »

Chien Brun lui caressait les fesses à travers sa tenue verte de dentiste, quand elle lui appliqua sèchement le masque à gaz sur la figure. Alors que l'heure du déjeuner approchait, Belinda redoubla d'énergie ; comme on était jeudi, la gargote qui se trouvait un peu plus loin dans la rue servirait de la tourte à la viande accompagnée d'une classique sauce à la viande. Chien Brun arborait maintenant une très courageuse érection et Belinda s'amusa de la sentir décroître au fur et à mesure que le protoxyde d'azote faisait son effet. Une fille ne pouvait qu'aimer un homme qui lui causait si peu de soucis. Malgré les deux heures passées au téléphone avec son rabbin, elle n'avait pas la bêtise de croire que ses extraordinaires besoins sexuels allaient disparaître comme par enchantement. Le rabbin lui avait donné les coordonnées d'un groupe de rencontre d'obsédés sexuels qui se réunissaient à Marquette, à moins de cent cinquante kilomètres au nord. Elle se dit aussitôt que ce groupe de rencontre serait certainement infesté d'universitaires locaux, le genre d'individus qui trouvaient toujours quelque chose à se reprocher ou à reprocher aux autres, et souvent aux deux en même temps. L'aspect le plus enthousiasmant de la vie dans la péninsule Nord, contrairement à Ann Arbor, c'était de découvrir des gens qui ne se plaignaient que fort peu des caprices brutaux de l'existence. Les ouvriers, par exemple, ne se plaignaient jamais de leur gueule de bois, car si on avait assez de fric pour se saouler, ça voulait dire que tout allait bien.

Belinda arracha la bicuspide de C.B. en un tournemain, peut-être prématurément, mais elle avait vraiment hâte de retrouver Gretchen à déjeuner et puis elle n'arrivait pas à oublier le jour où elle était arrivée en retard dans cette gargote et il où ne restait plus la moindre part de tourte à la viande spéciale. En atteignant récemment l'âge de trente ans, elle s'était mise à apprécier de plus en plus des plats qui n'étaient pas sans évoquer la cuisine désastreuse de sa mère. L'époque était bien révolue, où elle habitait à une rue de Zingerman's et où les meilleurs plats du monde se trouvaient à portée de la main. Maintenant elle devait attendre toute une journée avant de recevoir ses gâteries gastronomiques par FedEx. Ce matin encore, elle savourait son vacherin quand Gretchen était passée lui demander un Percocet pour atténuer les effets désagréables de sa gueule de bois. Une fois de plus, elle sermonna Gretchen pour la dissuader de focaliser toute son affection sur une seule femme, mais elle dut reconnaître que sa propre versatilité avait des conséquences émotionnellement désastreuses. Il lui restait seulement à espérer rencontrer monsieur Parfait dans le groupe des victimes de l'addiction sexuelle.

Les deux filles avaient presque fini de déjeuner quand Chien Brun se pointa au restaurant avec une joue bourrée de gaze et demanda bêtement à Gretchen une cuillerée de sa sauce à la viande avant que Belinda ne puisse intervenir. Le sel de la sauce traversa la gaze et Chien Brun se retrouva par terre à fouetter l'air de ses quatre membres. Bertie, le propriétaire du resto et un vieil ami de Delmore, apporta un grand verre de schnaps prélevé dans sa réserve secrète. Chien Brun le but avec une paille coincée au fond et du bon côté de la bouche.

« Tu ne m'as rien fait hier soir, n'est-ce pas ? le taquina Gretchen.

— Non. Je ne suis pas lâche à ce point, marmonna Chien Brun.

— Mais si, tu es un lâche. Selon mon dernier souvenir de la soirée, tu as fait tomber exprès tes clefs de la table pour pouvoir me reluquer les cuisses. Après quoi je me suis évanouie. Tu as donc raté le coche, si tu veux bien regarder les choses en face. À mon réveil, mon peignoir était grand ouvert et je me suis dit : Oh non, aurais-je commis un acte hétérosexuel dans mon ébriété ? »

Belinda et Gretchen rirent de bon cœur, tandis que Chien Brun se prenait le visage entre les mains, pour que les deux femmes ne voient pas les larmes qui lui jaillissaient des yeux. Avait-il simplement eu cet accès de noblesse à cause de son désir d'obéir à l'injonction de son grand-père – ne pas faire l'amour à une femme saoule à moins d'être soi-même saoul ? Pareil problème éthique n'aboutissait qu'au désespoir et aux larmes, si bien qu'il tira goulûment sur sa paille et but une longue rasade de schnaps. Quand il regarda Gretchen, qui portait un corsage d'été bleu pâle et sans manches, son cœur s'emballa.

Il eut envie de lui dire : « Je sais que notre amour ne verra jamais le jour, mais à quoi bon se moquer de moi ? »

Parfois, les femmes étaient vraiment trop garces. Elles ressemblaient à une carte de la Saint-Valentin qui vous tirait une balle dans le cœur. Avant d'aller en ville ce matin, il avait vu Chienne attraper une marmotte, puis jouer à tirer dessus avec Teddy, après quoi la mère et la fille s'assirent pour dévorer toute la marmotte, pattes comprises. Chien Brun, qui se comparait volontiers à cette marmotte, essuya ses larmes. Belinda et Gretchen le considérèrent avec une sympathie étonnée avant de tendre en même temps une main vers les siennes. Malgré leur cruauté, il frémit d'amour ou de lubricité, mais ces deux sentiments lui semblaient inextricablement mêlés.

Chien Brun attendit jusqu'au week-end du 4 juillet pour faire son voyage de reconnaissance et rencontrer Mugwa au Canada. Delmore avait renoncé au surnom pittoresque de Mugwa pour appeler son cousin Frank, afin de ne pas froisser les esprits des ours. C.B. remarqua que depuis peu Delmore employait de plus en plus d'expressions chippewa qui remontaient à sa jeunesse. Red se rebiffa et prit un air gêné quand Delmore se mit à prier et à brûler quelques branches de cèdre à l'aube ; puis Red décrocha une bourse pour un camp scientifique et s'absenta pendant trois semaines. Baie regrettait la présence de son frère, qui la traitait avec une gentillesse peu commune pour un adolescent insupportable. Chien Brun hésita à laisser Baie toute seule avec Delmore, mais il se dit que le week-end du 4 juillet était particulièrement indiqué pour son petit voyage au Canada. Il lui faudrait acheter une chemise et un pantalon neufs, ainsi sans doute qu'une canne à pêche, car sa vieille canne était tellement couverte de ruban adhésif qu'elle lui donnait à lui aussi un air minable. Il découvrit avec stupéfaction le prix astronomique des cannes à pêche, mais il faut dire qu'il n'en avait pas acheté une neuve depuis plus de vingt ans. Les vêtements neufs étaient encore plus problématiques, jusqu'au moment où dans une petite rue il trouva une boutique de discount qui vendait de tout, depuis la vaisselle plastique jusqu'aux pneus de voiture, depuis les vitamines jusqu'aux vêtements en tout genre. Il se sentit tout heureux de faire l'acquisition d'un chapeau mou kaki aux imprimés évoquant la pêche, une truite bondissant hors de l'eau pour attraper un bourdon, et d'une chemise hawaiienne où l'on voyait des jeunes gens dans une vieille Ford décapotable qui filait sur une route bordée de palmiers. Il résista d'abord au prix de cinq dollars annoncé sur un manteau en polyester vert qui avait aussi l'avantage de vous rendre invisible dans un fourré, mais il finit par l'acheter quand le petit employé à peau olivâtre lui assura que ce manteau lui irait « formidablement bien ».

Et puis c'était la même nuance de vert que le bikini de Gretchen, quand ils avaient emmené Baie pique-niquer et se baigner au bord du lac Michigan la semaine passée. Ils furent attaqués par des mouches des sables et Chien Brun réussit à enduire de lotion insecticide le dos de Gretchen, qui s'occupa elle-même du reste. Elle avait éclaté de rire en sentant trembler les mains de son compagnon. Après qu'ils eurent mangé le poulet rôti et les œufs à la diable, Gretchen avait fait une petite sieste sur la couverture et C.B. avait approché sa tête tout près du corps de la jeune femme, tout en clignant des yeux afin de prendre des centaines de photographies mentales de son anatomie. Il s'arrêta longuement à proximité du nombril comme pour y sonder le mystère de la naissance, tout en se disant une fois encore qu'il n'avait jamais connu la femme qui l'avait mis au monde. Il se sentit béni des dieux quand Gretchen se retourna, lui donnant ainsi l'occasion de photographier mentalement le recto de son corps. Son cœur s'emballa et il fit signe de s'éloigner à Baie qui sortait d'un massif herbeux avec un grand serpent noir autour du bras. Son érection le gênait et il se refusait presque à admettre que Gretchen faisait sans doute partie d'une espèce différente.

Depuis que Belinda avait rejoint son groupe de rencontre pour obsédés sexuels, il s'était vu interdire toutes les voies d'accès à la satisfaction du désir. Le groupe était tombé d'accord pour demander à Belinda de se limiter à deux fois par semaine, ce qui entre parenthèses ne suffisait à aucun de ses membres. Et puis elle se mit en rogne lorsque Chien Brun éclata de rire à cause de son histoire mélancolique d'un professeur d'anglais qui se masturbait sans arrêt en pensant à l'étudiante qu'il aimait. De nouveaux règlements interdisaient toute liaison amoureuse entre un professeur et l'une de ses étudiantes, si bien que cette fille avait donné à son malheureux mentor des photos d'elle nue, pour qu'il puisse consommer abstraitement leur amour. Belinda avait tenté d'aider cet homme, mais les goûts du professeur se limitaient aux petites femmes maigres. Chien Brun avait trouvé ça désopilant et Belinda lui avait lancé à la figure une pâtisserie à la cannelle. Ainsi, les professeurs se retrouvaient dans le même bateau que lui-même avec Gretchen.

La route de Sault-Sainte-Marie lui rendit sa bonne humeur. Chien Brun avait passé presque toute son existence sans se soucier le moins du monde de problèmes domestiques et les neuf derniers mois l'avaient presque anéanti. Au fil des ans, il avait éprouvé une sympathie croissante pour tous les gens ordinaires qui obéissaient aux prescriptions du nid et qui dépensaient tant d'énergie pour éduquer la génération suivante. Assez simplement, cette activité occupait leur vie comme elle mobilisait désormais la sienne et il ne connaissait plus ces heures jadis innombrables consacrées au calme, à la pêche et à la chasse, aux promenades aventureuses où la seule destination était celle proposée par la curiosité, à l'époque où il vivait dans des chalets de chasse empruntés à autrui en échange de quelques travaux d'entretien. Sans compter l'argent consacré à la bière, on pouvait vivre avec quelques dollars par jour. Une boîte de corned-beef, une boîte de haricots et une tête de chou vous remplissaient le ventre, avec ces suppléments que constituaient le poisson, le gibier et les baies qu'on cueillait en forêt. Une fois, en automne, un chasseur lui avait donné un cœur d'ours qu'il avait fait griller lentement, mais des rêves d'ours lui avaient ensuite gâché la nuit. Voilà ce qui inquiétait Delmore chez son parent canadien qu'ils avaient choisi pour les aider à sauver Baie. Quand on possédait une « médecine d'ours », il fallait la manipuler dans le plus grand secret et avec modestie, car sinon on s'exposait à de graves ennuis. Il semblait néanmoins judicieux de faire appel aux services d'un neveu proche qui serait la cheville ouvrière du projet.

La douane canadienne, Chien Brun la franchit après quelques questions et un grand signe de la main.

« Je suis ici pour la poiscaille », déclara-t-il en faisant référence aux grosses truites canadiennes, avant d'ajouter qu'il se dirigeait vers Wawa et peut-être la Nipigon.

De l'autre côté de la barrière, la queue des voitures canadiennes essayant d'entrer aux États-Unis était très longue. Delmore avait expliqué que, depuis le 11 Septembre, les Américains avaient tout fait pour rendre leurs frontières hermétiques, mais celle du Canada, longue de cinq mille kilomètres, était très difficile à surveiller en permanence. Delmore se vantait de pouvoir conduire un troupeau d'éléphants depuis le Canada jusque dans le Minnesota sans se faire remarquer. Certes, des terroristes pouvaient parfaitement traverser le lac Supérieur vers la péninsule Nord, mais Delmore se demandait ce qu'ils pourraient bien y trouver d'intéressant à faire sauter. Chien Brun ne voulait pas entendre parler de ce genre d'éventualité. Il savait peu de choses mais était doué d'une imagination fertile : la volonté de massacrer des milliers d'innocents le dépassait complètement, elle faisait partie de ces immenses points d'interrogation que la vie nous propose avec une générosité apparemment illimitée.

Quand Chien Brun se gara sur le parking du Black Cat, un club de strip-tease, il se dit que le malabar juché sur une vieille Harley était sans doute Mugwa. L'homme avait le crâne rasé, hormis une longue tresse, et il portait un gilet en cuir sale sans chemise. En s'approchant, Chien Brun aperçut un tatouage amateur RED POWER sur une épaule qui, vue de près, semblait massive.

« Voilà un chapeau de beauf, mon cousin, dit Mugwa en guise d'introduction.

— Je suis déguisé en pêcheur américain. »

Chien Brun ôta son chapeau et le regarda. Il fut stupéfait quand Mugwa le serra dans ses bras.

« J'arrête pas d'expliquer à Delmore au téléphone que Mugwa est mon vrai nom. J'ai essayé de voler un ourson quand j'étais gosse et j'ai été salement blessé. »

Il se retourna et releva son gilet pour montrer le tissu cicatriciel des traces de griffes, blanchâtres sur sa peau marron.

« Delmore écoute pas trop bien, commenta Chien Brun.

— Tu es censé dire : "Delmore n'écoute pas très bien".

Les fautes de grammaire et de vocabulaire sont toujours utilisées par l'homme blanc pour nous rabaisser. J'ai été videur ici pendant deux ans. J'ai toujours une ristourne sur les verres. »

Il alluma un joint, en tira une puissante bouffée dans le grand jour du parking, puis il le tendit à Chien Brun qui tira dessus légèrement, pour ne pas être impoli.

« Le shit m'empêche de me saouler », expliqua Mugwa avant de faire un geste en direction d'une ruelle.

Trois autochtones encore plus massifs arrivèrent près d'eux à moto.

« Nos frères. Ils sont au courant du projet. »

Une fois dans le club et après deux bières, Chien Brun songea qu'il ne s'était jamais senti davantage en sécurité dans un débit de boissons. Delmore lui avait raconté que dans son enfance, à Beaver Island, ils avaient une nuit rapporté dans leur filet cinq cents kilos de truites de lac et de poisson à chair blanche. Contrairement à de nombreuses tribus américaines, ils souffraient rarement d'un manque de protéines. Les trois « frères » de Mugwa ne mouftaient pas, même si l'un d'eux proposa à Chien Brun un gros morceau de viande d'élan séchée, qui fut délicieuse avec de la bière froide.

« C'est facile comme bonjour. On vous récupérera, toi et la fillette, à Whitefish Point, puis on vous transportera à Batchawana Bay ou à Wawa, et vous pourrez rester avec moi jusqu'à ce que l'affaire se tasse. On aura un drapeau américain sur le bateau de pêche. J'ai été un peu plus loin que Delmore et j'ai parlé à ma cousine Rose en prison, ta soi-disant épouse. Elle a signé l'autorisation pour que Baie aille à Lansing. C'est une salope doublée d'une poivrote, elle ne veut même pas s'occuper de sa propre fille quand elle sortira de prison l'année prochaine. Elle m'a dit qu'elle comptait dévaliser des banques dès qu'elle serait sortie de taule. Ç'a toujours été une chieuse. Quand on était gosses, elle m'a démoli mon tricycle à coups de batte de base-ball. »

C.B. s'impatientait. Ils avaient fini leurs petites affaires, mais les danseuses ne devaient pas entrer en scène avant une bonne heure, vers cinq heures de l'après-midi. Delmore lui avait expressément demandé de rentrer le soir même, si c'était humainement possible – quoi que cela veuille dire – et Chien Brun affrontait maintenant la perspective déprimante de quatre heures de route sans la moindre distraction en vue.

Mugwa devina la source de l'agitation de Chien Brun, alla faire un tour dans les coulisses et revint avec une strip-teaseuse en tenue de ville.

« Je te présente Antoinette. Elle vient de la ville de Québec et sa religion politique lui interdit de parler anglais. Elle va se faire un plaisir de t'offrir son numéro extra-spécial à cinquante dollars. »

Antoinette écarta une chaise de la table et fit signe à C.B. de s'y installer. Vêtue d'un corsage blanc et d'une jupe d'été assez large, elle évoquait une étudiante particulièrement irritée. Chien Brun sentit un sourire narquois naître sur ses lèvres et il s'inclina devant une Antoinette agacée qui détourna le regard et dit quelque chose en français à Mugwa.

« La règle, c'est que t'as pas le droit de la toucher. Garde les mains contre ton corps », expliqua Mugwa.

Chien Brun esquiva quand Antoinette parut désireuse de lui flanquer un grand coup de pied en pleine figure. Elle leva lentement un pied très haut par-dessus la tête, puis l'abaissa lentement sur celle de C.B. Sans jamais quitter cette position précaire, elle fit glisser sa jupe et son corsage par le haut et les lança au visage de Chien Brun. Et tout ce temps elle le regardait dans le blanc des yeux comme si elle nourrissait des intentions maléfiques à l'égard du malheureux métis, comme Faith Domergue dans *Le Carrefour de la mort*, le vieux classique préféré de Delmore. Son corps était assez semblable à celui de Gretchen pour décontenancer encore plus C.B. Elle se débarrassa de son soutien-gorge et de sa culotte en les faisant adroitement passer au-dessus de sa tête pour les accrocher autour du cou de Chien Brun en une parodie agressive de strangulation, puis elle se laissa tomber sur les genoux de l'homme en se trémoussant, avant de bâiller tout à trac et de faire semblant de s'endormir. Alors il huma le parfum de lilas mouillé d'Antoinette et faillit tourner de l'œil, en se rappelant néanmoins qu'il devait continuer de respirer. Si seulement c'était Gretchen ! Antoinette pivota soudain sur ses talons et plia le buste en hurlant comme une chatte folle de lubricité et en approchant ses fesses du visage de C.B. Lequel procéda à l'enregistrement quasi instantané d'un souvenir visuel impérissable. Ses amis guerriers assis à la table éclatèrent d'un rire qui ressemblait davantage au hurlement d'un félin, puis Chien Brun oublia de respirer et perdit peu à peu connaissance. Mugwa bondit en avant et le rattrapa avant que son corps ne percute le sol. Chien Brun se redressa, en proie à un vertige sans précédent. Antoinette l'embrassa sur la joue, puis pinça entre ses doigts le gland de son pénis protubérant sous son pantalon, comme s'il s'agissait d'une grosse bille de verre. Elle fila vers les coulisses en lâchant un dernier hurlement sauvage qui tétanisa définitivement les muscles de Chien Brun.

« Je lui ai fait l'amour une seule fois et ensuite j'ai passé une heure entière dans la rivière St. Marys avant de retrouver ma forme humaine », déclara Mugwa.

Les autres guerriers opinèrent d'un air pensif.

Chien Brun atteignit la maison juste après la tombée de la nuit et il se gara près de la caravane au cas où Delmore et Baie se seraient couchés de bonne heure. La route du retour lui avait mis les nerfs à vif, la chaleureuse atmosphère de confiance créée par Mugwa et ses guerriers ayant soudain volé en éclats lors du numéro effrayant d'Antoinette la strip-teaseuse. Sur le parking, au moment de se séparer, ils s'étaient tous disposés en cercle en se tenant la main avant de pousser des cris de guerre glaçants, tous sauf Chien Brun qui réussit seulement à glapir. Pour lui, ces types étaient des Indiens « à l'ancienne » qui n'auraient jamais pris place sous son propre parapluie social accommodant : le travail dur, la pauvreté, l'alcool, faire la cuisine pour les enfants, rassembler assez de bois de chauffe pour deux foyers en hiver. Ils avaient un mordant, une sauvagerie inexplicables, qui ressemblaient un peu à ceux de la strip-teaseuse. Toutes les femmes étaient des membres potentiels de sa vie fantasmatique, mais le jour où Antoinette se pointerait dans l'une des nombreuses cabanes en toile goudronnée qu'il fréquentait, il sauterait aussitôt par une fenêtre et filerait à toute vitesse vers le marais le plus proche.

Et puis il avait eu chaud en rentrant aux États-Unis, quand un fonctionnaire des douanes se mit à lui crier dessus et qu'il fut sauvé par un autre douanier avec qui il discutait souvent de pêche dans la partie américaine de Sault-Sainte-Marie. Naquit donc dans son esprit la question suivante : Si jamais il s'enfuyait au Canada, pourrait-il revenir un jour ? Il avait déjà la vie assez dure en Amérique pour que ce ne soit pas pire à l'étranger, même si la péninsule Nord et les régions toutes proches de l'Ontario se ressemblaient sans doute. Ce qui l'amena à une énigme : Pourquoi s'agissait-il de pays différents ? Delmore aimait bien écouter la radio canadienne CBC et il fallait vraiment tendre l'oreille pour trouver une différence quelconque avec les radios locales. En tout cas le Canada ne se prenait pas pour le nombril ni pour le gendarme du monde.

En s'approchant sur le chemin de terre obscur, Chien Brun se creusait les méninges pour se rappeler les paroles de l'hymne national quand il crut apercevoir le halo orangé d'une flamme non loin de la façade de la maison de Delmore. Il s'élança au petit trot, mais vit bientôt deux formes autour d'un feu de camp à demi caché dans le bosquet de lilas. En s'approchant encore, il comprit que c'était Baie qui faisait griller des marshmallows, et Delmore qui dormait en position assise, enveloppé de sa peau d'ours. Baie agita vers lui un marshmallow enflammé et sourit. Elle portait le vieux peignoir de bain au col en fourrure de Delmore, que Doris avait cousu pour lui. Selon Doris, les membres du clan de la tortue avaient toujours froid, comme leurs homologues amphibiens. Puis Chien Brun découvrit avec embarras le contenu du sac de médicaments de Doris répandu sur les cuisses de Delmore. Il ne connaissait pas grand-chose à ces trucs-là, mais ce sac avait été légué à Baie, et il fallait le protéger contre Rose si jamais elle revenait ici après sa sortie de prison. Il avait entendu parler de la pipe huard en pierre tendre qui avait, paraît-il, mille ans. Il y avait aussi le cordon ombilical séché de Baie, quelques griffes d'ours, des écailles de tortue ainsi qu'un sifflet taillé dans un os d'aigle et envoyé de Frazer, dans le Montana, par un cousin de Doris. Poussés par la curiosité, des Chippewas étaient partis chasser vers l'ouest et le gouvernement américain avait alors refusé de les laisser retourner dans la péninsule Nord, si bien qu'ils étaient restés dans le Montana. Certains étaient des Windy Boys qui avaient des parents à Peshawbestown, au nord de Traverse City.

Sans savoir comment réagir, Chien Brun décida de s'inquiéter de Baie et de ses marshmallows, convaincu que tout ce sucre allait la tenir éveillée jusque tard dans la nuit, à siffler tout son répertoire de chants d'oiseaux. Ce n'était pas désagréable à entendre, mais on se réveillait sans arrêt en croyant le matin arrivé.

« J'ai fait un rêve, bredouilla Delmore en ouvrant les yeux. Baie et toi, vous étiez dans un chalet sur la Nipigon avec cette assistante sociale de mes deux.

— Pas très plausible. Elle m'a confié que, lorsqu'elle était gamine, un instituteur canadien l'avait un peu pelotée, si bien qu'elle n'est pas très chaude pour le Canada. »

Quand Chien Brun avait essayé de savoir ce que cet instituteur lui avait fait au juste, Gretchen s'était contentée de répondre « Ce que les hommes font », sans se donner la peine de préciser.

« Je me contente de te raconter mon rêve, je ne cherche pas la bagarre. »

Baie leur proposa à chacun un marshmallow noirci, son approximation jusque-là la plus réussie de ce qu'on appelle la cuisine. Ils les mangèrent avec grand plaisir.

Soudain août arriva et ils reçurent une lettre de l'école de Lansing, qui énumérait les choses dont Baie aurait besoin quand elle s'y rendrait en septembre. Cette lettre, longue de deux pages, passait en revue tout ce que l'enfant devrait avoir, trois brosses à dents, trois paires de chaussures, une paire de bottes en caoutchouc, six jupes et sept corsages, et ainsi de suite, jusqu'à cette question : « Cet enfant a-t-il reçu une éducation sexuelle ? »

Baie jouait aux échecs chinois tandis que son serpent noir apprivoisé dormait lové sur l'échiquier. Chien Brun et Delmore jetèrent un coup d'œil à Baie avant que Delmore ne gratte une allumette pour mettre le feu à cette liste, qu'il balança par-delà la véranda. Chienne et Teddy sortirent de sous les planches, regardèrent la feuille de papier qui brûlait, puis levèrent les yeux vers Delmore en attendant une explication. Il était fâché contre Chienne qui ce matin-là avait écrasé une tortue entre ses puissantes mâchoires. C.B. avait tenté en vain d'arracher la tortue à Chienne, puis Delmore l'avait enterrée près des cendres de Doris, à proximité du petit bosquet de cèdres rouges.

La lettre de Lansing précisait qu'ils devaient déposer Baie à trois heures de l'après-midi, le lendemain de la fête du Travail. Delmore déclara qu'à supposer qu'ils obéissent aux termes de cette lettre, ce qu'ils ne comptaient bien sûr pas faire, il leur faudrait se lever à cinq heures du matin. Tous ces soucis perturbaient Chien Brun qui avait déjà bien assez de problèmes à régler. La vie était beaucoup plus facile quand il coupait du bois dix heures par jour. Il manquait d'expérience pour les projets d'avenir. Par exemple, quelques jours plus tôt Delmore, qui avait été en contact avec les responsables du camp de formation scientifique de Red, avait annoncé qu'à l'automne il enverrait Red à Cranbrook, une école privée de Detroit. Cette nouvelle stupéfia Chien Brun, mais Delmore lui rappela qu'il serait alors planqué au Canada avec Baie. Delmore expliqua que Red constituait l'« avenir de la famille » et qu'il ne pouvait tout de même pas vivre avec un vieux chnoque arriéré comme lui. Chien Brun constata avec gêne qu'il avait oublié de faire des projets pour Red, mais il attribua cet oubli à ses propres problèmes amoureux qui eux-mêmes venaient du manque d'amour dans le monde. Un soir, après une prodigieuse cavalcade sur la moquette de Belinda, elle lui avait annoncé que leur liaison était terminée. Elle avait convaincu le professeur d'anglais de son groupe de rencontre d'essayer une femme un peu plus ronde et ils devaient partir ensemble pour Las Vegas afin d'y passer une semaine de vacances. Elle avait besoin d'« un vrai partenaire », expliqua-t-elle, d'un homme qu'elle pourrait présenter à ses parents.

« Et moi, je ne suis pas vrai ? » s'étonna alors Chien Brun, et Belinda fondit en larmes, submergée de honte, avant de lui assurer que lui-même et ses deux enfants adoptifs auraient droit à des soins dentaires gratuits pendant toute leur existence.

Aussitôt requinquée, Belinda lui rappela d'amener Baie pour un détartrage avant qu'elle ne parte pour Lansing. Par prudence, Chien Brun n'avait pas divulgué ses projets canadiens à Belinda, dont la versatilité émotionnelle l'atterrait parfois. Un soir, très tard, alors qu'ils se restauraient après l'amour (gambas grillées), elle l'interrogea sur ses sentiments concernant le fait qu'elle était juive, et il lui répondit qu'il s'en moquait comme de l'an quarante, ce qui la troubla. Les gens de la classe de Belinda, habitués depuis toujours aux médias et aux institutions d'enseignement, avaient du mal à admettre les immenses lacunes d'individus comme Chien Brun. Ainsi, il savait que Jésus était un Juif qui avait été exécuté par les Romains. Delmore avait déclaré que les Américains étaient les nouveaux Romains ; C.B. s'était donc imaginé que de puissants hommes d'affaires des environs risquaient de faire la peau à un agitateur comme Jésus. Tout simplement, la vie itinérante qu'il avait menée dans le Grand Nord ne l'avait jamais mis en contact avec des Juifs, et pas davantage avec des Noirs. Trente ans plus tôt, durant les quelques mois qu'il avait passés à l'école biblique de Chicago, il était tombé amoureux d'une femme noire ; par ailleurs, il avait plusieurs fois mangé des *blintzes* dans un restaurant juif et il considérait ces *blintzes* comme bien meilleurs que les *pancakes* chrétiens.

Le détartrage de Baie ne fut pas un succès, loin de là. Dans la salle d'attente, Chien Brun lisait un article du *National Geographic* sur les pingouins empereurs : le mâle s'occupe des œufs tandis que la femelle part en virée pour manger du krill. Du *krill ?* Soudain, il entendit Belinda crier. Le problème était le suivant : au bout de quelques minutes dans la chaise de torture, Baie avait attendu que la dentiste ait le dos tourné pour filer vers la fenêtre ouverte et disparaître dans la nature. Chien Brun et Belinda lui donnèrent la chasse sans savoir quelle direction prendre. Belinda fit halte aux services sociaux afin de convaincre Gretchen de l'aider. Quant à C.B., il se dirigea vers la marina en se disant que l'amour de Baie pour l'eau risquait fort de l'attirer par là. Baie ne se perdait jamais en forêt, mais il n'était pas certain que ce splendide sens de l'orientation s'appliquât aussi à la ville d'Escanaba. En cherchant ainsi Baie, il se sentit encore plus désespéré que la semaine précédente quand, mourant d'envie de boire un pack de bière, il avait passé trois heures à chercher en vain ses clefs de voiture, avant de les découvrir enfin dans la chambre minuscule de Baie, au fond d'un tiroir de sa commode, en compagnie de son serpent domestique. Ce serpent comprit parfaitement que Chien Brun n'était pas Baie, car il lui mordit le doigt quand C.B. voulut récupérer ses clefs.

Il explorait donc les abords de la marina quand Gretchen le rejoignit, hors d'haleine et en larmes. Il essaya de la calmer en lui répétant qu'il était certain que Baie allait se manifester, mais il apprit bientôt que Gretchen venait de recevoir une autre lettre venimeuse de son ex-compagne, si bien que les deux événements réunis avaient coulé le gracieux esquif de son sourire. Chien Brun lui enlaça les épaules et sentit dans son bras et dans sa main le même bourdonnement, les mêmes frissons qu'il percevait chez Baie quand elle était désespérée ou effrayée. C'est alors qu'il entendit le cri cruel d'un autour, une stridence qui emplit de terreur toutes les créatures de la taille d'un lapin des neiges ou plus petites. Il l'entendit encore et il pensait au caractère profondément irritable de l'autour lorsqu'il se demanda tout à trac ce que ce rapace farouche fabriquait à Escanaba. Alors il leva les yeux et vit Baie perchée tout en haut d'un grand sapin. Elle agita la main et entreprit d'en descendre. Quand elle sauta de la branche inférieure de l'arbre, Gretchen la reçut dans ses bras avant de serrer contre elle la seule âme qui éveillait son instinct maternel.

À la fin de la première semaine d'août, Delmore se mit à cocher les jours sur le calendrier, « exactement comme ils font dans les films », dit-il. Red, de retour de son camp de formation scientifique, était terriblement excité à l'idée de partir dans une bonne école. Ils ne le voyaient pas beaucoup, car Delmore avait craqué et lui avait acheté un ordinateur portable d'occasion, moyennant quoi Red oubliait non seulement les deux adultes, mais le monde entier. Baie restait parfois assise près de lui pendant une bonne heure, fascinée par l'écran. Chien Brun avait mis Red dans la confidence de son plan de sauvetage.

« Je suis fier de toi, papa », fut tout ce que dit Red avant de retourner à son ordinateur.

Une grosse boule dans la gorge, Chien Brun se réfugia sur la véranda. Il ne se rappelait pas que quiconque lui ait jamais dit être fier de lui. Bien sûr, il s'avouait volontiers que lui-même n'avait jamais donné l'occasion à personne de manifester ce sentiment à son égard.

Tic-tac, tic-tac, filait le temps sans pitié. À la mi-août, Gretchen se lamentait toujours sur l'injustice de l'amour et, pour des raisons évidentes, Chien Brun sympathisait ardemment avec elle. Il l'invita à dîner à la maison afin qu'ils organisent ensemble un petit séjour de camping sur les rives du lac Supérieur, où le célèbre poète Longfellow avait obtenu ses informations de seconde main pour écrire son poème en vers de mirliton, *Hiawatha*. Delmore fit semblant d'être outré de devoir accueillir Gretchen chez lui, car elle lui avait coûté de l'argent en l'obligeant à verser des indemnités à Chien Brun lorsqu'il avait eu la rotule écrasée, sans parler de la plomberie et du chauffage de la caravane. Mais ce soir-là, sa colère à deux sous manquait de punch. Après tout, son rêve avait fait de Gretchen une alliée. Une fois de plus, Chien Brun cuisina son plat de poulet à la saucisse italienne inspiré du *Livre de cuisine de papa*, et une fois de plus quand vint le moment de se servir lui-même, il se retrouva avec deux ailes. Il n'y prêta guère attention, car il se concentrait sur le moral de Gretchen, sans néanmoins se départir de son tact. La question informulée était la suivante : Pourquoi diable s'obstinait-elle à ouvrir ses lettres, puisque les conséquences de ce geste étaient à chaque fois catastrophiques ? Le seul courrier que recevait Chien Brun, c'était tous les deux ou trois ans le formulaire de renouvellement de son permis de conduire, envoyé au Dunes Saloon de Grand Marais, si bien qu'il échappait au mauvais œil dont Gretchen était la victime. Elle dit à C.B. qu'au moins une fois par mois sa mère lui écrivait pour la supplier de faire d'elle une grand-mère, et ce malgré les choix sexuels affirmés de Gretchen. Chien Brun avait bien sûr proposé ses services contre un dollar symbolique, ce qu'elle trouvait plutôt cocasse : se considérait-il vraiment comme le propriétaire d'un patrimoine génétique supérieur ?

« Moui », répondit-il sans se troubler.

Chien Brun devait sa seule connaissance des gènes à Delmore qui ressassait sa théorie selon laquelle tous les problèmes de l'humanité étaient dus à l'orgueil ethnique : si seuls les mariages interraciaux étaient autorisés, alors la paix régnerait sur le monde.

En guise de baume et de bonus, il savoura la longue sérénité de trois jours de camping à l'est de l'affluent du Beaver Lake dans le bassin de la Beaver. Ils ne rencontrèrent pas âme qui vive, hormis un garde du parc qui, le dernier soir avant leur départ, les enquiquina de son mieux. L'uniforme rendait Chien Brun nerveux, car il était toujours en liberté surveillée et contraint d'attendre encore quatre mois avant de pouvoir retourner légalement dans le comté d'Alger. En bikini vert, Gretchen détourna aussitôt l'attention du garde en déclarant que leur permis de camping se trouvait dans la voiture garée à huit kilomètres de là, dans une trousse qui contenait aussi son rouge à lèvres, son mascara et son vibromasseur. Le garde rougit avant de repartir le long de la plage.

Les journées étaient chaudes et belles, les nuits resplendissaient d'étoiles innombrables qui, en l'absence de tout éclairage parasite, jetaient dans le ciel une couverture de lumière crémeuse. Gretchen se rappela un vers de Lorca, appris à l'université en cours d'espagnol : « La nuit énorme plaquant ses reins contre la voie lactée. » Chien Brun réfléchit un moment, puis conclut : « C'est bien trouvé. »

Gretchen et Baie dormaient sur des tapis de sol dans une petite tente de montagne, tandis que Chien Brun s'enroulait dans une couverture près du feu de bois flotté dont il aimait s'occuper pendant la nuit. Il trouvait qu'ils avaient de la chance, car les rives du lac Supérieur avaient été inhospitalières durant tout l'été. Un jour particulièrement maussade, la météo marine avait prédit des vents montant jusqu'à soixante nœuds et des vagues hautes de sept à huit mètres, un temps caractéristique d'octobre ou de décembre, mais certes pas des mois d'été.

Le deuxième matin, à l'aube, Chien Brun réveilla Gretchen et Baie pour leur montrer une mère ourse et ses deux oursons qui se baignaient un peu plus loin sur la plage et cette nuit-là, tandis qu'ils admiraient les plus belles aurores boréales qu'il eût jamais vues, ils entendirent le hurlement d'un loup solitaire vers le sud-ouest. Chien Brun fut très étonné, car il ne connaissait aucune tanière de loup dans cette région – il y avait deux tanières assez proches de Grand Marais –, mais un fonctionnaire de l'environnement lui avait expliqué qu'un mâle dominant en patrouille sur son territoire pouvait parcourir cent kilomètres en une seule nuit.

Pour C.B. la seule fausse note de leur splendide escapade fut le nombre invraisemblable de paquets d'aliments lyophilisés que Gretchen avait emportés. Il pêcha quelques *coasters*, des truites de rivière vivant dans le lac, près de l'embouchure d'un cours d'eau, et ce fut un plus. Ils cueillirent assez de myrtilles pour préparer une énorme *pancake* très épaisse, que Chien Brun fit cuire dans sa poêle en fer et qu'ils mangèrent à la petite cuillère, accroupis autour de la poêle. Gretchen connut seulement deux légères rechutes émotionnelles, sans doute favorisées par la petite bouteille de schnaps que Chien Brun avait emportée. Quelques gorgées de schnaps et Gretchen se mettait à renifler. Baie lui tapotait alors le dos comme s'il s'agissait d'un chien.

« Comment vais-je supporter de vous voir partir, Baie et toi, au Canada, et m'abandonner ?

— Tu pourrais très bien venir avec nous. Nous serions

comme des pionniers de l'ancien temps, hasarda Chien Brun.

— Et renoncer à ma carrière ? »

Gretchen se rappelait sans cesse de s'endurcir, mais ces conseils silencieux restaient sans effet.

Chien Brun remarqua que depuis un certain temps, chaque fois qu'il parlait à Gretchen, elle l'envoyait bouler. Ce n'avait pas toujours été le cas. Comme assistante sociale, elle l'avait beaucoup aidé au fil des ans. Il se souvint du jour béni où, alors qu'il était sans le sou, elle lui avait permis de gagner soixante-dix billets en déblayant la neige pour des particuliers. Il mourait donc d'envie de lui remonter le moral, mais il savait aussi qu'il n'arrivait à rien. Chien Brun embrassa du regard le campement où Gretchen enlaçait les épaules d'une Baie somnolente, et se dit que la seule chose à faire c'était peut-être de prendre un car pour New York et d'occire l'ex de Gretchen en la noyant.

Gretchen, de son côté, assise près du feu, se demandait comment elle pouvait bien se retrouver à camper en pleine nature avec ce métis coupeur de bois et sa fille adoptive et handicapée mentale qu'elle ne pouvait pas s'empêcher d'aimer. Dernièrement, elle s'était laissé submerger par ce qu'elle percevait comme étant la nature accidentelle de l'existence. Si dix ans plus tôt elle ne s'était pas rendue à cette stupide soirée entre étudiantes, elle n'aurait jamais rencontré Marcia. Quand Gretchen évoqua ce sujet avec Belinda, elle eut une impression de malheur partagé : autant chercher à se consoler avec la théorie du chaos. Et maintenant, devant le feu, il y avait ce crétin intrigant qui ne ressemblait à personne qu'elle ait jamais rencontré dans son milieu social, et puis cette chère gamine qui, en plus d'être elle-même, donnait l'impression à Gretchen d'être une métaphore adéquate de la condition humaine. Par exemple, le matin même, Chien Brun et elle avaient regardé Baie très loin sur la plage en train de jacasser avec une bande de corbeaux, une activité beaucoup plus intéressante, pensa alors Gretchen, que les discussions avec ses collègues de bureau ou avec ses clients fondamentalement désespérés. Bien sûr, lorsque C.B. et elle s'approchèrent de Baie et des corbeaux, les volatiles s'envolèrent.

« Delmore m'a parlé d'une femme qui est tombée enceinte en se mettant debout sur la tête et en utilisant une poire d'arrosage. Peut-être que tu devrais avoir ton bébé à toi, si tu ne peux pas être la mère de Baie. »

Courageux, Chien Brun essayait sans arrêt de trouver des solutions pour la vie de la femme qu'il adorait.

« Ça me paraît un peu abstrait. »

Gretchen appréciait les attentions de C.B. Désirait-elle vraiment être assistante sociale toute sa vie, sans personne pour l'aimer ? Avoir un bébé, était-ce la solution ?

Quand Gretchen déposa Chien Brun et Baie en milieu d'après-midi, il régnait une atmosphère de veillée d'armes. La table du salon était couverte de cartes topographiques et de parcours de navigation. Delmore, irrésistible dans son rôle de général, alla jusqu'à mentionner l'invasion de l'Égypte par les troupes de Rommel, faisant davantage référence à James Mason dans le film célèbre qu'aux événements historiques proprement dits. Red montra à Chien Brun un certain nombre d'e-mails échangés entre Delmore et Mugwa, la plupart pour rassurer Delmore : un bateau de pêche trafiqué pouvait transporter en toute sécurité Baie et Chien Brun, car le cas échéant ce bateau réussirait facilement à semer la vedette des garde-côte. Comme le paquet de cigarettes coûtait trois dollars de plus au Canada, Mugwa organisait le trafic de cigarettes dans la réserve de Bay Mills et acheminait cette marchandise vers le Canada sous forme de cargaison de mille cartouches, avec un bénéfice de trente dollars par cartouche. Chien Brun en resta comme deux ronds de flan et se demanda pourquoi lui-même n'avait jamais réussi à gagner facilement un seul dollar. Cette interrogation sur son manque de talent vénal fut bientôt dissipée par les réelles difficultés culinaires liées à la cuisson des steaks de porc très épais achetés par Delmore. Un ours avait tué deux cochons d'un cousin à Trenary et l'un d'eux était récupérable bien que passablement déchiqueté. La veille, Delmore avait fait un tour à la ferme et l'ours était revenu pour boulotter sa seconde victime, mais Clarence, le cousin de Delmore, l'avait abattu au crépuscule. Les deux hommes avaient été troublés par l'âge très avancé de cet ours, au pelage presque inexistant par endroits et aux dents usées jusqu'aux gencives.

« Il est comme nous, Delmore », dit Clarence, et Delmore avait senti sa vieille carcasse frissonner.

Cette viande de cochon parut néanmoins délicieuse à Chien Brun après ses trois jours de camping et son régime majoritairement constitué d'aliments lyophilisés. Assis sur la véranda, Delmore considéra le barbecue d'un œil critique. Il n'appréciait guère la perspective de devoir se remettre à cuisiner dès que Chien Brun serait parti au Canada. Comme presque tout le monde, Delmore croyait dur comme fer qu'il était inutile de faire une tâche si l'on pouvait convaincre quelqu'un d'autre de l'accomplir à sa place. Assis sur les marches de la véranda, Chienne affectueusement couchée contre lui, il se demanda ce qu'il allait advenir de son neveu. Ce matin-là, la voiture d'un facteur avait percuté un raton laveur sur la route, un animal que Delmore avait dépiauté, bouilli et donné à manger à Chienne et à Teddy qui regardait désormais Delmore comme un gamin reluque sa tante sexy.

« Que comptes-tu faire de cette gouine gauchiste ? s'enquit Delmore tandis que Chien Brun arrosait de sauce les steaks de porc.

— Un gentleman sait garder ses secrets. » Chien Brun se rappela cette réplique de Cary Grant dans un film que Delmore aimait beaucoup.

« J'imagine que ton cheval ne sort plus très souvent de l'écurie », fit Delmore, toujours taquin.

Chien Brun, qui soupçonnait Delmore d'avoir très récemment rendu visite à sa réserve secrète de whisky, demanda à y avoir droit lui aussi. Malgré ses recherches approfondies, il n'avait jamais découvert ce whisky caché à l'intérieur d'un boîtier de l'équipement radio. Pendant que Delmore allait lui servir un verre, C.B. but une gorgée de sa bière bas de gamme en se demandant s'il existait au monde une odeur meilleure que le fumet du gras de porc grésillant sur un barbecue. Oui, le cou de Gretchen.

Se retournant, il avisa Gretchen qui arrivait sur la route avant de s'arrêter près de la boîte à lettres, à l'endroit où Baie donnait un bain à son serpent domestique dans l'eau d'un fossé. Gretchen portait son short bleu impitoyablement séduisant, dont la matière douce moulait son *muffin* secret. La vision de ce short combinée à l'odeur du gras de porc faillirent faire perdre conscience à Chien Brun, mais le généreux verre de whisky le requinqua. Tandis qu'il terminait le barbecue, Gretchen et Baie à quatre pattes jouaient avec le chiot Teddy et la cambrure du bas du dos de Gretchen semblait dirigée tout droit vers le cœur du cuistot. Son pénis solitaire s'agita dans son pantalon, comme s'il se réveillait par une splendide matinée de mai. Gretchen tourna la tête au-dessus de son épaule et adressa un large sourire à Chien Brun. Il ne saurait jamais que cet après-midi-là, de retour chez elle après leurs trois jours de camping, elle avait noté son cycle menstruel sur un calendrier afin de déterminer la date idéale d'une éventuelle conception. Elle se sentait encore très partagée sur ce sujet, mais elle se dit ce soir-là que pour prendre une décision aussi importance il fallait éviter toute précipitation.

En savourant son porc grillé, elle considéra Chien Brun assis de l'autre côté de la table, croisa son regard et se demanda si elle serait capable de faire l'amour avec cet individu au charme absurde. Peut-être si elle picolait assez, conclut-elle. Elle semblait se remettre peu à peu de sa déception amoureuse et le moment paraissait très mal choisi pour perdre sa virginité.

Delmore conclut la soirée en remettant solennellement à Chien Brun et à Baie les passeports qu'il avait gardés en sécurité, avant de les reprendre. On n'a pas besoin de passeport pour aller au Canada, mais Delmore développa fièrement son raisonnement : si les autorités se mettaient en quatre pour récupérer Baie et l'enfermer dans leur école « nazie », alors Chien Brun s'envolerait tout bonnement avec elle pour Mexico, où l'ami radioamateur de Delmore s'occuperait d'eux.

« Mon peuple est harcelé par les diables blancs depuis qu'ils sont descendus de leurs rafiots pourris. Je me défendrai jusqu'au bout. » Delmore leva son verre pour porter un toast à Chien Brun. « Il faut que tu agisses avec tout le courage de tes ancêtres. »

Chien Brun fut stupéfait. Il s'était toujours considéré comme étant quasiment blanc. Gretchen leva sa cannette de bière avec enthousiasme et C.B. l'imita en frissonnant de plaisir, car les lèvres de la jeune femme étaient magnifiquement barbouillées de sauce barbecue. Par définition, l'amour n'a besoin d'aucun acquiescement pour perdurer et cette tache de sauce barbecue à la commissure des lèvres de Gretchen excédait en beauté l'extase de la célèbre Gesmina mordant une rose.

Red, de son côté, se demandait pourquoi son oncle Delmore, d'habitude si raisonnable, s'exprimait de plus en plus comme un Indien dans un film. C'était comme si Jeff Chandler rôdait constamment en coulisse et lui soufflait toutes ses répliques. Sentant le vieillard adouci, Red avait déclaré que son ordinateur d'occasion risquait de ne pas être assez puissant. En guise de blague, il s'était branché sur le site Web de *Penthouse* et Delmore, assis tout près de lui, se trémoussa sur sa chaise en ouvrant des yeux comme des soucoupes. L'Apple tant convoité par Red devrait sans doute attendre jusqu'aux vacances de Noël, qui risquaient d'être très solitaires sans Chien Brun et Baie.

Le lendemain matin de bonne heure, C.B. et Baie partirent pêcher la truite du déjeuner. Le sommeil de Chien Brun avait été hanté par un ensemble d'émotions connues sous le terme familier de « chocottes », des émotions qui l'avaient harcelé sans pitié jusqu'à l'aube, quand il se dit qu'il pourrait au moins demander à Gretchen quelques photos d'elle et de son amante Marcia toutes les deux nues, des photos qu'il avait trouvées dans le tiroir de sa commode quelques années plus tôt, alors qu'il repeignait l'intérieur de leur maison. Comment pourrait-elle refuser quand il avait affreusement besoin d'un souvenir d'elle à emporter en terre étrangère ? Ses « chocottes » s'atténuèrent, mais il lui restait au fond du ventre un peu d'appréhension à l'idée de quitter son pays natal. Sur une de ces photos, on voyait Gretchen allongée à plat dos sur une couverture bleue, en train de lire un livre intitulé *Le Puits de solitude*, titre qui décrit assez bien les sentiments de Chien Brun à l'aube, quand Baie fit son entrée dans la chambre avec une boîte de conserve remplie de vers frais pour la pêche.

Chienne et Teddy les accompagnèrent tout du long jusqu'à la rivière ; quand Teddy était fatiguée sur ses petites pattes, Baie la portait sur son épaule. Chien Brun se rappelait très clairement l'époque où sa vie avait été aussi magnifique que celle de ce chiot joyeux. Même la mère avec ses trois pattes gambadait parmi les sous-bois somptueux de l'été, alors qu'elle cherchait en réalité l'odeur d'une créature à chasser, à tuer et à dévorer.

Ils marchèrent plus loin que d'habitude, jusqu'à un étang de castors situé en amont de la rivière. Baie monta dans un sapin à la lisière du vaste étang et montra de la main les endroits à truites qu'elle apercevait de sa position aérienne. Chien Brun pataugea en pantalon, car ses *waders* et ses bottes montantes étaient criblés de trous qui défiaient toute réparation avec du ruban adhésif. C'était une matinée assez tiède et tous deux savouraient le plaisir irrésistible d'une partie de pêche de fin août sans hordes d'insectes volants et piquants. Il essaya une mouche appelée nymphe de rivière, sans résultat. Puis il noua un leurre conique en caoutchouc offert par un touriste et il eut bientôt huit belles truites pour le déjeuner. Pendant que Baie tressait un panier d'herbes afin de transporter ces poissons, Chien Brun s'assit sur une souche où il planquait une pinte de schnaps en vue de ses expéditions de pêche dans cette région. Bizarrement, ce matin-là il n'avait guère envie de boire un coup. Il laissa son esprit dériver vers l'ancien temps où, au moindre signe avant-coureur d'ennuis, il prenait tout bonnement la tangente et filait aussi loin qu'un réservoir d'essence pouvait l'emmener, peut-être seulement jusqu'à Bruce Crossing où il pêchait dans le cours moyen de l'Ontonagon et dormait dans son vieux van déglingué. Quel bonheur ! Assis là sur sa souche, il fut submergé par une vague d'incompréhension. Le soleil tout là-haut ne posait guère de problème, mais qui aurait pu imaginer l'eau ? Baie leva les yeux au ciel quand Chienne avala un gros serpent noir tandis que Teddy tirait sur la queue du serpent pour avoir sa part du festin. Baie était assez raisonnable pour ne pas désirer s'enfuir. Elle savait parler avec les yeux. Très loin, ils entendirent le klaxon de la Chevelle et ils rentrèrent à la maison.

Delmore, Gretchen et une autre femme se tenaient à côté d'une Ford noire dont la portière exhibait l'insigne de l'État, quand Chien Brun et Baie émergèrent de la forêt, mouillés, sales et peu présentables. Très nerveuse, Gretchen expliqua que cette femme, qui s'appelait Edna, était venue s'assurer qu'ils étaient bien prêts à accompagner Baie à Lansing le mardi suivant, après la fête du Travail. Gretchen s'accroupit pour regarder les truites que Baie montrait. Edna portait une robe paysanne à froufrous. Delmore souriait, mais ses yeux disaient qu'il aurait volontiers étripé cette femme comme une truie.

« Bien sûr que nous sommes prêts. De ma vie, je n'ai jamais été en retard à aucun rendez-vous.

— L'Amérique n'a pas été tendre pour votre peuple, répondit Edna d'une voix douce et cadencée qui écorchait néanmoins les oreilles. Mais maintenant nous désirons vous aider en vous soulageant du fardeau de cette malheureuse enfant pour que vous puissiez enfin vous occuper de votre propre vie. Nous ne pouvons pas guérir Baie. La science médicale ne peut rien pour elle, mais dans sa nouvelle école nous l'entourerons de toute notre affection, tout comme les autres enfants handicapés qui l'aimeront autant que vous l'aimez. Elle sera dans un environnement pédagogique qui n'exclut ni l'amour ni les rires. Elle pourra rentrer à la maison pendant une semaine à Noël et vous serez stupéfaits par les changements miraculeux qui se seront produits chez elle. Elle vit aujourd'hui dans une campagne obscure et arriérée, pour elle nous allons allumer la lumière. »

Delmore coula vers Gretchen un regard qui disait : « Vire-moi cette cinglée de ma cour. »

Chien Brun essayait vainement de comprendre les paroles de cette femme tandis que Baie cancanait comme une oie en se dirigeant vers la véranda pour prendre son canif et vider les poissons. Gretchen embrassa Chien Brun sur la joue, puis elle monta dans la voiture de l'État avec la femme et elles partirent.

« Ça devrait suffire à nous ôter nos derniers doutes, si nous en avions encore. On devrait la parachuter en Russie, le pays qu'elle n'aurait jamais dû quitter. » Les traits tordus par la fureur, Delmore se tourna vers C.B., qui tapota son épaule osseuse.

Le dernier week-end arriva, fila et s'envola avec toute l'inconsistance d'un engoulevent disparu en un clin d'œil. Le samedi après-midi, Chien Brun passa chez Gretchen et la trouva en tenue de yoga. Elle lui servit un verre de vin rouge, un peu amer à son goût, et dès qu'elle sortit de la cuisine, il en profita pour y ajouter une cuillère à café de sucre. Selon l'étiquette de la bouteille, il s'agissait d'un vin français, et C.B. se rappela que dans sa jeunesse les anciens combattants de la Seconde Guerre mondiale se vantaient qu'en France et au Japon, juste après la fin des hostilités, on pouvait faire l'amour à une fille en échange d'une barre chocolatée. Mais ils ne précisaient jamais quelle marque de barre chocolatée était la plus efficace.

« Je sais que ce short te plaît », lança Gretchen en revenant dans la cuisine. Elle avait quitté sa tenue de yoga pour mettre un short bleu et elle dansa une brève danse du ventre. « Une partie de moi-même désire partir avec Baie et toi.

— Quelle partie ? » s'enquit Chien Brun, avant de se prendre le visage entre les mains en comprenant sa bêtise.

Il regarda discrètement entre ses doigts et constata avec soulagement que Gretchen secouait la tête en souriant. Autant battre le fer pendant qu'il est chaud.

« Il y a des années, quand je repeignais ta chambre, j'ai jeté un petit coup d'œil dans un tiroir et j'ai trouvé quelques magnifiques photos de toi. Je me disais que je pourrais peut-être en emporter une au Canada, en guise de souvenir. »

Gretchen réfléchit seulement quelques instants. Ces photos étaient enfouies sous ses soixante-dix-sept petites culottes et elle avait oublié jusqu'à leur présence. Quelle meilleure manière de mettre un terme à sa passion pour son ancienne maîtresse Marcia que de donner leurs photos intimes à ce gros bêta ?

« Choisis, dit-elle en revenant avec les photos, qu'elle lança sur la table de la cuisine à laquelle il était assis.

— Je peux en avoir deux ? Après tout, tu as un devant et un derrière. » Chien Brun mit de côté les photos de la pulpeuse Marcia, qu'il considérait comme un suppôt de Satan. Il en choisit trois. « Tu as aussi des côtés. » Il y avait un noble profil de Gretchen, en pied, qui regardait une mouette.

Gretchen voulait aller à Marquette avec Belinda pour un concert de rock, mais elle reviendrait le lendemain pour l'ultime souper. À la porte, elle serra Chien Brun dans ses bras.

« Si jamais je décide de faire un bébé, c'est toi que je choisirai. »

Il ne sentait plus ses jambes en descendant les marches

de la véranda de Gretchen et en longeant le trottoir. On aurait dit que cent oiseaux chanteurs venaient d'être lâchés dans la cage de son corps soudain creux. L'espoir ne constituait pas un élément récurrent de son vocabulaire émotionnel, mais il ricochait maintenant à travers sa coquille humaine, porté par les ailes des oiseaux.

Le dimanche fut occupé par la tâche morose et irréelle des bagages, une promenade sous la bruine, la préparation d'un gros rôti pour Delmore et la famille dans le vieux poêle hollandais de Doris. Baie sentait qu'il se préparait quelque chose en faisant sa petite valise rouge où elle avait fourré son serpent. Elle n'avait pas l'esprit confus au point d'avoir oublié le jour où sa mère en colère l'avait lancée dans le tas de neige. Remarquant l'appréhension de sa fille adoptive, Chien Brun lui montra son propre sac de voyage, qu'il posa à côté de la petite valise rouge, tout près de la porte d'entrée. Il occupa Baie en lui demandant d'éplucher de l'ail et des oignons, puis de peler des carottes, après quoi ils sortirent pour jouer longtemps à chat sous la pluie avec Chienne et Teddy.

Même Red avait le moral à zéro, jusqu'au moment où par une fenêtre latérale de la maison il aperçut soudain Delmore qui dansait en décrivant des cercles autour du bosquet de cèdres. Vêtu de sa peau d'ours, Delmore agitait une massue de guerre à l'extrémité en pierre, fabriquée par Red chez les louveteaux, et maintenant brandie vers le ciel par son oncle comme pour menacer les dieux. Red appela Chien Brun et Baie qui se séchaient à la cuisine, puis tous trois se postèrent à la fenêtre pour regarder Delmore danser. Chien Brun enlaça les épaules de ses deux enfants adoptifs. Aucun des trois spectateurs n'avait une idée précise de ce que fabriquait Delmore, mais ils sentaient que c'était une bonne chose. Baie sortit en courant pour rejoindre le vieillard. Elle exécuta une danse où elle imitait un corbeau, sautillant en cercle et battant des ailes, tout près de Delmore. Chien Brun se surprit à renifler, tant ce qu'il voyait était beau et gracieux. Quant à Red, il regardait le plafond comme s'il y découvrait des choses extraordinaires, puis les danseurs.

« Cool », chuchota-t-il.

C'est à cet instant précis que les chocottes de Chien Brun disparurent complètement. Au petit déjeuner Delmore avait affirmé que l'Ontario était aussi un territoire chippewa, et Chien Brun était désormais convaincu que, même si lui-même ne faisait pas partie de cette catégorie, il fallait coûte que coûte emmener Baie en lieu sûr. Delmore répéta plusieurs fois que tout était commandé par l'esprit et que l'esprit de Baie risquait fort de mourir à Lansing.

En fin d'après-midi un vent violent se leva du nord-ouest, le ciel se dégagea et le soleil brillait quand Gretchen apparut dans sa voiture lavée par la pluie. Elle en descendit avec un petit sac pour passer la nuit sur place. Selon Delmore, ils devaient partir avant cinq heures du matin pour le rendez-vous avec le bateau de pêche de Mugwa afin de ne pas le faire attendre. Le dernier e-mail de Mugwa se voulait rassurant. L'Indien était certain que le garde-côte resterait à quai le matin de la fête du Travail afin de se préparer à venir en aide aux derniers plaisanciers ivrognes de l'après-midi. Juste au cas où, il avait demandé à un ami d'envoyer un message de détresse dans la partie sud de Whitefish Bay, lequel message détournerait l'attention d'un éventuel patrouilleur des douanes. Il suffisait donc à Chien Brun et à Baie de rejoindre le quai situé derrière le marché aux poissons pour sauter à bord à « huit point zéro zéro », une expression que Chien Brun ne comprit pas.

« Papa, en langage militaire, ça veut dire huit heures du mat. Tu sais donc pas ça ? s'étonna Red.

— Je sais pas grand-chose », reconnut-il en mettant au four les pommes de terre épluchées pour qu'elles dorent avec le rôti.

Le dîner fut assez calme, à l'exception d'une discussion animée portant sur d'éventuelles retrouvailles à Noël : une réunion de famille d'une semaine à Thunder Bay. Une fois n'est pas coutume, ce fut Red qui eut les larmes aux yeux et il dut se réfugier auprès de son ordinateur.

« Ce jeune homme ira loin, prédit Delmore. Sa mère étant bête comme ses pieds, son père devait être un crack. »

Chien Brun et Gretchen partirent se promener sur le chemin de terre dans le crépuscule lumineux, tandis qu'au bord du marais le vent du nord révélait le dessous argenté des feuilles des bouleaux, des peupliers et des ormes. Chienne et Teddy s'élancèrent à fond de train à la poursuite de deux chevreuils qui traversèrent la route loin devant eux, puis Gretchen piqua un sprint derrière eux pour s'amuser. La vitesse de sa course étonna Chien Brun, les muscles de ses fesses et de ses cuisses la propulsaient avec une énergie telle que ses pieds touchaient à peine terre. Elle revint hors d'haleine et souriante.

« Quelles sont les chances pour que tu essaies d'avoir un bébé ? demanda-t-il en s'efforçant vainement de feindre l'indifférence.

— Je ne sais pas, peut-être une chance sur dix.

— Est-ce que ça veut dire que, si nous passons dix jours ensemble, je suis sûr de décrocher le gros lot au moins une fois ?

— Ça ne marche pas comme ça, crétin. » Gretchen le frappa au bras avant de faire demi-tour vers la maison en courant.

Quand Chien Brun arriva chez Delmore, Gretchen avait commencé à faire la vaisselle et Red regardait une cassette vidéo des *Désaxés* en accéléré, à la recherche de la séquence où Clark Gable lutte contre le cheval, une scène très appréciée par Delmore qui ne comprenait strictement rien au restant du film. Red revint en arrière et regarda trois fois cette scène jusqu'à ce que Chien Brun regrette que ce cheval ne piétine pas Clark comme une crêpe.

« Il y a cinquante ans, plusieurs femmes de Detroit trouvaient que je ressemblais un peu à Clark Gable », dit Delmore.

Affalé dans le fauteuil, il évoquait une créature hybride entre le gnome et la tortue. Il était bien difficile de savoir laquelle.

Baie dormait allongée sur les genoux de Gretchen, la vierge rose pâle et l'enfant brune. Chien Brun et Gretchen se regardèrent en entendant les ronflements sonores de Delmore, et Red changea aussitôt de programme télé en faveur d'un match de football américain sur la côte Ouest. Chien Brun s'étonna d'avoir oublié de boire un coup et il servit deux verres de whisky, mais Gretchen refusa le sien.

C'était l'heure d'aller se coucher et la boule de l'amour impossible grossissait dans la gorge de Chien Brun. Il avait l'impression d'être perdu dans les bois, sans avoir beaucoup de chances d'en sortir avant la nuit. Gretchen repoussa en arrière les cheveux de Baie et fit semblant de ne pas remarquer le regard de chien battu que lui lançait son hôte. Enfin, elle déclara qu'il était temps d'aller se coucher. Il prit dans ses bras Baie qui dormait toujours, puis Gretchen déposa un baiser d'oiseau sur la joue de Chien Brun avant de rejoindre la chambre d'amis de Delmore. Chien Brun porta Baie le long du chemin de terre vers la caravane, un peu éberlué quand la petite se réveilla et répondit à un engoulevent. L'imitation était si réussie qu'il eut l'impression d'avoir cet oiseau farouche posé sur l'épaule.

Gretchen tapota à la porte de la caravane peu après quatre heures du matin. Chien Brun quitta son lit en sous-vêtements, convaincu qu'il s'agissait de la police. Il venait de rêver d'Antoinette la strip-teaseuse dans la partie canadienne de Soo, mais c'était plutôt un cauchemar, car elle sautait si haut que, lorsqu'il sautait à son tour vers elle, sa main tendue touchait seulement une plante de pied. Il alluma la lumière et Gretchen monta les marches en regardant le pénis à demi échappé de la braguette de son slip.

« Grand nigaud ! » fit-elle en lui tendant un sac contenant des sandwiches au rôti et une thermos de café.

Elle avait mal dormi, car tant Delmore que Red l'avaient réveillée pour parler avec elle de la tristesse des départs. Delmore, qui décidément ne se sentait pas dans son assiette, ne viendrait pas. Et Red resterait aussi à la maison pour lui tenir compagnie. Ils mangèrent leur petit déjeuner avec appétit et Chien Brun ajouta à son sandwich une épaisse tranche d'oignon cru.

« Je n'arrive pas à croire que tu manges de l'oignon cru au petit déjeuner.

— C'est pour me réveiller. Parfois, j'ai du mal à sortir de mes rêves. Parfois, ils ne veulent pas me quitter avant midi. »

Chien Brun essaya d'imaginer qu'ils formaient un couple marié quand Gretchen alla réveiller Baie.

Ils roulaient déjà depuis deux heures et ils se trouvaient entre Newberry et Hulbert quand Gretchen hurla et se gara sur le bas-côté de la route. Elle avait oublié de mettre dans le coffre le sac de voyage de Chien Brun et la petite valise rouge de Baie. L'aube était splendide, la cime des arbres oscillait dans le vent frais, les saules des marais s'agitaient d'avant en arrière. Gretchen fondit alors en larmes et Chien Brun eut le plaisir sans pareil de la prendre dans ses bras pour la réconforter.

« Ma brosse à dents bleu ciel ne me manquera pas », affirma-t-il.

Baie, réveillée sur la banquette arrière, comprit le problème. L'air abattu, elle remua la main comme s'il s'agissait d'un serpent. Chien Brun et Gretchen quittèrent la route 28 pour s'engager sur un chemin étroit dans une région marécageuse. Baie sauta de la voiture et, quelques minutes plus tard, revint avec un petit serpent noir. Elle le fourra dans une poche à fermeture éclair et adressa un large sourire aux deux adultes.

Gretchen sécha ses larmes et repartit sur la route tandis que Chien Brun lui assurait que Delmore lui avait donné de l'argent, qu'on pouvait sans doute acheter des vêtements au Canada, mais il se mit soudain à gémir qu'il avait oublié sa canne à pêche et ses mouches. Gretchen qui, comme souvent, portait un col roulé noir et une jupe grise, fit remonter un peu la jupe sur ses cuisses pour faire oublier à Chien Brun sa douleur. Il prétendit fièrement qu'il était fatigué et se coucha en chien de fusil sur son siège, la tête posée sur la cuisse de Gretchen.

« N'en fais pas trop, mon petit gars », chuchota-t-elle en lui caressant la joue et en lui tirant l'oreille.

Chien Brun ferma les yeux et sentit Gretchen bifurquer vers le nord et la route 123. Il lui sembla parfaitement indiqué de traverser bientôt le petit village de Paradise. Il était difficile de trouver quelqu'un de moins exigeant que

Chien Brun, et sa position actuelle outrepassait ses plus folles ambitions.

Le bateau de pêche arrivait près de la jetée quand ils débouchèrent sur le quai. Gretchen pinça Chien Brun pour le tirer de son sommeil simulé ; elle avait déjà remarqué qu'il avait les yeux entrouverts pour ne rien rater du paysage. Il s'assit, tout ensommeillé.

« Je t'aime, murmura-t-il tandis que le vent faisait tanguer la voiture.

— Vas-y, pour l'amour du ciel ! »

Elle bondit de la voiture, tira Baie de la banquette arrière, l'embrassa et la poussa vers Chien Brun qui, debout, regardait les eaux agitées de Whitefish Bay. Il se tourna vers le bateau immobilisé au bout de la jetée, vit Mugwa lui adresser un signe de la main, sa tresse malmenée par les bourrasques, et ses trois guerriers derrière lui.

« Vas-y ! » lui cria Gretchen tout près du visage, après quoi elle l'embrassa à pleine bouche.

Chien Brun saisit la main de Baie, puis ils trottèrent sur la jetée. Baie poussait de grands cris de mouette, auxquels les mouettes locales répondaient.

Ce fut un voyage très pénible de cinq heures, le vent s'engouffrait dans le couloir, long de six cents kilomètres, du lac Supérieur. Moins d'une heure après leur embarquement, Chien Brun se serrait le ventre entre les bras et désirait presque mourir, mais le souvenir de la cuisse de Gretchen lui permettait de conserver son bon sens. Baie, à l'inverse, sautait de plaisir sur le pont, vêtue d'un ciré jaune pour se protéger des embruns. Mugwa gratta le cuir chevelu de Chien Brun quand ils franchirent le cap Gargantua et se dirigèrent vers Wawa.

« Tu es à une heure seulement de ton prochain pack de bière, mon pote », grommela Mugwa.

Chien Brun jeta un coup d'œil au-dessus de l'écoutille vers le sommet des vagues furieuses, les grandes collines vertes et boisées, les falaises granitiques du Canada. Baie s'approcha et essaya de l'aider à monter sur le pont.

Épouses républicaines

I

Martha

Je crois que j'ai peut-être tué quelqu'un, mon amant, mais laissez-moi m'expliquer. D'abord, je suis à Mérida, au Mexique, presque par accident. À l'aube j'ai pris ma voiture pour rejoindre l'aéroport de Houston et j'ai brusquement compris que je ne voulais pas rentrer à la maison, à Bloomfield Hills ; j'ai donc appelé Jack, mon mari, dont je suis séparée même si nous habitons deux angles diamétralement opposés de la même maison beaucoup trop grande pour nous, et je lui ai dit d'aller chercher les skis de Dolly chez le réparateur sur Woodward à Birmingham, car cet après-midi Dolly prend l'avion pour Vail avec sa classe de Cranbrook pour aller faire du ski de printemps. Jack s'est inquiété des conditions d'hébergement à Vail – étaient-elles aptes à éviter aux enfants toute promiscuité sexuelle ? – et plutôt que d'entendre ses jérémiades tatillonnes, j'ai écarté le combiné et regardé les hommes d'affaires traverser le terminal D au pas de course. Ces dernières années, la taille de leurs pieds comparée à celle de leur corps semble avoir diminué.

Au début de notre mariage, Jack appliqua à la lettre le « Il suffit de dire non » de Nancy Reagan, compromettant encore un peu plus son ardeur déjà imperceptible ; mais en contraste avec son propre désintérêt pour la chose, il croit mordicus que tous les adolescents s'évertuent jour et nuit à faire la bête à deux dos. Un matin, au petit déjeuner, en pleine enquête sur les rapports entre Monica et Bill, Jack dit réellement à Dolly : « Je crois que toute cette histoire entre Clinton et Lewinsky est très dommageable pour nos enfants. »

À cette époque, Dolly exprimait partiellement sa révolte en militant chez les Jeunes démocrates. Alors âgée de treize ans, elle regarda son papa dans le blanc des yeux et lui répondit : « Le Président a légalement le droit de se faire tailler une pipe. »

Jack bondit sur ses pieds en me hurlant : « Dorénavant, lave-lui la bouche au savon ! » Et il fila travailler.

Dolly et moi avons ri jusqu'à ce que les larmes nous jaillissent des yeux.

Me voici donc pour quelques jours à Mérida, dans le Yucatán, afin de réfléchir, à une heure et quarante minutes seulement de Houston, mais à un monde de l'Amérique quand on entend les marimbas en bois qui jouent dans le petit parc situé en contrebas de ma fenêtre. Moi qui ai toujours cru détester les marimbas, je les trouve maintenant très agréables quand je les écoute par la fenêtre ouverte et dans l'intimité de ma chambre.

L'employé de la réception m'a dit que Fidel Castro avait habité cet hôtel quand il était étudiant à Mérida. Si Jack était avec moi, il serait devenu hystérique et il serait parti au plus vite, mais Jack n'aurait jamais l'idée d'aller au Mexique. Il trouve Bush « un peu mou sur l'immigration », et puis dans les années quatre-vingt il a perdu de l'argent sur le marché des obligations mexicaines, quand le peso a été dévalué. D'habitude je ne me mêle pas de ce genre de choses, mais à l'époque nous étions en visite chez mes parents à Rancho Mirage et Jack a passé toute la journée dans une chambre aux rideaux tirés en pleurant de colère. Mon père a réussi à l'en extraire à l'heure du dîner, en lui décrivant certaines de ses propres pertes vertigineuses avec Studebaker et Nash. Nous avons toujours une Rambler Nash couleur menthe dans le garage de notre maison de vacances familiale à Harbor Springs.

Tandis que j'écris ces mots, je suis assise au bord de mon lit et je transpire abondamment. Des raisons familiales m'empêchent de mettre la climatisation. Quand j'étais à l'école primaire, le meilleur ami de mon père est mort de la légionellose, une maladie pulmonaire qu'il aurait attrapée à cause d'un climatiseur sale, et ce drame a marqué la fin de la climatisation dans ma famille, même si je n'ai aucune objection à formuler quand j'entre dans une pièce où la climatisation fonctionne déjà. Me vient soudain à l'esprit cette pensée : si jamais je suis condamnée pour meurtre au Texas, j'ai toutes les chances d'être exécutée et je peux donc mettre en marche la climatisation. Je le fais avant de me rasseoir lourdement en sentant les ventilateurs du plafond brasser l'air frais de la chambre, ce qui ajoute un bourdonnement d'insectes aux marimbas.

Que dois-je faire maintenant ? Rester tranquille et ne pas m'affoler. L'employé de la réception m'a également dit que Douglas Fairbanks venait souvent ici, et pas Douglas Fairbanks *junior*. Ma mère m'a confié qu'un été, quand j'étais petite, mon père avait jeté du haut des rochers de Harbor Point et dans les eaux du lac Michigan la petite photo encadrée d'Errol Flynn qu'elle possédait. Cette photo dédicacée par l'acteur en personne avait constitué l'un des biens les plus précieux de ma mère. Un gamin du voisinage équipé d'un masque et de palmes l'avait repêchée, et jamais mes parents n'ont été aussi près de divorcer. En août dernier seulement, ma mère m'a appris qu'elle n'avait jamais été infidèle à mon père, mais qu'elle avait toujours eu une vie fantasmatique très intense et libre. Qui ? lui demandai-je alors. Dans sa jeunesse c'était Randolph Scott, puis elle était passée à Spencer Tracy, James Dean, Yul Brynner, Robert Duvall et Robert De Niro. J'ai levé la main pour qu'elle se taise. Elle a eu soixante-six ans l'été dernier et mon imagination avait besoin d'être fermement tenue en laisse pour ne pas visualiser ce que je venais d'entendre. Il est parfaitement superflu d'imaginer votre chère vieille maman dans les bras de Brad Pitt.

J'ai sans doute mis un terme à la tradition familiale de la fidélité conjugale. La faute en revient probablement à l'art. En 1980, quand Shirley, Frances et moi avons emménagé dans le bâtiment sud de l'université du Michigan pour suivre les cours de première année, nous éprouvions toutes les trois une fascination à peine voilée pour les arts. Dans nos familles respectives, il convenait de s'intéresser aux arts, mais pas de « trop près », si vous voyez ce que je veux dire. Nous étions des filles assez riches, issues de milieux républicains, pas immensément riches comme d'autres, mais vraiment à l'aise financièrement. Nous nous connaissions depuis que nous étions gamines et aucune ne désirait partir vers l'est pour étudier à Wellesley, Smith ou Vassar, car nous venions de la région de Detroit, nous avions étudié à Cranbrook et nos petits amis, tous des sportifs, étaient inscrits à l'université du Michigan. Ma décision irrita ma mère, qui voulait que j'aille à Smith, mais papa avait fait ses études à l'université du Michigan et il se félicita de mon choix. Après avoir participé à une bonne cinquantaine de gueuletons rituels précédant les matches de football, je déteste aujourd'hui Ann Arbor, hormis le traiteur Zingerman's. Voilà donc trois filles qui aimaient les arts et qui étaient aussi de timides féministes, restreignant leurs commentaires les plus virulents à leur chambrette et, plus tard, à leur appartement.

Je viens de remarquer que j'ai utilisé quatre fois le mot « climatisation » dans le même paragraphe, au mépris des consignes apprises lors d'un cours sur l'écriture d'essais. Je suppose que les peurs enfantines marquent pour la vie, car quand on a huit ans, qu'on assiste à un enterrement avec ses parents et qu'on voit le cercueil d'un homme qui a été tué par la climatisation, on a vraiment la trouille.

Je tergiverse encore. Me voilà à tourner autour du pot sans oser dire ce que j'ai fait et ce qui m'est arrivé. J'ai bousillé mon mariage, aussi piteux soit-il, et j'ai essayé de tuer mon amant. Je pourrais téléphoner à la chambre d'hôtel de Houston et demander : « Daryl, est-ce que tu es mort ? »

Dans la salle de bains, à l'aube, j'ai écrasé une douzaine de comprimés d'Elavil dans un porte-savon et j'ai mis cette poudre dans sa cafetière. Peut-être est-il simplement plongé dans un coma irréversible ? Le mois dernier, quand nous nous sommes retrouvées à Chicago, j'ai annoncé à Shirley et à Frances que j'allais tuer Daryl. Elles n'ont émis aucune objection à mon projet. Il nous a démolies toutes les trois et à l'hôtel Drake nous nous sommes demandé comment réagir. Nous avons perdu le respect de nos époux et de nos enfants. Frances comme Shirley ont deux gosses, alors que j'ai seulement Dolly. Ma Dolly me regarde, secoue la tête, pleure un peu, soupire, me serre dans ses bras. Peut-être que si je n'étais pas fille unique, si j'avais eu un frère, je serais consciente de la duplicité des hommes et je comprendrais qu'ils considèrent leur queue à la fois comme une boussole et comme une arme de conquête. Il y a une éternité, en fac, Daryl m'a dit dans un café que la baise faisait partie de la « lutte des classes ».

Comment ai-je osé espérer autant de la vie ? Et par contraste, comment ai-je pu agir aussi bêtement ? Je viens de faire une petite promenade pour me trouver quelque chose à manger et j'avais les yeux si grands ouverts qu'ils me faisaient mal. Ce n'est pas que les gens dans les rues grouillantes sont pauvres, mais est-ce que je vis réellement sur la même planète qu'eux ? Quand je me suis baladée au *zócalo*, le parc situé au centre-ville, il y avait beaucoup plus de gens qui souriaient qu'on n'en voit jamais aux États-Unis. Il s'agit sans doute là d'un cliché. Dans un marché animé j'ai oublié que *torta* signifie sandwich en espagnol et j'ai pris un petit bol de soupe de poissons près d'un étal de fruits de mer. Cette soupe était absolument délicieuse, malgré la petite cuillère de *salsa habanera* que j'ai mise dans mon bol et qui m'a fait transpirer par tous les pores de la peau. Dans la rue les gens que je croisais semblaient tous mayas, au moins en partie, et ils étaient plus petits que les Mexicains de Puerto Vallarta où j'ai fait un séjour en hiver avec Shirley et Frances il y a quelques années.

Curieusement, j'ai pensé à Joseph Conrad, l'un de mes écrivains préférés quand j'étais au lycée. Conrad n'était pas au programme. Je l'ai découvert parmi les livres de papa, dans son bureau. Les personnages de Conrad vivaient toujours dans des endroits du monde où ils n'avaient pas vraiment leur place, si bien qu'ils se sentaient souvent nus et vulnérables. Au marché, j'avais l'impression d'être un œuf à la coquille dure à l'intérieur d'un autre œuf à la coquille dure, mais la coquille de l'œuf extérieur venait de se briser. Jack, mon mari, m'a emmenée en Angleterre pour notre lune de miel, mais l'Angleterre n'est pas vraiment un endroit dépaysant au nom exotique.

Bien sûr l'amertume peut s'installer à quatorze ans, quand on comprend qu'en tant que fille il est hors de question d'écumer les océans comme un héros de Conrad. Et une autre amertume s'empare de votre âme quand vous avez lu *Les Hauts de Hurlevent* trois fois de suite en classe de seconde et que vous comprenez qu'aucun des garçons de votre classe ne deviendra sans doute un Heathcliff, mais qu'ils feront tous de très passables Archie, Dagwood ou Dick Tracy.

En retournant vers l'hôtel, je suis entrée dans l'immense cathédrale qui se dresse à l'angle du *zócalo*, pour prendre le frais, mais l'énorme crucifix contemporain m'a fait peur. Une partie du restaurant nommé Los Balcones est un café Internet et je me suis demandé si j'oserais contacter Shirley et Frances, mais j'ai aussitôt pensé : Pour l'amour du ciel, j'ai déjà payé mon billet pour Mérida avec ma carte de crédit et chaque jour Jack peut contrôler mes dépenses. Nous ne parlons jamais d'argent, sinon pour aborder ce que Jack appelle les « problèmes liés à la responsabilité fiscale ». N'importe quel demeuré serait capable de me localiser ici et de prouver ma culpabilité. J'ai soudain eu sous les yeux l'image de Daryl transformé en légume dans la salle des indigents d'un hôpital public. Avec quelle intensité je l'ai aimé. C'était une maladie. Le problème avec l'amour, c'est que dès qu'il est réel, il est incontrôlable. Pourquoi quelqu'un voudrait-il conduire une voiture sans freins ni volant ?

J'ai dormi quelques heures et me suis réveillée furieuse contre Shirley. Hier au téléphone elle m'a dit : « Peut-être qu'il m'a humiliée pour faire de moi un être humain. »

Et j'ai bien failli lui hurler : « C'est rien que des conneries chrétiennes de victime consentante, où tu prends pour une vraie bénédiction l'horreur qui t'arrive ! »

Je ne l'ai certes pas convaincue. Elle est tout bonnement tombée amoureuse de l'idée de pénitence. Elle croit pour de vrai que sa liaison tragique avec Daryl a fait d'elle « une personne meilleure ». Quand je lui ai répondu qu'il n'en avait certainement pas l'intention, elle a dit qu'elle s'en fichait. Shirley tient son journal depuis qu'elle est toute petite et je suis capable de dire, soit au téléphone soit par e-mail, si au lieu d'être sincère elle se complaît dans ce qu'elle croit être une expression bien tournée de son journal intime. Par exemple, elle m'a dit dans un e-mail : « Existerait-il une version plus élémentaire de nous-mêmes, que seule la souffrance pourrait nous faire découvrir ? »

Elle prétend avoir pleuré pendant tout un mois, alors qu'il s'agit simplement d'une hyperbole habituelle de Shirley, mais lorsque je relis sa phrase, je m'aperçois que mon amie a toujours suivi une sorte de démarche spirituelle. Lors de mon tout dernier gueuleton rituel il y a deux ans, avant le match université du Michigan contre État du Michigan, Hal, le mari de Shirley, un concessionnaire de voitures de Lansing, a regardé le bel assortiment de fromages, de salamis et de saumon fumé que je venais d'acheter à Zingerman's avant de dire : « Tu aimes vraiment cette bouffe juive ? »

Peu désireuse de gâcher la fête, j'ai seulement murmuré : « Hal, tu es un sale con. »

Et j'en suis restée là, alors que j'aurais dû lui river son clou. Hal apporte toujours son chili excessivement épicé que les hommes font semblant d'apprécier, même s'ils n'en mangent jamais beaucoup. Pourquoi l'obligation de manger un plat qui vous brûle la gueule devrait-elle constituer un test de la virilité ? En tout cas, tant Frances que moi pensons que la spiritualité de Shirley vient tout bonnement du fait que son mari est un insupportable goujat. Frances habite la région de la Baie, en Californie, depuis quinze ans et, à en croire la réputation de cette région, c'est elle qui devrait déborder de spiritualité.

Nous étions Kappa Kappa Gamma à Ann Arbor, quand nous aurions préféré être les Trois Mousquetaires. Nos petits copains étaient souvent Phi Delta. En troisième année de fac, je suis sortie avec Jack l'après-midi où ma mère m'a téléphoné pour m'annoncer la mort de la chienne de mon enfance. C'était une petite chienne que mon père avait ramenée à la maison pour mon cinquième anniversaire en l'appelant Rover, « vagabonde », pour blaguer, mais ce nom lui est resté. Cet après-midi-là je me sentais déjà un peu patraque et je fumais de la marijuana pour me calmer. Mes notes n'étaient guère fameuses. Ma mère pleurait quand elle m'a appelée et j'ai aussitôt pensé que papa était peut-être mort. Mais non, c'était Rover. Jack et moi avions déjà passé quelques soirées ensemble, mais il n'y avait rien eu de sérieux entre nous. Le soir qui a suivi la mort de ma chienne, Jack m'a emmenée faire une longue promenade. Je me suis trompée sur la nature de sa fermeté, qui relevait tout bonnement d'un manque d'imagination, tout comme l'apparente fermeté de mon père s'expliquait par son état dépressif. Mon père avait voulu être officier de marine, au lieu de quoi il était revenu dans sa famille pour aider son propre père à diriger l'usine familiale de pièces automobiles. Jack, de son côté, n'a jamais voulu être autre chose que Jack. On l'aurait cru né dans un conseil d'administration. Il y a deux ans, quand j'ai commencé à perdre les pédales, Jack a fait semblant de ne rien remarquer. C'est notre fille Dolly qui a fini par mettre les pieds dans le plat, un soir où j'étais allée écouter un concert au Detroit Symphony, en lui disant que j'avais des problèmes psychologiques. Selon elle, Jack aurait seulement répondu « Ah bon ? » avant d'ajouter qu'il avait bien remarqué que j'avais perdu le contact avec ce qu'il aimait appeler les « réalités fondamentales de la vie ». Naturellement, j'ai consulté un psy, ce qui m'a seulement poussée à me poser la question suivante : Quel crédit puis-je accorder à l'existence que j'ai toujours menée ? Et cette interrogation douloureuse, sans doute banale, m'a imprudemment attirée vers Daryl par une soirée glacée de mars où il tombait de la neige fondue, alors qu'il présentait son programme d'« études littéraires » dans un auditorium local.

Qui est Daryl, sinon un menteur incroyablement inventif ? Je pourrais m'épuiser à lui chercher des noms – pervers, escroc, sadique, sale gosse, Svengali, Raspoutine, ce que Buckminster Fuller appelait « une structure de haute énergie », un mufle, un gigolo et, selon certains critiques, un écrivain suprêmement talentueux. Je ne connaissais rien à Buckminster Fuller, mais à dix-huit ans je désirais devenir architecte, en partie parce que Saarinen avait réalisé de nombreux bâtiments de mon école de Cranbrook. La culture n'a pas écrasé mon ambition. J'étais simplement mauvaise en maths et mes tests d'aptitude décevants recommandaient une carrière dans le journalisme ou dans l'enseignement des sciences humaines.

Nous avons rencontré Daryl dans un cours de littérature de deuxième année, le seul cours où Shirley, Frances et moi pouvions nous retrouver pendant ce semestre de printemps. Je l'avais croisé sur le campus et en ville, et je le trouvais particulier, presque hippie, mais pas vraiment parce qu'il s'habillait volontiers comme un ouvrier journalier et portait parfois une chemise et un pantalon verts de gardien. Il marchait très vite et les filles qui l'accompagnaient – il y en avait toujours au moins deux – devaient trottiner pour rester à ses côtés. Il était d'une minceur trompeuse, car dès que le temps se réchauffait et que Daryl mettait une chemise, on s'apercevait qu'il était musclé, que même son visage basané paraissait musclé. Un jour, j'ai demandé qui était ce type à une fille assez laide que j'avais vue marcher avec lui et elle m'a répondu d'une voix sifflante : « Un répugnant prédateur sexuel. »

Étudiante en première année, j'étais amoureuse d'un joueur de tennis qui se révéla être homosexuel, et à cette époque j'éprouvais seulement une vague curiosité envers Daryl, qui me semblait être différent de tous les autres jeunes hommes du campus.

Nous étions donc en cours toutes les trois ensemble quand Frances, de loin la plus audacieuse d'entre nous, proposa à Daryl de déjeuner avec nous après le cours. Il parut étonné et méfiant, puis dit qu'il n'avait pas d'argent.

« C'est nous qui régalons », déclara Frances.

Il mangea trois sandwiches au bœuf saignant au Pretzel Bell et se moqua de nos salades en affirmant avec autorité qu'avec un tel régime nos ovaires allaient se ratatiner. Il se présenta comme un étudiant boursier qui avait grandi dans un petit village de la péninsule Nord du Michigan, entre le détroit et Manistique. Il dit que son père était homme à tout faire dans une station balnéaire des environs qui, chaque été, accueillait de riches vacanciers. Cette information se révéla mensongère. Car un autre étudiant de la péninsule Nord m'apprit que le père de Daryl était un modeste mais assez prospère entrepreneur de travaux routiers. On pouvait compter sur Daryl pour mentir sans raison et à tout propos. C'était davantage amusant que perturbant. Bref, nous étions très attirées par ce beau parleur, tout comme notre professeur. Ce cours se résuma bientôt à un dialogue entre le professeur et Daryl.

Ce jour-là, après avoir englouti ses trois sandwiches,

Daryl a suggéré avec malice que nous devrions tous les quatre aller dans un motel et « partouzer frénétiquement ». Shirley et moi en sommes restées pantoises, paralysées par la gêne. Frances aussi a rougi, mais elle a eu le culot de lui rétorquer :

« Je doute que tu sois à la hauteur.

— Facile », fit alors Daryl avant de bâiller, de se lever et de partir sans même nous remercier pour le déjeuner.

Nous sommes restées assises un bon moment en pouffant d'un rire nerveux, puis Frances a pris une petite épingle dans son minuscule nécessaire de couture, le genre d'accessoire offert par certains hôtels et qu'elle gardait en permanence dans son sac, puis chacune d'entre nous s'est piqué le bras, nous avons mêlé notre sang en jurant sur tout ce qui nous était le plus cher que jamais au grand jamais nous ne coucherions avec ce monstre. Comme les jeunes femmes aiment à se leurrer volontairement !

Vers onze heures du soir je suis descendue au Los Balcones, j'y ai mangé un délicieux sandwich au porc sans quitter la vitrine des yeux en me demandant si Shirley et Frances avaient répondu à mes e-mails de l'après-midi. Le contenu de mon sandwich provenait d'un énorme quartier de porc mariné qui tournait sur une broche verticale. Je me suis débattue avec mon espagnol appris pendant les deux mois que j'ai passés à Madrid alors que j'étais étudiante de troisième année, mais l'anglais de mon serveur était presque parfait. Il m'a demandé si je préférais mes tranches de porc bien grillées ou moelleuses, ou un mélange des deux. J'ai choisi l'assortiment tout en repensant à notre absurde jeu de la vérité du mois dernier, au Drake. Cet après-midi-là, nous avons sans doute vidé toute une boîte de Kleenex.

J'ai découvert qu'elles avaient toutes les deux répondu à

mes e-mails. Shirley disait qu'elle allait prier pour moi tout en me conseillant vivement de rentrer en Amérique et de me livrer aux autorités. Elle ajoutait que Jack l'avait appelée et elle lui avait seulement dit que j'avais besoin de prendre un peu de recul. Désirais-je qu'elle saute dans un avion pour me donner du courage dans mon « dilemme » ?

J'y ai réfléchi avant de lire la réponse de Frances.

« T'es une vraie chef ! » disait-elle avant d'ajouter qu'elle allait prendre l'avion dès demain à San Francisco pour être avec moi.

Elle venait de demander à leur avocat de procéder à une enquête discrète pour savoir si, oui ou non, Daryl était mort. Elle espérait en tout cas qu'« il pissait le sang par tous ses orifices ».

Sammy, le mari de Frances, est une grosse pointure sur le marché des ordinateurs. Jack m'a dit que Sammy avait bu une sacrée tasse il y a trois ans, mais qu'il s'en était tiré parce qu'il avait diversifié ses investissements au lieu de faire comme si son entreprise était invulnérable. Frances et son mari possèdent une maison impressionnante au sud de San Francisco, à Hillsborough, juste à côté de l'endroit où habitait Bing Crosby. Autrefois, quand Sammy quittait le MIT pour rendre visite à Frances, nous le prenions toutes pour un fondu de l'informatique. Il n'avait aucun des talents de Jack pour briller en société, des talents que je considère aujourd'hui comme parfaitement absurdes. Frances et Sammy ont un appartement au Carlyle de New York, avec un vrai tableau de Matisse accroché au mur. Pas un Matisse majeur, mais un Matisse quand même. Je n'ai jamais envié Frances, car je pense qu'elle a toujours été moins heureuse que moi. Sa mère était une Anglaise alcoolique dont les cris m'effrayaient. Son père a commencé sa carrière dans le corps diplomatique avant de devenir un célèbre avocat de Detroit possédant aussi un bureau à

Washington. J'aimais beaucoup son père et je l'ai laissé me voir nue un matin après une fête entre adolescentes, car il m'a demandé gentiment de le faire et je ne voyais pas de mal à ça. Il n'a jamais essayé de me toucher et je n'ai bien sûr jamais rien dit à Frances. Quand il m'a fait sa demande, je préparais des toasts dans leur cuisine et je me suis dit : Bon, il m'a déjà vue en bikini au bord de leur piscine, c'est-à-dire presque nue. Bref, j'ai reculé de quelques pas dans le garde-manger, j'ai relevé ma chemise de nuit au-dessus de ma tête et me suis un peu trémoussée. Il a dit « Merci », et voilà tout. J'avais seize ans à l'époque et j'ai constaté avec étonnement que cet incident, loin de me dégoûter, m'a beaucoup excitée.

Notre grand psychodrame du Drake n'a pas toujours été placé sous le signe d'une complète sincérité. Qui a dit qu'en réalité le passé n'existe pas, mais seulement nos souvenirs ? Chacune d'entre nous a décrit son expérience avec Daryl de manière à éveiller la sympathie des deux autres. Ces menus mensonges étaient aussi subtils que possible, mais ils souffraient d'un gros handicap : nous nous connaissions presque depuis la petite enfance. Shirley a bien failli dévoiler le pot aux roses pour nous toutes en demandant simplement : « Mais si c'était aussi terrible, pourquoi avons-nous continué si longtemps ? »

Aucune de nous trois n'a duré plus d'un mois, comme si Daryl nous avait programmées à l'avance. J'ai été la première, Shirley la deuxième et Frances la troisième, dans la région de la Baie, alors que Daryl donnait une série de conférences sur l'écriture à Berkeley pendant un mois. Le tour de Shirley est arrivé quand Daryl a passé un semestre de printemps à East Lansing, à la Michigan State. Après avoir rencontré Daryl lors de sa lecture locale, je lui ai posé un problème de planning. Une amie du Detroit Institute of Arts m'a alors aimablement intégrée à un comité d'acquisitions et de recherches afin de me fournir un prétexte pour rendre visite à Daryl à New York, trois jours par semaine pendant un mois.

Peut-être que le plus impardonnable chez Daryl, c'était en quelque sorte qu'il « disqualifiait » nos époux à nos propres yeux. Comment avons-nous pu oublier notre serment juvénile de ne jamais, pour rien au monde, faire l'amour avec ce monstre ? Nous étions devenues une bizarrerie sur le campus. Les trois étudiantes cinglées et leurs fréquents déjeuners avec l'incarnation de la contre-culture à Ann Arbor. En fait, Daryl était en bisbille avec tous les partisans de la gauche – les gens de droite étant simplement au-delà de son mépris. Avec les ardents socialistes il affectait une spiritualité apolitique et en compagnie des bouddhistes il se montrait intraitable telle une incarnation farouche du fier Amérindien. Il affirmait que la planète était ronde et qu'il n'était donc pas facile d'en voir toutes les faces en même temps. Ce qui ne veut surtout pas dire qu'il était agressif, car je ne me rappelle pas l'avoir entendu élever la voix une seule fois. Il agaçait de nombreux sportifs amateurs, car tout le monde le voulait dans telle ou telle équipe de football. C'était un imitateur hors pair, capable de lancer un ballon de football à une hauteur invraisemblable avant de démarrer pour réceptionner sa propre passe et saisir le ballon derrière son dos. L'amour de Daryl pour les philosophes hassidiques mettait mal à l'aise les étudiants juifs. Certains étudiants noirs de ma connaissance considéraient Daryl comme l'escroc absolu et s'en amusaient. Si seulement j'avais eu le bon sens de prendre au sérieux leur attitude... Même les étudiants arabes n'étaient pas insensibles à ses attaques énoncées d'une voix égale. Une grande partie de nos déjeuners était consacrée à la discussion de livres que Daryl nous avait fortement conseillé de lire, et très vite parmi ces livres ont figuré les œuvres d'Idries Shah sur les soufis, les poètes Rumi, Mirabai, Hafiz et Ghalib.

Nos petits mensonges du Drake, alors que nous étions censées dire « toute la vérité », étaient presque amusants. En mai, quelques mois après notre premier déjeuner avec Daryl à l'université, je savais que nous avions toutes eu un contact physique avec lui, car c'est ce qu'il m'a dit. Dans mon cas, dix minutes d'un galop sauvage dans l'herbe d'un jardin proche de la rivière, derrière la fac de médecine. Nous nous sommes caressés un moment, j'ai résisté, puis il m'a léché le sexe, une expérience pour moi inédite à cette époque. J'ai alors eu l'impression d'être un mixer de cuisine réglé sur la vitesse maximale. J'ai fondu en larmes en rentrant toute seule vers ma chambre, car je venais de trahir le serment que j'avais fait avec Shirley et Frances. À supposer que Daryl ne mentait pas – et je ne crois pas qu'il mentait –, tant Shirley que Frances étaient elles aussi parjures.

Je connais presque tous les détails du péché de Frances. Ce soir-là, une petite cérémonie avait eu lieu pour fêter mes fiançailles avec Jack (j'ai reçu son badge des Phi Delta). Frances bâillait tant qu'elle pouvait, puis elle pouffait de rire. Je l'ai fusillée du regard en soupçonnant qu'elle venait de fumer un joint dans la chambre. Elle se penchait ou s'agenouillait au-dessus de la cuvette des toilettes pour aspirer quelques bouffées de marijuana, convaincue qu'il lui suffisait de tirer la chasse sans discontinuer pour que le tourbillon liquide aspire la fumée. Bref, vexée par ma colère, elle est partie et, un peu plus tard, au bord de la rivière, Jack et moi l'avons vue de loin en compagnie de Daryl et nous nous sommes cachés derrière un buisson.

Dans le cas de Shirley, ça s'est passé quand elle était à l'infirmerie à cause d'un empoisonnement du sang dans sa main gauche, dû au fait qu'elle se rongeait les ongles.

Daryl affirma qu'elle était bel et bien sous perfusion quand ils le firent. Il la convainquit en lui disant qu'il devait rendre une dissertation sur Kierkegaard, mais qu'il n'arriverait pas à pondre une seule phrase tant qu'elle ne soulagerait pas le désir qu'il éprouvait pour elle. Quel salaud ! Soit dit en passant, elle a cessé de se ronger les ongles le jour où elle s'est mise à allumer des bougies devant la statuette d'un saint bouddhiste, j'ai oublié lequel.

Nous avons donné une fête dans un bar en l'honneur de Daryl quand, en troisième année, il a remporté le prix Hopwood pour la poésie, et il nous a insultées en tirant sa révérence de bonne heure avec une petite de première année. Elle était arrivée à la fête en compagnie d'un étudiant Phi Delta footballeur, qui jura de flanquer une sacrée correction à Daryl, mais, un peu plus tard ce soir-là, le goujat lui administra une bonne raclée. Nous nous sommes senties insultées, voire humiliées, après que Daryl eut quitté notre fête, et nous l'avons ensuite snobé pendant une semaine, ce qui n'a pas eu l'air de le déranger le moins du monde. Quand en ville j'ai changé de trottoir pour l'éviter, il a éclaté de rire et je lui ai lancé mon manuel de sociologie à la figure. Il a attrapé mon bouquin au vol et l'a jeté sur le plateau d'un pick-up qui passait dans la rue. J'étais si niaise que j'ai fondu en larmes.

Dans le petit parc situé devant l'hôtel, un garçon et une fille d'environ seize ans ont une querelle d'amoureux. Peut-être devrais-je descendre les marches et franchir la porte de l'hôtel pour dire à cette fille de prendre ses jambes à son cou. Je soupçonne que davantage d'hommes assassinent des femmes que l'inverse. Frances est censée appeler à midi pour me dire si j'ai réussi. J'ai acheté une petite bouteille de rhum Havana Club et j'en bois une gorgée de temps à autre, même si le jour de mes dix-huit ans mon père m'a bien dit de ne jamais boire d'alcool avant cinq heures de l'après-midi. Quand j'étais gamine et que je m'adressais à voix haute à un frère imaginaire, mon père se mettait dans tous ses états, comme si c'était de sa faute si les problèmes médicaux de ma mère m'empêchaient d'avoir un frère ou une sœur. Ma mère est une femme de bien, au sens épiscopalien du terme : elle ne fait aucun mal. Elle est ahurie et sans avis sur rien. Le comité de la bibliothèque et Faim dans le Monde lui prennent tout son temps. Mauvaise cuisinière, elle se concentre davantage sur le menu que sur la préparation des plats. Papa m'a dit un jour qu'elle était un merveilleux piano vaguement désaccordé. Au cours de ses trois dépressions majeures pendant que je grandissais à la maison avant de partir pour l'université, il restait dans sa chambre et dans son bureau – il y avait une porte communicante – et ne voyait que moi. Je lui apportais un plateau-repas et certains jours il n'y touchait même pas. Durant un certain printemps, en mai, je l'ai conduit dans le Nord jusqu'à notre cottage, en fait une maison de vacances, un bon mois avant la date d'ouverture habituelle de ce lieu. Il a fait un temps froid et venteux pendant trois jours, mais ensuite le vent a tourné au sud et l'air s'est réchauffé. J'ai constaté que le moral de mon père remontait, car il a congédié la vieille femme que ma mère nous avait dépêchée pour faire la cuisine et s'occuper du ménage ; à la place, nous avons préparé des hamburgers, des hot dogs et des steaks dans la cheminée. Le premier jour, par une matinée plutôt chaude, j'ai fait mes devoirs pour l'école, puis nous sommes partis en voiture vers le nord et Cross Village afin de ramasser des morilles dans des bois tout bruissants d'oiseaux. Un paysan nous a alors surpris, il a prétendu que nous étions sur ses terres, mais mon père et lui se sont bientôt reconnus : c'étaient des amis d'enfance.

Nous sommes allés dans la maison délabrée de ce paysan, où son épouse a fait frire nos champignons dans le beurre, avant de nous les proposer sur des toasts. Ils étaient délicieux. Je crois que j'avais treize ans à l'époque. J'avais mal au pied gauche à cause de mes cours de danse classique. Après avoir mangé les champignons, nous sommes sortis dans la cour de la ferme et, pendant que mon père et le paysan qui s'appelait Fred examinaient un vieux tracteur, j'ai étrillé deux chevaux de trait pour leur ôter le poil mort de l'hiver. Ils ont tellement aimé ça que leur peau frissonnait sous mon peigne. De tous les animaux, ce sont les chevaux qui ont la meilleure odeur. Quand nous sommes rentrés au cottage, mon père a sauté sa sieste et nous avons sorti du vieux hangar à bateaux le *Lightning*, un petit voilier. L'eau de la baie était froide et nous nous sommes habillés chaudement, mais à mesure que l'après-midi passait, l'air s'est nettement réchauffé. J'ai rarement entendu mon père jurer, mais alors que nous naviguions au large dans la baie et que le *Lightning* fendait des eaux clapoteuses, il a dit d'une voix plate : « J'emmerde Detroit. »

Il était déprimé depuis mars, c'était merveilleux de le voir revivre. De retour au cottage, il s'est servi son verre de cinq heures et il nous a grillé un bon steak que nous avons mangé sur la véranda. Il m'a versé un tout petit peu de vin dans un verre. Je me suis endormie à la tombée de la nuit sur le canapé devant la cheminée ; quand je me suis réveillée vers minuit et dirigée vers ma chambre, je suis sûre de l'avoir entendu pleurer derrière sa porte située au bout du couloir. Il n'y avait pas lieu de s'inquiéter, car mère avait dit que, lorsque ses crises de larmes commenceraient, elle serait certaine qu'il ne se suiciderait pas. J'ai presque oublié qu'au moment de rentrer le *Lightning* dans le hangar à bateaux, nous avons vu un esturgeon filer le long du quai. Autrefois, le lac Michigan était plein d'esturgeons, mais j'en voyais un pour la première fois. Long d'environ quatre mètres, il était aux aguets quand il nous a vus et il s'est vivement dirigé vers l'à-pic rocheux qui menait à l'eau profonde.

Il y a environ une heure j'ai arrêté la climatisation et je sirote le rhum de la diabolique Cuba de Castro. Jack est sans doute en train d'astiquer sa Lexus dans notre garage absurdement chauffé, une marotte qu'il affectionne dès qu'il a un souci. L'employé de la réception m'a fait parvenir un message par l'intermédiaire d'une femme de ménage et quand j'ai essayé de lui donner cinq dollars pour sa peine, elle a refusé de les prendre, il a fallu que j'insiste. C'était Frances qui disait que Shirley et elle arriveraient ici vers vingt heures ce soir. Point final, et aucune mention de l'état de santé de Daryl.

Mes pensées sont retournées vers le meurtre ainsi que vers Joseph Conrad, sans doute parce qu'il faisait très chaud dans ma chambre, et puis j'entendais de la guitare et de l'accordéon dans la rue, certes pas une musique joyeuse, mais une mélodie et une voix dont l'ineffable mélancolie m'a fait pleurer. J'ai essayé de raisonner froidement : si Daryl était mort, la police serait certainement arrivée depuis longtemps. J'avais incontestablement eu l'intention de le tuer. Mon psy, ou mon analyste, peu importe, a sagement essayé de me dire que pour Daryl j'étais une conne à cause de mon père et de mon besoin d'aider les hommes. Je l'ai aussitôt nié en lui rétorquant qu'on a bien sûr envie d'aider un père qu'on aime tant. Daryl habitait une sorte d'enfer où l'amour et la sexualité se trouvaient inextricablement liés. Mon mari était sexuellement si ennuyeux que je ne pouvais chercher nulle part ailleurs. Je sais que c'est une piètre explication, mais c'est la vérité. Tout simplement, j'avais besoin de vivre une grande histoire d'amour, même si les humiliations résultantes devenaient intolérables.

Mais quel rapport avec le fait d'aider mon père ? À la résidence d'été, en ce mois de mai, je lui avais préparé un « œuf au trou » pour le petit déjeuner, la seule recette que je connaissais en dehors des sachets de pâtes instantanées au fromage. Pour l'« œuf au trou », il faut prendre un toast et découper un trou rond en son milieu. On met beaucoup de beurre ainsi que le toast dans une poêle et on casse un œuf dans le trou. Mon père prétendit que c'était merveilleux, mais il arrosait copieusement son assiette de Tabasco.

Ce n'était pas un donneur de conseils, mais au cours de mon seizième été, alors que j'avais le moral à zéro, il m'a dit que je ne devais pas chasser toute forme de vie hors de mon existence pour suivre à la lettre les principes de bonne conduite imposés par autrui. Je me suis toujours demandé s'il s'était douté de ce qui n'allait pas dans ma vie en ce mois de juillet, quand j'avais perdu ma virginité avec un garçon que je connaissais à peine lors d'une soirée arrosée à la bière. Tous, nous nagions nus dans un trou d'eau et ce garçon a profité d'une bagarre aquatique pour glisser en moi son petit pénis, alors que nous étions à moitié en dehors de l'eau. J'ai failli hurler de surprise, mais j'ai préféré ne pas attirer l'attention des autres et ç'a été terminé en quelques secondes. Difficile de s'éloigner davantage du Heathcliff dont j'avais rêvé. Lorsque Shirley et Frances sont venues me rendre visite en août, elles n'ont pas été très impressionnées. Shirley l'avait fait avec un cousin alors qu'ils étaient défoncés à la marijuana et aux quaaludes ; quant à Frances, elle avait perdu sa virginité durant un voyage à Washington à l'occasion d'une partouze organisée par des fils et des filles de diplomates.

« C'est juste un truc dont tu te débarrasses », a dit Frances en riant.

Le souvenir de mes quatre séjours à New York pour voir Daryl me fait frissonner malgré la chaleur de ma chambre. Je m'offre une généreuse rasade de rhum, mais je me mets à tousser et il y a un peu de rhum qui me sort par les narines. Sans doute aurions-nous dû savoir faire plus tôt la différence entre l'amour et le sexe... À l'université, l'étudiant de troisième cycle qui enseignait la biologie était un parfait potache de énième zone que la reproduction de l'espèce faisait rougir et pouffer de rire, comme s'il révélait un sale petit secret caché parmi les fleurs et les crapauds.

Pour mon premier séjour new-yorkais, Daryl n'est pas venu me chercher à l'aéroport de La Guardia avec un bouquet de fleurs, ainsi qu'il m'avait promis de le faire. À la place il y avait un chauffeur qui tenait un carton portant mon nom, à qui j'ai dû donner cent dollars quand il m'a déposée devant mon hôtel, un merveilleux petit établissement situé sur Irving Place, à quelques rues de l'appartement de Daryl, où je ne pouvais dormir, soi-disant à cause de ses habitudes de travail imprévisibles. À cet hôtel m'attendait un message : je devais prendre un taxi jusqu'à un appartement de l'Upper West Side, ce que j'ai fait, mais seulement pour découvrir que Daryl n'y était plus, après quoi une femme ravissante debout à la porte m'a donné une adresse dans le Lower East Side, tandis que de nombreuses voix résonnaient derrière elle. Daryl n'avait pas de téléphone portable, pour cette raison évidente qu'il ne voulait pas que quelqu'un pût le suivre à la trace. C'était une soirée pluvieuse d'avril et j'ai eu du mal à trouver un taxi, mais je suis enfin entrée dans le petit appartement miteux du Lower East Side où Daryl s'adressait à trois poètes plus jeunes qui étaient apparemment ses disciples. Il m'a à peine dit bonjour avant de terminer un long discours pour expliquer ce qui clochait dans la poésie de James Merrill (tout), après quoi il m'a emmenée dans une salle de bains crasseuse, il m'a dit de me pencher au-dessus du lavabo et il m'a fait l'amour à toute vitesse. J'étais en larmes, je mourais de faim. J'ai bu un grand verre de vin rouge provenant d'une grosse bonbonne et je me suis endormie sur le canapé. À mon réveil, Daryl avait remonté ma jupe pour montrer aux jeunes poètes combien mes jambes avaient profité de toutes ces années de cours de danse classique. Je suis sortie d'un pas furieux et, sous une pluie battante, j'ai parcouru à pied les dix blocs qui me séparaient de mon hôtel, m'arrêtant seulement pour acheter un hamburger à quinze dollars qui n'était pas très bon. J'ai fait une réservation pour partir le lendemain matin et je me suis endormie dans mes vêtements trempés. Daryl est arrivé au milieu de la nuit, très éméché, il s'est moqué de moi et de mes « réactions bourgeoises », puis il s'est endormi. À l'aube j'ai oublié ma colère et nous avons magnifiquement fait l'amour, la plus belle expérience sexuelle de toute ma vie en fait.

Mes séjours suivants à New York allèrent de mal en pis. Comment un type qui avait étudié toutes les beautés et les grandeurs de la littérature pouvait-il être un tel connard ? Mais « de mal en pis » n'est pas l'expression adéquate. Ça ressemblait davantage à un ascenseur capricieux, un ascenseur qui tantôt montait et tantôt descendait sans personne pour le diriger. Daryl adorait croire qu'il vivait « dans l'instant présent ». Il était convaincu qu'en tant qu'écrivain il avait le privilège de zapper le monde à sa guise. Malgré tout, quelqu'un d'aussi bien disposé que moi envers lui n'a pas le droit de se faire ensuite passer pour une victime. On dirait aujourd'hui que les gens tiennent à être récompensés de leurs bêtises, par exemple quand ils sautent dans un trou et veulent néanmoins faire croire qu'on les y a poussés.

Cette nuit désastreuse et cette aube splendide ont été suivies d'une journée déroutante. Nous sommes allés dans le minuscule appartement spartiate et presque élégant de Daryl. C'étaient des chambres de bonne situées au troisième étage d'un très vieil immeuble tout proche de Gramercy Park. Une grande fenêtre donnait par-derrière sur un tout petit jardin. Il y avait seulement une pièce et demie, mais elle semblait spacieuse : un seul mur couvert de livres, un sommier très bas, presque une palette en guise de lit, un grand et magnifique canapé en cuir, un lecteur de CD, une seule table pour quatre personnes près de la cuisinière et du frigo, dont une extrémité était couverte de livres empilés avec soin, et un grand bureau dans l'angle de la pièce. Le sol était en parquet ciré et ce petit appartement était d'une propreté si inattendue que j'en ai eu le souffle coupé. Les seules traces d'art sur les murs étaient des reproductions de Hokusai. À bien y regarder, cet endroit ne paraissait guère habité, mais Daryl m'a alors déclaré que, sa vie étant passablement chaotique, il s'obligeait à un ordre strict dans son appartement. Personne d'autre que lui n'avait le droit d'y dormir. Il s'est mis à nous préparer une omelette et, quand je suis allée aux toilettes, j'ai découvert avec stupéfaction une grande photo de moi nue punaisée à l'intérieur de la porte de la salle d'eau, une photo qu'il avait sans doute prise pendant que je dormais à la Kingsley Inn après sa conférence de Bloomfield Hills. Ma première impulsion a été d'arracher cette photo de la porte, mais c'est l'indécision qui l'a emporté et quand je suis sortie de la salle d'eau, Daryl m'a demandé :

« Tu n'aimes pas ta photo ?

— Non », répondis-je.

Il s'est alors lancé dans un de ses petits monologues improvisés, m'expliquant pourquoi les femmes ne sont jamais entièrement satisfaites de leur corps. J'étais très agacée par l'adresse avec laquelle il savait retourner les omelettes au fromage sans se servir de la moindre spatule. Au-dessus de son bureau il y avait une photo de famille où figuraient la mère, le père, une sœur, un frère et Daryl debout derrière eux, les dominant tous d'une tête, sans ressembler beaucoup aux autres membres de sa famille.

« J'ai été adopté », expliqua-t-il.

Pour une fois, il semblait dire la vérité.

La femme de chambre m'a apporté un autre message, un fax de mon mari Jack qui déclarait parmi d'autres inepties qu'il se tiendrait fermement à mes côtés dans cette période « pour moi dramatique ». Tout le monde avait l'air de connaître mes problèmes par cœur, sauf moi ! Dolly passait un bon moment à Vail. Avec trois autres filles elle occupait une chambre aux lits superposés et elle était « surveillée strictement ». Dernier point du fax, Jack me suggérait, comme s'il s'agissait là d'une idée subite, de contacter mon père. Cette suggestion m'a fait fondre en larmes, car mon père avait été très déprimé durant tout l'hiver, sa saison maudite. Mes parents, comme les autres membres de leur classe, sont convaincus qu'il est presque criminel de chercher de l'aide quand on a des problèmes d'ordre mental.

J'ai bu une autre rasade de rhum et composé son numéro de téléphone privé. J'ai croassé un « Allô » pour répondre au sien.

« Martha, tu es dans le pétrin.

— Il est mort ? » Mes larmes coulaient à flots.

« Pas vraiment. Il est dans une espèce de coma dont il va sortir, qu'il le mérite ou non.

— Pourquoi dis-tu ça ?

— J'ai parlé avec Shirley et Frances. Tu ne connais donc rien aux hommes ?

— Celui-ci est différent des autres.

— Peut-être. En tout cas, tu as de la chance d'avoir laissé un cachet près du lavabo de la salle de bains, car sinon les médecins n'auraient rien pu faire pour lui. Il faut que tu reviennes à Houston. J'ai un avocat pour toi. Jack aussi en a trouvé un, mais je crois que le mien est meilleur. Un as du barreau, vois-tu. Ton mari se comporte en parfait crétin.

— Je n'en doute pas. »

Il y a environ six ans, mon père s'est mis à détester mon époux encore plus que je ne le hais. Pour lui, Jack est « un parfait produit de notre culture », même si je n'ai jamais très bien compris ce qu'il entendait par là ; je crois néanmoins qu'il méprisait ce qu'il appelait « son éthique à géométrie variable ». Mon père est une espèce de républicain à l'ancienne mode, un mélange vieux jeu de Teddy Roosevelt et de Robert Taft. Il détestait Lyndon Johnson, mais il haïssait aussi avec passion George Bush junior et il considérait Reagan comme un homme à l'intelligence limitée.

« Bon, je crois pouvoir te tirer d'affaire, mais ça risque d'être un peu long. Et puis assez coûteux ; mais nous sommes âgés et c'est en définitive ton argent que nous allons dépenser pour te sauver la mise. J'espère que tu as maintenant retrouvé assez de bon sens pour comprendre que le meurtre n'était pas une bonne idée. »

Je me suis bien sûr mise à sangloter, mais j'ai réussi à articuler un « Je t'aime » avant de raccrocher.

Me voici donc au Mexique, dans le Yucatán, à quarante-deux ans, en train d'appeler mon père comme si j'en avais quatorze, ou même encore moins. Tout en moi se dressait et se rassemblait afin de se demander si un quelconque être humain était vraiment fait pour la vie que j'avais menée. Il y avait tellement de couches de privilèges artificiels que, regardant par la fenêtre, j'adoptais le point de vue d'un univers différent. J'étais submergée par les peurs et par les sensations qu'enfant j'avais ressenties lors d'un pique-nique au luxueux chalet d'un ami de mon père, quand je m'étais aventurée dans la forêt et trompée de direction, convaincue de trouver bientôt un lac. J'avais vu quelques enfants au maillot de bain mouillé et je voulais aller nager moi aussi. J'ai marché et marché encore, j'ai vu un serpent noir et un chevreuil. Comprenant que j'étais perdue, j'ai accéléré le pas. J'avais l'habitude des jardins tirés au cordeau, pas des forêts profondes. Je crois que j'avais sept ans à l'époque. Ma belle robe rose était toute déchirée. Assise sur une souche en bordure d'une clairière, j'ai fondu en larmes, puis je me suis arrêtée, car malgré mon jeune âge je savais que les larmes ne me serviraient à rien. Au bout d'un moment, j'ai entendu le moteur d'un bateau venant du fond des bois et j'ai marché vers ce bruit avant d'arriver sur la pelouse située derrière un cottage, où une femme mettait des maillots de bain mouillés à sécher sur une corde à linge. Elle m'a accueillie et a aussitôt senti que quelque chose clochait. Quand je lui ai indiqué le nom de l'ami de mon père, elle s'est écriée « Oh mon Dieu ! », elle m'a fait entrer dans son cottage et elle a téléphoné. « Elle est ici », a-t-elle dit.

À force de marcher, j'étais arrivée à un autre lac. J'ai bu deux grands verres de limonade et nous nous sommes installées sur une véranda grillagée, où j'ai caressé un vieux labrador qui puait un peu. La femme m'a expliqué que cette chienne passait tout son temps à chasser les grenouilles dans un marais reculé. Mon père est bientôt arrivé avec le shérif dans une voiture de la police. Le shérif m'a dit que j'avais sacrément marché.

J'ai vidé la fin de la bouteille de rhum de Fidel Castro

et senti l'alcool me chatouiller le cuir chevelu. Je devais appeler Jack, mais je m'y refusais. Je ne voulais plus jamais entendre parler de lui. Point final. J'ai sombré dans une légère somnolence, mais avant de m'endormir tout à fait, mon esprit a produit une analogie bancale : Daryl ressemblait à la forêt, et moi à une fillette élevée dans la soie. Quel qu'il soit, il était aussi amoral qu'un arbre. J'avais l'impression de me briser tout en m'ouvrant, il me semblait qu'on ne pourrait plus jamais refaire de moi ce que j'avais été. Je ne désirais pas retrouver mon ancien moi. Peut-être la prison des femmes me ferait-elle du bien. Ma mère disait toujours qu'à quelque chose malheur est bon. J'avais passé la journée à m'effondrer intérieurement et maintenant, dans ma chambre, je cherchais avec désinvolture à quoi mon malheur pouvait bien être bon. Peut-être étais-je plus bête que je ne le croyais. Toute cette excitation sexuelle avec Daryl, quel sens avait-elle en dehors d'être une grande excitation sexuelle ?

Le dernier matin de mon ultime séjour à New York, Daryl était censé me retrouver au petit déjeuner avant mon départ pour La Guardia, mais il n'est pas venu. Je sais que le jeune homme de la réception comprenait très bien dans quelles affres me plongeait Daryl. Dehors, dans la rue, alors que j'essayais de héler un taxi sous la pluie, je suis certaine d'avoir vu Daryl et Frances passer dans une voiture de louage. Était-ce possible ? Bien sûr. Je n'ai jamais posé la question à mon amie, mais c'était tout à fait envisageable. J'ai lancé la bouteille de rhum vide vers le ventilateur du plafond, qui l'a propulsée en direction d'un angle de la chambre où elle a heurté bruyamment la plinthe. J'ai entendu dire que, dans une université dont j'ai oublié le nom, on vous fait dormir pendant quatre-vingt-dix jours, après quoi vous vous réveillez en pleine forme. Quand j'ai demandé à Daryl pourquoi il n'avait pas un vrai lit plutôt que ces palettes inconfortables, il m'a répondu qu'il n'avait jamais goûté à ce que les gens appellent communément « une bonne nuit de sommeil ». Il dormait simplement deux ou trois heures tout au plus quand il avait trop bu. Il savait que, si jamais il dormait comme une personne normale, il découvrirait à son réveil qu'il avait perdu ce qu'il appelait son équilibre. Et puis, quand il était petit, sa vraie mère était morte d'un cancer. Scientiste chrétienne, elle refusait de prendre le moindre médicament et elle hurlait souvent toute la nuit dans la chambre voisine ; après sa mort, quand il s'installa chez sa nouvelle famille, il décida de ne plus dormir. Je ne savais pas s'il s'agissait d'une nouvelle invention de Daryl, même si le premier soir, quand il est arrivé ivre à l'hôtel, il s'est mis à dormir en gardant un œil à moitié ouvert.

Je transpire tant que je mouille le drap du lit, mais je n'ai pas envie de me lever pour allumer la climatisation. Je n'arrive pas à décider si c'est vendredi dans le monde entier. Je sais que Daryl aimerait bien cet endroit, même si la littérature de Conrad est à ses yeux trop pesante. Les marimbas ont repris leurs rythmes et j'ai de la chance, car leur musique me fait voir des eaux vives, une petite rivière proche de Petoskey où mon père pêchait autrefois la truite, tandis qu'assise sur la berge, je lisais des livres, j'écoutais les oiseaux et l'eau courante.

II

Frances

« Bon Dieu, tu es répugnante. »

Voilà ce que j'ai dit quand Martha, tel un spectre en sueur, m'a ouvert la porte. Elle empestait le rhum dans la bouffée de chaleur qui sortait de la chambre ; au plafond, le ventilateur, qui avait une pale fendue, vibrait bruyamment. J'ai allumé la climatisation pendant que Martha s'asseyait au bord du lit et se prenait le visage entre les mains.

« Shirley a raté sa correspondance à Houston, elle n'arrivera pas ici avant demain matin. Daryl est toujours vivant. Envoyons-lui une gentille carte postale. »

L'une des nombreuses choses que les gens n'aiment pas chez moi, c'est mon sens de l'humour. Le visage de Martha a émergé de ses mains avec son sourire habituel. Ce perpétuel sourire est une sale manie que je supporte depuis notre première rencontre, quand j'avais sept ans. Ce rictus imbécile, elle le tient de sa mère, une belle de Grosse Pointe, dont la propre mère était originaire du Mississippi. Martha ne supporte pas que la vie consiste le plus souvent à avaler un plat déplaisant ; elle croit donc dominer la situation en relevant le menton et en arborant ce sourire crispé qui, selon Daryl, constituait seulement un masque qu'elle conserverait mordicus, même si on lui tirait une balle dans le cœur.

« Quoi d'autre ? s'enquit Martha.

— Je me suis présentée comme étant la sœur de Daryl lors de mon petit séjour à Houston, une halte prévue pour me rendre compte par moi-même de la situation. Il est plongé dans un léger coma, sous perfusion et cathéter, un détail que j'ai trouvé rigolo compte tenu de la fierté qu'il tirait de sa bite. Il vivra, et c'est l'essentiel. La police n'a pas encore décidé quelle accusation formuler contre toi. L'as-tu retrouvé à Houston pour le tuer ? Je veux dire, à Chicago tu as dit que tu voulais le tuer.

— Non. Il m'a appelée et je suis descendue là-bas pour m'assurer du fait que je ne l'aimais pas, malgré tout ce qu'il m'a donné. Nous avons fait l'amour, puis il m'a dit tout ce qui clochait chez moi. Il désirait m'emprunter de l'argent pour aller vivre en France un moment. Il a nié avoir envoyé à Jack la photo de moi nue.

— Bien sûr qu'il l'a fait.

— Mais je me suis dit que, s'il voulait de l'argent, il aurait pu se servir de cette photo pour exercer un chantage.

— Ç'aurait été trop banal pour Daryl. S'il avait voulu faire chanter quelqu'un, je crois qu'il se serait tourné vers moi. Sammy m'a montré ma photo pendant le petit déjeuner. Sa secrétaire avait ouvert la lettre au bureau. Comme tu sais, Sammy a une vraie phobie des virus et des microbes. Lui avais-je transmis une MST ? Il a donc engagé un détective privé, lequel a été trouver Daryl à New York pour lui demander de passer un test de dépistage du sida et des maladies vénériennes. Daryl a refusé. On en est là pour l'instant.

— Tu ne crois pas que ton mariage est fichu ?

— Mon mariage a toujours été fichu. L'essentiel pour

Sammy, c'est que notre fils soit un bon athlète et que je me conduise bien dans les dîners organisés pour réunir des fonds. Nous avons dîné avec le Président Bush. Ça a seulement coûté à Sammy la bagatelle de deux cent cinquante mille dollars. Pourtant, il a un bon fond. Il sait que j'ai eu d'autres liaisons, mais il se soucie seulement de ce qu'il appelle les « problèmes de santé ». Il fourre son nez partout, mais mes infidélités ne le préoccupent pas plus que ça. Il croit dur comme fer aux surfaces bien polies. Notre fille, aujourd'hui âgée de dix-sept ans, pense que je devrais le quitter pour convoler avec le joyeux menuisier qui, elle le sait, m'a servi d'amant. En fait, c'est l'ébéniste qui a refait toute notre cuisine. Ma fille se croit lesbienne.

— Quel dommage.

— Je ne pense pas. Pourquoi serait-ce dommage ? Regarde-nous un peu. Tu regretterais qu'elle rate un Daryl ?

— Je ne sais pas. Elle ne te donnera pas de petits-enfants.

— Oh, pour l'amour du ciel ! Va prendre une douche. Habille-toi. Je t'attends en bas devant un grand verre. Appelle la réception et fais réparer ton ventilo. »

Martha se leva du lit et se mit en route vers la salle de bains avec la démarche d'une enfant et non celle d'une femme de quarante-deux ans. Ses talents de danseuse m'ont toujours fait envie, mais à ce moment-là elle les cachait bien. Lors des soirées d'Ann Arbor, même les Noirs faisaient la queue pour essayer de danser avec elle. C'était comme s'il n'existait aucun rapport entre son corps dansant et son corps social. Elle nous électrifiait littéralement et chacune d'entre nous se posait la question inévitable : « Pourquoi ne puis-je pas danser comme elle ? »

Un soir, dans un club de blues de Detroit, elle s'est lancée dans une sarabande effrénée avec un arrière de l'équipe des Detroit Lions, après quoi deux videurs de la boîte ont dû lui assurer une protection rapprochée. Elle était sagement assise entre ces deux colosses noirs avec son sourire de sainte-nitouche, tandis que nos copains mouraient d'envie de nous ramener en lieu sûr, à Ann Arbor.

Ma margarita est délicieuse, préparée avec ces petits citrons verts à peau mince et presque sucrés. Il y a dans ce bar de très vieilles photos de Douglas Fairbanks et de Fidel Castro, un couple plutôt surprenant. Je porte des lunettes aux verres fumés afin d'éviter tout contact oculaire avec quiconque. La situation est trop grave pour que j'envisage de flirter. Vous vous demandez sans doute ce qui peut bien nous pousser à croire que nous méritons de vivre des aventures romantiques ? Oui, combien d'aventures palpitantes désirez-vous vivre en cette vie ? S'agit-il d'un impératif biologique que nous nous obstinons à déguiser avec des costumes de fantaisie ? Par exemple, Martha est une fille intelligente, mais il y a beaucoup de choses qu'elle préfère ignorer. La vraie nature de chacun, elle-même comprise, la sidère régulièrement. Elle veut se convaincre du fait que tout le monde est foncièrement bon et que la plus discrète apparition du mal résulte d'un léger dysfonctionnement. Et voilà pourquoi elle a mis tout ce temps à comprendre les agissements de Daryl. Pendant notre rendez-vous moyennement sincère au Drake, nous prenions un verre dans le bar du bas quand j'ai demandé à Martha si Daryl avait tenté de la convaincre de faire l'amour avec un autre homme pendant que lui-même les regarderait, et elle a aussitôt fondu en larmes. Shirley m'a reproché d'être « cruelle » tandis qu'elle séchait les larmes de Martha avec une serviette en papier. Je me suis alors demandé si l'une ou l'autre désirait vraiment regarder la vérité en face. Je leur ai dit en blaguant qu'à partir d'un certain âge, de nombreux hommes étaient prêts à tout pour connaître l'excitation sexuelle. Shirley et Martha n'ont trouvé aucun humour dans ma déclaration et j'ai compris une fois encore que, depuis notre plus tendre enfance, notre culture nous avait enfermées dans une maison de poupée consensuelle dont la plupart d'entre nous n'avaient pas la moindre envie de s'échapper. Pour le bien de la société, il faut contenir à tout prix les débordements possibles de notre sexualité, mais surtout pour le bien de notre classe sociale. Shirley avait au moins l'avantage de sa religion privée, aussi loufoque soit-elle.

La vie sociale et la vie de couple de Martha étaient des écrans de fumée. J'en ai eu pour la première fois l'intuition quand, en deuxième année à l'université du Michigan, je suis allée à un concert avec mon amoureux de l'époque, un étudiant assistant. Mon père a découvert le pot aux roses et il a été tellement furieux d'apprendre que sa petite fille chérie avait une liaison avec un de ses profs qu'il a appelé son ami le gouverneur du Michigan, lequel lui a calmement répondu que j'avais vingt et un ans. Bref, à l'auditorium Rackham en cette soirée printanière, David Oïstrakh jouait Mendelssohn au violon et il m'a plongée dans une sorte de transe particulière et très belle. J'étais épuisée d'avoir écrit en vitesse une dissertation de fin de semestre, cette musique splendide s'est curieusement insinuée dans mon cerveau et ensuite je n'ai plus jamais réussi à porter comme un fardeau mon existence dérisoire et mon comportement pitoyable. C'est sans doute ce qu'éprouve le serpent au moment de la mue, ou quelque chose de similaire. Bref, j'ai appris ce soir-là que, lorsque j'avais le sentiment d'étouffer, la musique, l'art et dans une moindre mesure la littérature pouvaient me sauver la mise. Mon problème avec la littérature est devenu évident lors de ma liaison avec Daryl.

En fait, mon escapade avec Daryl s'est achevée sans coup férir. D'une seule question, je l'ai rendu fou furieux. Daryl m'attendait à l'aéroport de Teterboro, dans le New Jersey, où atterrissent et décollent les jets privés. L'une des escroqueries de mon mari Sammy, auxquelles je participe volontiers parce que j'aime le luxe, consistait à me nommer dans le conseil d'administration d'une petite entreprise new-yorkaise, si bien qu'il pouvait déduire de ses impôts le coût d'un aller-retour en avion pour une réunion inexistante. Par une affreuse coïncidence, alors que nous revenions de l'aéroport, nous avons aperçu Martha qui hélait un taxi devant un hôtel d'Irving Place. Ça m'a rendue malade. Nous sommes allés chercher un calepin chez Daryl à une rue de là, puis nous avons rejoint en voiture un appartement que Sammy possède au Carlyle. En fait c'est moi qui avais choisi l'emplacement de cet appartement, mais quand la librairie du quartier a fermé ses portes, j'ai été désespérée. C'était un peu culotté de ma part d'accueillir mon amant dans cet appartement, mais je m'en fichais. Nous avons fait les fous avant de nous envoyer en l'air, puis nous avons demandé à ce qu'on nous monte un déjeuner, après quoi nous avons encore fait les fous. Pour un écrivain gauchiste, Daryl adore le luxe.

En début de soirée nous sommes allés à une assommante lecture publique, puis à une fête tout aussi assommante à SoHo où je me suis sentie d'une élégance affreusement déplacée, à cause de Daryl qui avait lui-même choisi mes vêtements. Comme il adore le faire, il a monopolisé l'attention des invités lors de cette soirée, et nous avons raté notre réservation à Esca, où il aime bien que je l'emmène, car il peut s'asseoir en terrasse, boire des vins fins et fumer cigarette sur cigarette. Bref, nous sommes rentrés à l'hôtel aux environs de minuit. Daryl, un peu ivre, s'est révélé incapable de faire l'amour, car il avait sniffé de la cocaïne à cette fête. Tandis que nous mangions un souper tardif, je lui ai posé une question très anodine. J'avais en effet remarqué lors de mes lectures et aussi des soirées littéraires où il m'emmenait parfois que les écrivains se prennent au sérieux simplement parce qu'ils abordent des sujets sérieux. Ils croient que la gravité de leurs sujets donne du poids à leur propre personne. Mais alors, en quoi diffèrent-ils de l'homme de la rue, chaque jour submergé par les éternels tracas dus à la pauvreté, aux filles et aux fils fugueurs, à un mariage qui ressemble à un pneu crevé ? Leur prétention ne serait-elle que de la poudre aux yeux ?

Daryl l'a très mal pris. Il a lancé son flan à travers la pièce, puis il a fait exploser son assiette contre la porte de la salle de bains, ratant mon Matisse mineur d'un petit mètre. Comment pouvais-je attaquer de la sorte son travail d'écrivain ? Je n'en avais bien sûr aucunement l'intention, mais il croyait que je faisais allusion à un long poème qu'il avait écrit sur la mort par noyade de sa mère adoptive, en février dernier. Elle apportait le déjeuner à son mari qui pêchait à travers la glace sur la Bay de Noc, quand elle était tombée à l'eau. J'ai tenté de rassurer Daryl en lui disant que son propre travail était tout à fait reconnu, mais j'ai alors discerné en lui un trait de caractère qu'il partage avec ma mère dès qu'elle a un verre dans le nez : on dirait que le monde entier tourne autour d'elle. Après l'épisode du lancer de flan et de l'assiette fracassée, si j'avais dit : « La nuit est sombre », Daryl m'aurait rétorqué : « Que sous-entends-tu à mon sujet ? »

En fait, il a franchi la porte d'un pas très lent et j'ai eu l'immense plaisir de me mettre au lit toute seule, après avoir ri en nettoyant les morceaux de flan et en ramassant les débris d'assiette.

Avant sept heures du matin, j'ai été réveillée par le garçon d'étage, Sean pour être précise, qui m'apportait un message « urgent » : un fax de cinq pages où Daryl passait en revue la liste détaillée de mes défauts. Il avait héroïquement parcouru à pied les « cent blocs » (en réalité il y en avait environ soixante-cinq) jusqu'à chez lui pour retrouver son équilibre. J'ai pensé que je m'étais beaucoup mieux entendue avec lui à San Francisco ou à Berkeley, où il ne marinait pas dans son milieu paranoïaque.

Martha est enfin arrivée alors qu'au milieu de mon deuxième margarita je me détendais peu à peu. Elle arborait son sourire habituel, qui aussitôt m'a davantage irritée que la phrase du fax de Daryl où il disait que j'étais « l'équivalent moral d'un jingle radiophonique ». Quand Martha s'est excusée de son retard, j'ai balayé sa politesse d'un revers de main. Tant son mari que son père avaient téléphoné ; elle avait raccroché au nez de Jack quand il s'était interrogé sur les éventuelles conséquences du « scandale » de Martha pour toute la famille. Son père appelait pour savoir si elle tenait le coup. Cet homme austère était un vieux pro, le dernier gentleman dans un monde où il passait pour un éléphant blanc. En comparaison, mon propre père était une loque intelligente, qui pleurnichait toujours parce qu'il avait quitté le corps diplomatique pour faire du fric. Au cours de ces dernières années, il a perdu tant d'argent dans des spéculations immobilières qu'il n'a pas réussi à payer son écot pour financer la soirée destinée à s'assurer le poste d'ambassadeur qu'il convoitait.

« Je me demande à quoi va ressembler cette prison pour femmes, dit Martha en buvant une grande gorgée de son Cuba libre.

— Pire que Bloomfield Hills, fis-je. Encore plus indiscret.

— J'ai regardé quelques films qui passent tard la nuit à la télé. Tout le monde doit prendre la douche ensemble, certaines femmes sont parfois très pressantes.

— Tu te rappelles quand on avait douze ans et qu'on s'entraînait à s'embrasser ? la taquinai-je.

— Tu es vraiment atroce. » Martha sourit. « Je croyais que tu étais venue ici pour m'aider. »

Depuis notre adolescence Martha s'inquiète de ce qu'elle appelle mon « côté obscur ». Autrefois, elle s'est mise à lire des livres pratiques tendant à l'amélioration de soi et le magazine *Psychology Today*.

« De la lucidité, voilà ce dont tu vas surtout avoir besoin. Si nos effort collectifs viennent à bout des procédures légales, je te fiche mon billet que Daryl va te coller un procès pour récupérer le maximum d'argent. Et là, je suis certaine de pouvoir t'aider.

— Pourquoi Sammy te donnerait-il de l'argent pour moi ?

— Je ne compte pas y aller par quatre chemins. Je vais lui dire : "Par ici la monnaie, sinon je pars pour l'Italie." »

Comme elle avait de nouveau les larmes aux yeux, j'ai suggéré que nous mangions quelque chose. Martha a voulu prendre d'abord un autre verre, ce dont je ne lui ai pas tenu rigueur. J'ai soudain compris qu'elle avait grandi avec ses héros de pacotille et son noble père, après quoi la vie lui avait fait cadeau de Jack en guise de mari et de Daryl en guise d'amant. Elle tombait donc de très, très haut. À Cranbrook elle faisait toujours les yeux doux aux garçons et elle était stupéfaite quand ils essayaient de profiter d'elle. Daryl m'a raconté de nombreuses anecdotes sur son enfance, il citait volontiers un poète allemand qui avait dit : « Qu'est-ce que le destin sinon la densité de l'enfance ? » Mais à son grand dégoût je lui rétorquais régulièrement qu'une fois qu'on a expliqué les choses, on a seulement une explication.

« Pas pour toi, ma petite chérie. » Martha suivait des yeux les gestes d'un serveur mexicain très séduisant.

« Oh mon Dieu, je suis un cas désespéré, fit-elle en rougissant et en riant.

— Plutôt un cas très normal. Tu te contentes de regarder et d'apprécier la situation sans paroles. Les mots sont parfois superflus. Les gens se regardent ainsi, même quand il n'y a rien de sexuel entre eux.

— Si j'étais aussi maligne que toi, je ne serais pas dans cette horrible situation, dit Martha sur un ton légèrement pleurnicheur.

— Je crois que techniquement tu es plus intelligente que moi, mais il te manque le bon sens de ta fille. »

Quelques mois plus tôt, j'avais pris l'avion pour Detroit afin de voir mes parents, mais je ne voulais pas loger chez eux. Jack étant aux Bahamas pour participer à une sorte de projet d'investissements, je me suis installée chez Martha. Un soir que nous regardions *The Gladiators* à la télévision, Dolly, la fille de Martha, qui est une espèce de féministe radicale de dix-sept ans, est arrivée à la maison après une réunion amicale, en arborant son joli petit anneau de narine, et elle nous a dit :

« Hé, les femmes, pourquoi vous faites pas quelque chose ?

— Quelque chose ? avons-nous demandé en chœur.

— Je veux dire, vos gosses sont presque adultes, alors vous devriez faire quelque chose de votre vie au lieu de vous contenter des inepties qui meublent vos journées. C'est pas forcément un boulot, juste un truc qui vous occuperait vraiment. »

Nous sommes restées muettes et mal à l'aise sur le

canapé avec notre bouteille de vin blanc. Je cherchais en vain quelque chose de drôle à répondre, tandis que Martha faisait semblant de se concentrer sur les hommes qui se mettaient en pièces à la télévision. Dolly est alors sortie du salon d'un pas furieux, s'arrêtant sur le seuil pour nous lancer :

« Ça pourrait être n'importe quoi. Sauver les arbres ou les tortues vertes. Tout sauf rester assises sur votre gros cul en sentant votre peau devenir chaque jour plus flasque.

— Ça va empirer, n'est-ce pas ? » demanda Martha après un long silence.

Bien décidée à ne pas laisser cette petite salope de Dolly nous envoyer au lit de bonne heure après nous avoir plongées dans un désespoir sans fond, j'ai essayé de transformer en récit amusant mon récent voyage en Europe, une tâche ardue car du point de vue narratif tout voyage est d'ordinaire marqué par le chaos et l'incohérence. Sammy est allé une seule fois avec moi en France et en Italie. Il ne voit pas, comme il dit, « à quoi ça rime ». Il restait assis dans diverses suites d'hôtel, à regarder les nouvelles de la finance internationale sur CNN, mais dans une trattoria romaine il a eu la présence d'esprit de dire : « Spaghettis premier choix. »

Sammy est un champion de la vente d'ordinateurs, mais depuis que nous sommes mariés il fait rarement semblant de partager le moindre centre d'intérêt avec moi.

Alors que je partais manger quelque chose avec Martha, les accusations de Dolly me sont revenues en mémoire et, bien que le restaurant se trouve à quelques rues de l'hôtel, nous nous sommes arrêtées une demi-douzaine de fois sur le trottoir pour parler. Martha a dit que, même si à quarante-deux ans ta vie te paraît vide, tu n'as aucune raison de t'attendre à la moindre sympathie. J'étais d'accord avec elle, mais j'ai toujours trouvé la sympathie hors de propos.

Mettez donc la sympathie dans une boîte à chaussures et voyez son poids. « La vie d'une femme riche manque de contenu » est une bien piètre publicité. J'ai avoué à Martha qu'après la sortie de Dolly j'avais regardé sur Google la liste des grands problèmes écologiques, y compris le sort des tortues vertes, j'avais consacré deux ou trois jours à me renseigner, avant de décider que mon aversion pour la vie au grand air me poussait à continuer de fréquenter les musées d'art. Ma conception de la nature se réduit aux vignobles, celle de Sammy au terrain de golf de Pebble Beach.

Martha a jugé mon point de vue inadmissible, tout en reconnaissant qu'au début de son mariage elle-même avait commencé un jardin potager derrière la maison, mais Jack avait très mal pris la chose : un jardin potager, c'est vraiment trop sale. Nous sommes tombées d'accord pour dire qu'une des qualités de l'ignoble Daryl, c'était qu'il refusait de cataloguer ou d'étiqueter systématiquement les choses. Pour Daryl, le temps lui-même résultait de la collision de dizaines d'événements qu'on tissait ensemble pour tenter de rendre la vie fascinante. Contrairement à nos maris respectifs, Daryl ne mangeait ni ne dormait jamais selon des heures régulières. Et puis il n'avait jamais accepté de réduire l'existence aux dimensions d'une stalle minuscule où, pour faire entrer le cheval, il fallait d'abord lui couper les jambes. L'analogie qu'il proposait était celle d'un zoo où les cages entouraient de si près nos corps que seuls nos visages et nos membres pouvaient en sortir un peu. Nous faisons beaucoup de bruit, mais notre doux foyer est un zoo.

Martha ne voulait pas manger tant qu'elle ne m'aurait pas montré un certain crucifix dans une cathédrale située en face du restaurant. Je n'étais nullement préparée à la cruauté saisissante de cette immense statue collée au mur.

En proie à une peur bleue, j'ai tourné les talons pour sortir au plus vite, contrairement à Martha qui est restée là, les yeux grands ouverts et sans son sourire imbécile.

Au restaurant, nous n'avons guère parlé du crucifix dont l'ombre pesait néanmoins sur notre repas. Nous avons essayé de parler du père de Shirley qui avait été chirurgien orthopédique à Detroit et qui, remarquant chez lui les premiers signes ténus de la maladie d'Alzheimer, avait acheté une ferme tout près de Reed City et de son lieu de naissance. Son idée était la suivante : à mesure qu'il perdrait la tête, il habiterait cette région où certains de ses souvenirs d'enfance survivraient sans doute. Nous y étions allées avec Shirley en juin dernier ; même si son père manifestait des symptômes de déclin, il y semblait très heureux. La mère de Shirley avait tenu à conserver son emploi de directrice d'école malgré la fortune de son époux, un argent qu'il devait en partie à sa propre famille et en partie à sa pratique de la médecine. Elle le rejoignait pour le week-end et pendant presque tout l'été. Une femme du cru, d'une stature formidable, logeait sur place et s'occupait de la cuisine et du ménage. Le père de Shirley regardait aimablement cette femme et disait : « Je sais cuire un œuf dur. »

C'était un peu troublant de l'entendre répéter sans arrêt cette phrase. Martha et moi nous sommes souvent demandé si Shirley n'avait pas davantage que nous les pieds sur terre parce que sa mère travaillait, alors que les nôtres avaient très littéralement consacré leur vie aux dîners du lendemain.

J'en étais à la moitié de mon délicieux sandwich au porc grillé accompagné d'une autre margarita quand, à mon absolue surprise, je me suis mise à pleurer. Martha a d'abord attribué mes larmes à la puissance de la *salsa habanera*, mais j'ai alors sangloté doucement. Martha souriait toujours, mais pas avec ses yeux, quand elle a tendu la main vers moi :

« Qu'y a-t-il ?

— C'est juste toutes ces voix espagnoles et les lamentations du juke-box », mentis-je, même si j'apprécie beaucoup les intonations non anglaises des voix françaises et italiennes. La banalité des paroles des gens me fatigue.

« Tu es sûre ? Toi qui ne pleures jamais... »

Martha était au bord de la crise de nerfs.

« J'ai soudain eu un mauvais souvenir lié à ma mère », mentis-je encore.

J'avais l'étrange impression d'être un bâtiment qui se désintégrait de l'intérieur, mais pas de l'extérieur. Les sols et les plafonds s'effondraient, tombaient jusqu'en bas. En même temps je savais que je devais rester ferme comme un pilier pour Martha, ma plus vieille amie. Mon projet était généreux, mais aussi difficile à réaliser. J'ai écarté mon verre de margarita, consciente du fait que le numéro trois risquait de m'expédier vers ce que Martha appelait le « pays des gagas et des zozos ».

« Tu as l'air un peu déprimée. Ne te sens pas obligée de rentrer à Houston avec moi. Je peux affronter seule tout ce tintouin. » Martha affectait la posture du courage.

« Arrête tes conneries. Ce qui t'arrive est autrement grave. À l'instant, je repensais à ma deuxième rencontre avec Daryl, à San Francisco, à l'hôtel Huntington. Il était furieux de ne pas pouvoir fumer au bar, si bien que nous avons emporté une bouteille de vin dans le petit parc situé de l'autre côté de la rue. Je suppose que c'était tout aussi illégal. Bref, il y avait un groupe de gens qui pratiquaient le tai-chi dans ce jardin. Quand Daryl s'est lancé dans une imitation grotesque de leurs gestes ralentis, je me suis fâchée contre lui. Toi aussi, tu as sans doute remarqué qu'il ne supporte pas la moindre critique. Et plutôt que de réagir normalement, il est passé à l'attaque. Le matin, nous étions allés au musée de Young et c'est là que ses attaques avaient commencé. Il m'avait accusée de ce qu'il appelait l'« envie de l'art » : selon lui, au fond de moi-même je désirais être peintre ou poète, etc., mais je n'avais jamais tenté ma chance. Je me retrouvais donc dans ce qu'il appelait la « zone morte » où j'enviais et critiquais tous ceux qui avaient voué leur vie à l'art. « Daryl, lui dis-je alors, je critiquais simplement le fait que tu te moques sans raison de ces amateurs de tai-chi. Ils ne font de mal à personne. » Il s'est bien sûr éloigné d'un pas furibard et m'a retrouvée seulement en fin de soirée, ivre mort.

— Je me suis toujours demandé combien d'autres femmes il y avait en plus de nous trois. Excuse ma vulgarité, mais il devait y en avoir un sacré paquet qui désiraient lui couper les couilles. » Martha éclata de rire.

« Un jour, j'ai découvert une collection de photos osées appartenant à mon père. Je ne parle pas de pornographie, même si certaines de ces femmes étaient nues. Il y avait des photos d'Ava Gardner et de Rita Hayworth, et puis une d'une certaine Cyd Charisse costumée en Arabe, en train de lever la jambe. J'avais une douzaine d'années, ma mère était temporairement au régime sec et sous calmants. Elle m'a dit : "Frances, tu apprendras à comprendre beaucoup de choses chez les hommes, mais tu n'en comprendras jamais tout. Et si tu voulais tout connaître des hommes, tu le regretterais bientôt." Et voilà. »

Je me suis soudain sentie si fatiguée que mon visage s'est décomposé et je me suis mordu la lèvre jusqu'au sang. La *salsa habanera* s'est alors glissée dans le trou minuscule et j'ai bu une gorgée de margarita qui a seulement ajouté la piqûre du sel à la sensation de brûlure. Au moins ces douleurs étaient bien réelles. Il y avait aussi une légère trace de sang sur un morceau de porc et, sans doute comme n'importe qui, j'ai pensé : « Voilà donc de quoi nous sommes faits. »

Nous avons renoncé à la soirée pour aller nous coucher. La chambre de Martha se trouvait à deux portes de la mienne dans le couloir et je lui ai dit de venir frapper si elle avait le moindre problème. Shirley n'arrivant pas avant le milieu de matinée, nous aurions le temps de nous promener dans la fraîcheur relative du début de journée. Juste avant de sombrer complètement dans le sommeil, j'ai eu cette étrange pensée qu'une prison pour femmes n'était peut-être pas une si mauvaise chose. La prison vous prive de l'obligation de choisir, et mes choix sans fin me rendaient folle. Le père de ma mère, un colonel anglais, avait été fait prisonnier par les Allemands et il disait que la vie du camp n'était pas si terrible ; mais il savait que les officiers emprisonnés avaient tous les jours droit à une petite saucisse, tandis que les simples soldats mangeaient du ragoût à la tête de poisson. Les yeux flottaient sur la sauce, expliqua-t-il.

Nous avons marché à sept heures, par une belle et fraîche matinée où il y avait peu de circulation car nous étions samedi. L'employé de la réception nous a indiqué le chemin d'un quartier de vieilles demeures « sisal ». Après avoir longé une douzaine de blocs et traversé un complexe pas très pimpant d'hôtels et de motels, nous sommes arrivées dans un quartier de splendides vieilles maisons rococo, presque à l'abandon, en comparaison desquelles les plus grosses villas de Bloomfield Hills auraient semblé frustes et pitoyables. Il y avait tant d'arbres en fleurs que l'air était saturé de leur parfum. En riant, nous avons reconnu avoir oublié ce qu'était le « sisal », et Martha a dit :

« Nous sommes pourtant censées être éduquées.

— Ça nous sert à quoi ? » rétorquai-je.

Je me suis enfin rappelé que le sisal était lié à la fabrication des cordages. Le spectacle de ces nombreuses maisons majestueuses et le plus souvent inoccupées nous a fait oublier la raison de notre séjour à Mérida. Quant aux plantations de sisal, elles avaient sans doute été englouties par la jungle du Yucatán.

« Quand je sortirai de prison, je pourrais peut-être venir ici et retaper une de ces grandes baraques, dit Martha en rompant le charme de l'oubli.

— Je n'arrive pas à imaginer une Anglo-Saxonne protestante blanche comme toi ou moi habitant cette rue, mais peut-être que la prison va te déniaiser. Je suis d'accord pour retaper une maison avec toi. On pourrait fonder un orphelinat ou un foyer pour les protestants blancs inadaptés. Nous constituons un groupe ethnique sans culture.

— Je ne vois pas comment tu peux continuer à vivre en étant aussi pessimiste. »

J'agaçais visiblement Martha, qui regardait autour d'elle comme incapable de se repérer. Pendant ce temps, j'avais les yeux levés vers un arbre chargé de grosses fleurs violettes. Le mot « jacaranda » m'obnubilait, mais je n'étais pas certaine que ce fût le bon. Tout en haut, à l'endroit où les fleurs violettes rencontraient le bleu du ciel, se trouvait un oiseau rouge vif qui m'observait, au milieu de cette combinaison de couleurs uniquement possible dans les confins merveilleux de la nature. J'ai montré cet oiseau du doigt à Martha tout en m'interrogeant : « Pourquoi sommes-nous réunies à cet endroit ? »

Nous avions insensiblement glissé vers ce gâchis, prenant nos marques dès la naissance, avant notre amitié et l'ultime tour d'écrou de la vie universitaire. Quand Sammy quittait le MIT pour me rendre visite et que nous étions en deuxième année, avant son départ pour le troisième cycle de Caltech, il se consacrait corps et âme à l'étude de la science. Je trouvais excitantes sa compagnie et celle de ses amis à Pasadena. Tous me semblaient être des génies, des chercheurs fous qui allaient se débrouiller pour faire du monde un endroit meilleur, du moins en étions-nous tous convaincus, mais Sammy et la plupart de ses amis ont alors été séduits par la technologie de la révolution informatique et, accessoirement, par l'argent qui accompagnait ce bouleversement. Mon petit prodige est devenu un nabab qui change de chemise et de chaussettes plusieurs fois par jour.

Durant le long trajet de retour vers l'hôtel dans la chaleur croissante, nous avons reconnu appréhender un peu l'arrivée imminente de Shirley. À l'école, elle était la personnalité la plus timide et la moins achevée de nous trois, mais nous nous demandions maintenant si elle n'était pas lasse d'essayer de nous porter, Martha et moi, vers le temps présent. Lors de notre réunion de Chicago au Drake, nous avons été très surprises d'entendre Shirley nous dire que la principale raison de sa liaison avec Daryl était purement et simplement la lubricité. Comme de nombreux anciens footballeurs universitaires, son mari Hal avait beaucoup grossi et elle nous dit qu'elle avait l'impression de coucher avec un morse poilu. Hal parlait sans arrêt de retrouver ce qu'il appelait son « poids de joueur » et depuis vingt ans il suivait sans succès des régimes draconiens. Shirley nous avait confié qu'à son avis Daryl était surtout devenu grincheux parce que le monde de la poésie était désormais trop petit pour lui. Il avait déclaré à Shirley qu'il désirait écrire un roman, mais qu'il aurait besoin d'au moins trois années de paix et de calme en France, sans doute à Paris, pour le faire. J'ai trouvé bizarre ce choix géographique, car Paris ne m'a jamais fait l'effet d'une ville paisible et calme.

Sur le chemin de l'hôtel, je me suis remémorée une fois encore la soirée douloureuse à Big Sur quand j'ai eu la bêtise de parler à Daryl d'une autre soirée, celle-ci grisante et libératrice, où j'avais entendu le concerto pour violon de Mendelssohn. Il a aussitôt dénigré mon enthousiasme, en déclarant que les expériences esthétiques profondes sont le seul fait des créateurs d'une œuvre ou d'autres artistes. Elles sont semblables aux expériences métaphysiques ou spirituelles, que seuls quelques êtres d'exception peuvent vivre. Je lui ai alors demandé pourquoi les gens lisaient des grands livres, écoutaient de la musique ou étudiaient des tableaux qui ont atteint le niveau du sublime. Il m'a répondu platement que nous pratiquions assidûment l'autosuggestion et que seul était tolérable l'humble exercice de la simple appréciation.

« Très loin en dessous de tes émotions supérieures », dis-je pour le taquiner, alors que j'étais profondément vexée.

Il a alors longuement développé ses accusations d'envie de l'art, jusqu'à ce que je prenne une autre chambre dans l'hôtel luxueux où nous logions. Le lendemain matin, au moment de payer, j'ai remarqué sur la note un supplément de cinq cents dollars pour deux bouteilles de vin. Les comptables de Sammy passent nos livres de comptes au peigne fin, mais je leur ai expliqué avec humour que j'ai une amie très proche, une ancienne camarade de classe nommée Darlene.

Je me suis détournée de Martha et accroupie pour caresser un chien errant, en réalité afin d'essuyer mes larmes. En comptant la soirée de la veille, voilà que je pleurais pour la seconde fois en moins de vingt-quatre heures, alors que je n'ai pas versé la moindre larme depuis plus de dix ans, quand ma mère a suivi une cure de désintoxication dans une de ces cliniques privées pour alcooliques.

Il était seulement un peu plus de neuf heures du matin, mais il faisait déjà très chaud et nous avons fait halte dans une taverne, une gargote d'ouvriers où de toute évidence nous n'avions pas notre place, et nous avons commandé une *chilada*, une bière avec du jus de citron vert, servie dans une chope glacée au rebord couvert de sel. Une fois encore, le picotement du sel sur ma minuscule plaie à la lèvre m'a aiguisé la conscience. Peut-être devrais-je courir pieds nus en shootant dans une grosse pierre.

Tout en buvant sa bière, Martha a dit qu'elle espérait que Shirley ne se montrerait pas trop dure envers nous. Parfois Shirley n'y va pas avec le dos de la cuillère, mais elle assène toujours ses vérités avec humour, contrairement à la fille de Martha, Dolly, dont la seule vue vous fait grimacer d'appréhension. Alors que nous finissions nos bières, j'ai failli dire à Martha qu'à New York j'avais couché avec Daryl et une autre femme, mais je me suis retenue à temps. Notre brouet de sorcières n'avait pas besoin d'un ingrédient supplémentaire.

Martha a déclaré tout à trac qu'elle avait lu dans le *Detroit Times* que Clarence venait de rejoindre une organisation appelée Médecins sans frontières. Clarence était un champion d'athlétisme que nous croisions souvent dans les soirées d'Ann Arbor. Il faisait médecine et c'était l'homme le plus spirituel que nous ayons jamais rencontré. Il nous surnommait « les Trois Grâces blindées de fric », mais toujours avec humour. Le père de Martha avait offert sa vieille Jaguar à sa fille, et Martha avait plusieurs fois prêté cette splendide voiture à Clarence pour des rendez-vous importants.

Après la douche, nous nous sommes installées dans l'entrée de l'hôtel pour attendre Shirley. C'était un espace splendide, ouvert jusqu'au toit, et j'ai essayé d'imaginer Fidel Castro assis dans un de ces fauteuils, devant une cafetière et ses dossiers, complotant peut-être déjà pour renverser Batista. Durant toute notre enfance, on nous a rebattu les oreilles avec la menace communiste et satanique de Cuba, mais ce péril était difficile à prendre au sérieux en comparaison de la guerre froide avec la Russie. L'effet de mon unique bière s'est vite dissipé et j'ai soudain ressenti une forte envie d'alcool. Quand on a eu une mère comme la mienne, il faut surveiller de près ce qu'on boit. Nous n'avions plus grand-chose à nous dire dans l'immédiat, Martha feuilletait un guide touristique de Mérida tandis que je me tournais les pouces en essayant de décider si mon moral montait ou descendait. Le meilleur parmi les nombreux analystes que j'ai eus m'a expliqué qu'il était absurde de vouloir contrôler chacune de mes humeurs, car ces humeurs risquaient fort de changer au gré de mes activités. Quand j'étais gamine, mon père me disait volontiers : « Les mains oisives sont l'instrument du diable » en me voyant assise et désœuvrée. L'oisiveté génère sans conteste chez moi la mauvaise humeur et l'insatisfaction. Quand je suis à Paris, à Florence ou à New York, quand je vais dans les musées et les galeries, je m'aperçois que je ne pense presque jamais à moi.

Martha a pris un air catastrophé quand l'employé de la réception est arrivé pour lui tendre un fax. Assise à trois mètres, j'ai remarqué la brièveté du message.

« C'est papa. Il faut que je me présente de mon plein gré pour une lecture de l'acte d'accusation lundi matin à dix heures. Ça veut dire que je dois partir demain.

— Je vais demander à Sammy d'envoyer son avion, proposai-je timidement.

— Non, si je dois aller en prison, je tiens à rentrer au pays comme une citoyenne ordinaire. »

Martha arborait toujours son célèbre sourire.

J'ai jeté un coup d'œil par la baie vitrée de l'hôtel et vu Shirley descendre d'un taxi, vêtue d'un tailleur d'été gris, telle une vraie femme d'affaires. Elle a regardé un morceau de papier avant de serrer la main du chauffeur. Celui-ci s'est occupé du petit sac de Shirley et elle ne nous a pas vues avant d'arriver à la réception. Elle a alors accouru pour nous embrasser, Martha et moi. Je me suis sentie bête et terne, en comparaison de son éclat. Martha a fondu en larmes comme si son sauveur venait d'arriver.

« Nous pouvons nous en tirer. J'ai parlé à ton père. Nous avons choisi d'adopter la stratégie du tir de barrage. Deux avocats de ta famille arrivent en tant qu'observateurs. Ils n'ont pas le droit d'exercer au Texas, mais ce seront des comparses impressionnants. Notre atout est un ami de Hal, un avocat de Dallas qui est aussi un authentique héros du football texan. J'ai parlé à Sammy, qui envoie également quelques grosses pointures. Et puis j'ai fait des réservations pour nous demain après-midi. Nous devons nous retrouver tous dimanche soir à Houston à notre hôtel. Je dirais que la situation s'améliore. Daryl a repris conscience, mais il refuse de parler à nos représentants.

— J'ai quand même essayé de le tuer, s'indigna Martha.

— Non, tu n'as pas essayé de le tuer. Tu as seulement tenté de le blesser. Tu n'es pas pharmacienne et il ne s'agit pas d'une dose d'Elavil normalement mortelle. J'ai également découvert que le procureur ne fera pas de zèle. »

Shirley a pris une profonde inspiration après cette tirade et son autorité m'a rendue un peu jalouse.

« Mais ça peut malgré tout mal tourner, dis-je.

— Bien sûr que ça peut mal tourner, bêtasse. C'est la vie. » Shirley a regardé le bout de papier que le chauffeur de taxi venait de lui donner. « Il y a neuf concerts en ville aujourd'hui. J'ai besoin de changer d'air après le Michigan.

— Tu dois être fatiguée du voyage ? s'enquit Martha, qui de toute évidence réfléchissait au sens des paroles de Shirley.

— J'étais assise dans l'avion et je lisais ceci. Ça m'a redonné de l'énergie. » Shirley a brandi un livre d'un auteur oriental. Il y avait un arbre sur la couverture. Shirley nous envoie régulièrement ses dernières découvertes livresques du rayon « sagesse », mais je n'ai jamais réussi à finir un seul de ces bouquins.

Elle a ensuite détendu l'atmosphère en nous décrivant la réaction de Hal lorsqu'il a reçu la photo d'elle nue envoyée à son magasin d'automobiles. Il a d'abord fait comme si de rien n'était pendant environ un mois, puis à l'insistance de Shirley ils ont participé à une retraite de leur paroisse (épiscopalienne) afin de sauver ce qui pouvait être sauvé de leur mariage. Un soir, après une promenade de prières dans les bois, Hal lui avait mis la photo sous le nez en disant : « Et ça, c'est quoi, mademoiselle la sainte-nitouche ? »

Martha et moi avons éclaté d'un rire nerveux, et c'est Shirley qui a ri le plus longtemps sans culpabilité ni rancœur apparente. Martha avait versé des larmes de crocodile sur l'échec de nos mariages respectifs, mais je lui avais rétorqué que ce sujet n'était guère intéressant. Ce qui me fascinait, c'était de voir la plus timide des trois s'enhardir peu à peu, mais peut-être que les évolutions très lentes sont les plus difficiles à comprendre. Bien que jouant à la recluse timorée, Shirley était la plus intello de nous trois. Un professeur tenta un jour de sacquer sa dissert semestrielle sur la religion de Walt Whitman, convaincu qu'une étudiante était incapable d'un travail d'une telle qualité, mais elle fournit alors toutes ses sources et ses notes préparatoires, et convainquit le prof de son erreur d'appréciation. La dissert de Shirley fut même publiée dans une sorte de *newsletter* de la Whitman Society. Whitman a toujours été trop expansif à mon goût, voire parfois gênant, telle une chanson qui vous laisse froid parce que vous ne connaissez rien des sentiments qu'elle évoque. Shirley a toujours été obsédée par les livres, comme je le suis par l'art. Elle en feuillette les pages au hasard, à croire qu'elle espère y trouver un conseil judicieux sur ses rapports avec le vaurien qui est aussi son amant du moment.

Cet après-midi-là et en début de soirée, nous avons seulement assisté à trois des neuf concerts au programme. C'étaient nos retrouvailles après tout et nous avons bu trop de cocktails, si bien que nous avons fait une petite sieste pour nous réveiller en fin de soirée et nous contenter d'un sandwich au porc à Los Balcones. Martha et moi étions un peu mélancoliques après notre somme, mais pas Shirley qui a tenu à nous lire quelques passages de son bouquin pendant que nous prenions un café à la terrasse d'un boui-boui tout proche de l'hôtel.

J'essayais, je l'avoue, de me débarrasser d'une boule de tristesse qui m'empêchait presque de respirer. La journée avait été plus que bien remplie et j'étais en train de reconnaître que ma tristesse venait de la jalousie, à moins qu'*envie* soit le mot qui convienne. Avec Martha tout était simple. De l'autre côté du *zócalo*, nous avions regardé deux douzaines de garçons et de filles d'environ quatorze ans enchaîner avec énergie et durant une heure entière des danses folkloriques mexicaines, certaines datant de plus de quatre siècles. Leurs costumes étaient magnifiques et un grand orchestre, installé à l'ombre d'un portique, jouait une musique splendide. Quand tout a été terminé, nous avions les larmes aux yeux. Martha s'est alors frayé un chemin à travers la foule pour parler à un couple qui, d'après nous, était formé des meilleurs danseurs. Le garçon, quoique petit et rond, dansait merveilleusement. La fille était de taille moyenne, d'une grande beauté basanée, malgré des dents légèrement de travers. Ils ont montré à Martha quelques pas de danse compliqués et elle s'est jointe à eux, accompagnée par quelques musiciens de l'orchestre restés sur place. Une petite foule amusée les a bientôt entourés en applaudissant la gringo qui dansait si bien. Cette danse a duré une dizaines de minutes, jusqu'à ce que Martha couverte de sueur et toute tremblante s'arrête, après quoi d'autres applaudissements l'ont saluée. Martha et le couple sont tombés dans les bras l'un de l'autre et, lorsqu'elle nous a rejointes, elle était encore sur un nuage.

Maintenant, en fin de soirée, j'avais l'impression d'être une sale envieuse, une femme affreusement gâtée que personne n'applaudirait jamais. Ma jalousie envers Shirley était beaucoup plus compliquée. Je l'ai observée avec attention tandis que nous mangions nos sandwiches au porc et j'ai été étonnée de l'entendre dire qu'avant sa liaison avec Daryl elle ne savait pas combien elle était une « femme physique ». En vingt ans de mariage elle n'avait jamais trompé Hal. Sa carrière consacrée au travail social ne lui en avait tout simplement pas laissé le temps. Elle regrettait, nous confia-t-elle, de s'être élevée au niveau de ses prétendues compétences, car maintenant qu'elle était administratrice, lui manquait le travail sur le terrain avec les pauvres mentalement et physiquement handicapés. Elle envisageait sérieusement de plaquer son boulot et de s'installer dans le Nord pour s'occuper de son père. Elle ajouta qu'elle n'avait jamais accordé assez de temps à son amour de la nature. Il y avait aussi la tentation de retrouver un travail quotidien en contact avec les gens et d'éviter l'abstraction inhérente aux postes à responsabilités. Et puis, en allant passer un an dans le Nord avec son père, elle déciderait peut-être si oui ou non elle devait quitter Hal.

Je crois que ce qui attisait mon envie, c'était l'affairement de son existence tandis que la mienne se dissipait en multiples distractions. Shirley ne commençait jamais ses journées par deux tasses de café lentement savourées, la lecture du *New York Times*, puis un bain d'une heure, suivi d'une succession de rendez-vous guère indispensables. Pas très loin derrière ce constat, quelques ressentiments couvaient ; ainsi, il y a quelques années, Shirley m'a suggéré dans une lettre de faire un doctorat d'histoire de l'art et de me spécialiser pour devenir commissaire d'expositions. Comme je n'avais pas besoin de gagner ma vie, je n'aurais eu aucun mal à trouver du travail. Mon ressentiment s'est peu à peu reporté sur Sammy, car il me semblait que sa gentillesse et sa générosité n'étaient pas exemptes d'une certaine cruauté. Quand je lui ai parlé de mon projet de doctorat et d'emploi rémunéré, même à temps partiel, Sammy m'a répondu : « Notre famille, moi compris, te donne bien assez de boulot comme ça, et tu t'en tires magnifiquement. »

J'ai longtemps essayé de nier ces émotions, mais je me sentais de plus en plus dans la peau d'une employée. Naturellement, Sammy ne voulait pas se montrer cruel et à de nombreux égards j'étais une femme libre, mais j'avais la très nette impression d'être une marchandise ou un bien comme un autre.

J'étais donc assise là, à regarder Shirley et Martha, quand Shirley s'est mise à agiter la main. Je pensais à nos mères : selon moi, aucune d'elles n'avait connu une vie réellement épanouie après que leurs enfants eurent quasiment achevé leurs études secondaires. Ma propre mère était la pire, mais celle de Martha n'a certes pas été la fierté de sa famille. Au moins, celle de Shirley se consacrait à l'observation des oiseaux et à la culture des roses.

Devant Los Balcones la foule grossissait et nous entendions de la musique en provenance de la grande cathédrale. C'était du jazz américain, et du bon, mais cette musique détonnait dans l'atmosphère de la ville, comme c'est le cas à Paris quand on l'entend la nuit alors qu'on marche rue de Buci. Nous sommes sorties du restaurant pour découvrir avec stupéfaction un orchestre de jazz composé de vieilles dames âgées d'au moins soixante ou soixante-dix ans. À côté de nous, un élégant Mexicain nous dit qu'il était diplômé de l'université du Kansas et que ces dames jouaient ensemble depuis la fin des années quarante. Captivées, nous sommes restées debout une bonne heure pour écouter des morceaux de Dave Brubeck, Gerry Mulligan ou Miles Davis. Bien sûr, ces merveilleuses vieilles dames m'ont donné envie de les imiter, mais la musique m'a emportée loin au-delà de toute jalousie et là, dans la nuit mexicaine, j'ai eu l'intuition que je pourrais sans doute changer de vie.

Nous avons bu un dernier verre à l'hôtel et, pendant ces quelques minutes, avons été aussi joyeuses que nous l'étions souvent autrefois à l'université.

« Je n'ai pas envie de rentrer au Texas demain », dit Martha, en nous ramenant brutalement à la réalité.

Shirley a saisi la main gauche de Martha et je lui ai pris l'autre, comme si nous étions trois sœurs.

III

Shirley

Cette Martha ! Que puis-je dire ? Quand nous avions une dizaine d'années, voire moins, elle passait la main à travers le grillage des résidences huppées de Bloomfield Hills pour caresser les chiens de garde les plus patibulaires. Sa propre mère disait d'elle : « Cette Martha n'a pas un gramme de bon sens ! »

Et il s'agissait là d'un euphémisme. Elle n'a jamais compris ce que certains d'entre nous autres, les travailleurs sociaux, appelons la « règle des vingt/quatre-vingts » : environ quatre-vingts pour cent des gens sont bien intentionnés, mais les vingt pour cent restants créent des tonnes de problèmes. Martha se contente de sourire en relevant bien haut le menton. Sans la protection globale de l'argent qu'elle possède, il y a belle lurette qu'elle serait broyée. Se pose alors la question de savoir dans quelle mesure n'importe quelle femme peut se protéger contre Daryl et les abîmes de son insincérité. Dans le cas de Martha, le fait que ses parents soient toujours sortis pour déjeuner ou pour dîner ne l'a guère aidée, et puis sa mère est complètement givrée et son père est l'homme le plus mélancolique que j'aie jamais connu. Le premier amour du père de Martha a trouvé la mort dans un accident de voiture près de Dowagiac et Martha m'a un jour confié que si cette jeune femme n'était pas morte, elle-même, Martha, n'aurait jamais vu le jour. Je n'ai pas su quoi lui répondre, car au lycée ce professeur d'histoire que j'adorais nous a demandé d'essayer d'imaginer ce à quoi la France ressemblerait si des millions de ses jeunes gens n'étaient pas morts durant les Première et Seconde guerres mondiales. Ce professeur essayait souvent de nous secouer pour nous sortir de notre confortable ghetto bourgeois, comme il disait.

Revenir sur l'accident de la naissance est sans doute inutile, mais c'est parfois plus fort que moi. Il y a quelques années, Hal m'a emmenée à une conférence de concessionnaires automobiles qui avait lieu à Big Sky, une ville touristique du Montana. Il y avait de nombreuses activités organisées pour les dames, par exemple du golf, du tennis, du cheval et de la natation, mais trois d'entre nous ont décidé d'aller faire un tour en voiture, sans nous rendre compte que, même si les cartes routières de tous les États sont à la même échelle dans l'atlas Rand McNally, le Montana est immense et les villes figurant sur cette carte sont très éloignées les unes des autres. À cause de notre ignorance et de notre distraction, nous avons été en retard à un banquet de remise des prix et nos maris respectifs ont été furieux contre nous. En tout cas, nous avons rencontré de vrais cow-boys en déjeunant dans un bar situé au nord d'Ennis et je n'ai jamais vu des visages aussi burinés par les intempéries. Nous avons traversé une belle ville minière appelée Virginia City et puis, dans l'après-midi, sur une petite route proche de Dillon, nous avons vu quelque chose qui nous a fait à la fois rire et réfléchir. Trois cow-boys déplaçaient un troupeau de belles vaches noires pour leur faire quitter une pâture située d'un côté de la route vers une autre, située de l'autre côté. Deux chiens les aidaient à guider ces centaines de vaches. J'ai été la première à remarquer que le vieux cow-boy le plus proche de notre voiture était en fait une femme qui devait avoir une bonne soixantaine d'années. Dieu seul sait comment elle parvenait à rester en selle, tandis que son cheval piaffait, tournoyait, avançait et reculait sur la route et dans le fossé pour empêcher les vaches de s'échapper. Nous sommes descendues de voiture pour observer de plus près cette performance et ensuite Carrie, qui est de Grand Rapids, a demandé à cette femme la permission de la photographier, mais la cow-girl a souri en répondant fermement « Non ».

« Désolée de vous avoir retardées », ajouta-t-elle avant de s'éloigner à cheval avec les autres.

Quelques vaches derrière la clôture nous regardaient et nous leur avons rendu leur regard. L'un des chiens est revenu vers nous et nous l'avons caressé, mais alors la femme âgée qui était déjà loin sur son cheval a sifflé bruyamment et le chien est reparti vers elle à fond de train. Toutes les trois, nous avions craint de voir cette femme tomber à terre tandis que son cheval semblait tourner et pivoter sur une pièce de dix cents, apparemment prêt à mordre la moindre vache désobéissante.

Durant le long trajet de retour vers Big Sky, nous avons fait une halte pour boire un verre alors même que nous nous savions en retard. Carrie dit que notre génération n'avait pas regardé les westerns comme nos mères l'avaient fait. Nous regardions les rediffusions de *Leave It to Beaver* ou les épisodes de *Happy Days*, tandis que nos mères voyaient Hopalong Cassidy et Roy Rogers au point de se prendre souvent pour des cow-girls. J'ai dit que nous étions ainsi que nous naissions. Le ranch tout proche des pâtures à vaches paraissait en piteux état, pas vraiment prospère, et j'ai imaginé que cette femme y était peut-être née. La vie qu'elle menait ne résultait certes pas d'un accident déplorable. Pour être franche, je trouvais cette vie magnifique, mais je n'avais pas la moindre idée de la dureté de son existence. Nous avons éclaté de rire quand Carrie a déclaré que cette vieille cavalière paraissait plus coriace que nos maris.

Je me remémorais vaguement cet épisode quand j'ai été réveillée au milieu de la nuit par un violent orage qui a provoqué une coupure d'électricité, mais qui m'a paru merveilleux dans mon demi-sommeil. Et puis, dans un arbre qui poussait devant ma fenêtre, une bande d'oiseaux que je savais être des étourneaux se sont mis à pousser des cris perçants à chaque coup de tonnerre. J'ai pensé distraitement qu'ils ressemblaient à un chœur grec hurlant vers Zeus. À l'université j'aimais beaucoup Euripide et je possède toujours ses œuvres traduites en anglais. Mon affection pour Walt Whitman a beaucoup diminué : il est difficile de conserver l'enthousiasme qui était jadis le mien pour sa poésie.

Je me suis levée dans l'obscurité, j'ai retiré ma chemise de nuit et j'ai passé les mains sur la pellicule de sueur qui me recouvrait le corps. Une chose est sûre à propos de Daryl : c'était un vrai technicien de l'amour physique. Une fois, par une tiède journée printanière, nous avons fait une promenade dans le parc naturel de Rose Lake et bifurqué sur un sentier, où Daryl m'a fait l'amour pendant que j'étais penchée au-dessus d'une souche. J'ai adoré la bestialité de la chose dans ce décor vert pastel. Hal a seulement envie que je lui taille une pipe, alors que Daryl n'a jamais été avare de sa personne. Dans l'acte d'amour seulement, il avait l'air honnête et généreux.

J'ai fouillé dans mon sac en espérant y trouver une de ces petites bouteilles de vodka offertes par les compagnies d'aviation, mais quand j'ai mis la main dessus, je n'en ai plus eu envie. Je me suis assise près de la fenêtre et tout à coup les lampadaires se sont rallumés dans la rue. Juste au pied de l'hôtel j'ai aperçu un musicien très mouillé qui dormait sur un banc de parc en serrant son étui à guitare entre ses bras. Les pieds dans ses chaussures mais sans chaussettes, il paraissait très fragile. Notre pasteur épiscopalien parlait souvent des hommes et des femmes ainsi que du Projet divin, mais il y a de quoi en douter. Dans mon travail social, j'ai été le témoin de véritables passions amoureuses entre certains de mes clients les plus blessés, mais presque jamais parmi les membres de ma propre classe, sauf à de rares moments. Tout le monde semble être au plus offrant lors d'enchères dérisoires. Bien sûr, la plupart de mes clients étaient dans un état désespéré, beaucoup touchaient le fond du malheur, mais je connais un couple – lui est quadriplégique à cause de la guerre du Vietnam, elle est paraplégique à cause du diabète – qui habite une chambre de motel avec une plaque chauffante, un frigo minuscule, un grille-pain, un four à micro-ondes et un poste de télévision. Elle adore lui faire manger sa soupe Campbell's aux pâtes alphabet ou son Mexican Fiesta congelé. En guise de blague, ils me chantaient des duos amoureux. L'homme chantait aussi « Il a le monde entier entre Ses mains », ajoutant comme une fioriture sarcastique « Mais Il l'a laissé tomber ». Ils trouvaient ça d'un humour irrésistible. Je pense à mon père dans cette ferme du Nord-Michigan et à son cerveau déclinant, mais sa vie a été plus que bien remplie. Je me rappelle ma colère contre lui, l'été de mon dix-huitième anniversaire, quand je me préparais à m'installer à Ann Arbor, à une soixantaine de kilomètres de chez mes parents. Pour mon anniversaire il m'a offert une Subaru et mon évidente déception a seulement provoqué chez lui un haussement d'épaules. Martha venait d'avoir la Jaguar de son père et Frances une Mustang racée, alors que moi j'écopais de cette saleté de Subaru. J'ai mis des mois à reconnaître que cette voiture avait été judicieusement choisie, mais j'ai toujours été un peu lente de la comprenette.

Je n'ai jamais eu beaucoup de talent pour quoi que ce soit, sinon peut-être pour comprendre les gens. J'ai été soulagée quand ce groupe d'études Tufts a déclaré que c'était aussi un indicateur d'intelligence. Franchement, Martha et Frances n'ont pas l'air de remarquer grand-chose en dehors de ce qui se passe dans leur tête. Par exemple, quand j'ai fait l'amour avec Daryl il y a si longtemps à l'infirmerie de l'université, je savais très bien ce que je faisais. Mon père m'avait plusieurs fois mise en garde contre les hommes qui étaient fondamentalement malhonnêtes, mais en même temps j'avais envie de faire quelque chose d'audacieux, de scandaleux, plutôt que de sortir avec ces étudiants Phi Delta sexuellement déprimants qui essayaient sans arrêt de faire descendre votre tête vers leur entrejambe. J'ai donc fait l'amour à l'hôpital avec Daryl, sans croire une seconde soulager sa tension sexuelle pour qu'il puisse enfin rédiger sa dissertation sur Kierkegaard.

C'est comme si Martha et Frances désiraient en permanence que la vie se réduise à une espèce d'agréable flou artistique. Rien ne semble apparié dans leur existence. Histoire de les taquiner, je leur demande de se définir par leurs réactions à leurs époux respectifs. Que feras-tu si ton mari meurt ou te quitte ? Enfin quoi, il doit bien y avoir autre chose dans ta vie qu'un mari et des enfants ? J'ai éclaté de rire en entendant ma secrétaire noire ultra-brillante m'annoncer qu'elle venait soudain de se marier pour obéir à l'« impératif biologique ». Pendant vingt-sept ans elle n'avait pas eu envie d'avoir d'enfant, et un jeudi matin elle s'est réveillée en en désirant un. Telle est du moins sa version des faits.

Je réfléchis maintenant aux mesures concrètes à prendre pour éviter le pire à Martha. Ayant déjà visité des prisons pour femmes dans le cadre de mon travail, je ne vois pas très bien quel bénéfice Martha pourrait tirer d'un séjour dans une de ces institutions. Elle n'a pas le tempérament assez bien trempé pour ça. Une vie entière passée à Bloomfield Hills ne vous prépare pas à vivre en dehors de Bloomfield Hills, à moins d'aller faire un tour à Palm Beach, Rancho Mirage ou dans des lieux de cet acabit.

Hal m'a dit que tout dépendait de la personne chargée de l'accusation et que nous ne devions surtout pas humilier ce type qui, par simple fierté, risquerait alors de vouloir la peau de l'accusée. C'était la version calme de Hal qui me parlait, quelques semaines après m'avoir mis sous les yeux la photo de moi nue, lors de notre retraite religieuse. Pourtant, il n'y avait vraiment pas de quoi fouetter un chat. On aurait dit une photo de la police après un crime : j'étais vautrée sur un canapé dans la mauvaise lumière d'une lampe posée par terre. La réaction de Hal m'a étonnée, mais finalement je me suis dit qu'elle faisait partie de sa culture propre aux athlètes. Son rire et son « mademoiselle la sainte-nitouche » très sarcastiques semblaient suffisants, mais cette réaction de violence contenue s'accordait en fait à son projet de vengeance dont j'ai réussi, non sans difficulté, à le dissuader. Il voulait se venger en engageant les services de quelqu'un à New York pour agresser Daryl avec une batte de base-ball. Autrement dit, j'étais la victime innocente de mes propres glandes et j'avais besoin d'être protégée, quitte à ce qu'on recoure à la violence physique. Quand Daryl aurait les deux genoux « gélifiés », selon le terme employé par Hal, il ne me poursuivrait sans doute plus de ses assiduités. Hal présente quelques aspects déplaisants, mais il ne blague pas. Il a suivi les cours de l'université du Michigan grâce à une bourse de footballeur originaire d'une petite bourgade située sur la frontière de l'Indiana, où son énorme père travaillait dans un silo à grain. Hal est l'un des rares athlètes de sa classe d'âge à avoir reçu son diplôme avec les félicitations du jury. Quand je l'ai rencontré en deuxième année de fac, j'ai été séduite par son désir forcené d'apprendre. Malheureusement, la personnalité de l'ancien athlète est parfois irritante, comme celle de l'ancien Marine. Ainsi, au bout de deux ans Hal a renoncé à l'honneur de participer au Comité sénatorial républicain, sous prétexte que tous ses collègues se contentaient de parler. À quoi s'attendait-il donc ? Auraient-ils dû endosser une tenue de footballeur et se jeter les uns contre les autres ?

Il a fait des efforts considérables pour travailler sa grammaire et apprendre à se comporter en gentleman. Seules la colère ou une distraction passagère lui faisaient oublier ses bonnes manières. Un jour, lors d'une fête précédant un match, il a lancé à Martha une ânerie antisémite et, au lieu de s'excuser, il a passé des semaines à se tordre les mains à cause de sa gaffe. Son père est yougoslave, sa mère polonaise, deux cultures guère réputées pour leur douceur ou leur tolérance.

J'ai fini par m'endormir dans un fauteuil et c'est le froid qui m'a réveillée à l'aube, car le ventilateur du plafond et la climatisation soufflaient sur moi leur air glacé, si bien que j'avais l'impression de camper dans le nord du Michigan. Mon père a connu un bref engouement pour le camping quand j'avais une dizaine d'années, mais durant nos premières tentatives Mère se mettait au volant de la voiture vers minuit pour rejoindre le motel le plus proche. Un jour, près d'Epoufette, dans la péninsule Nord, alors que Mère était partie vers un motel, un petit ours s'est approché de notre camp. J'ai trouvé étrange de voir mon père effrayé pour la première fois. Il m'a serrée dans mon sac de couchage en criant : « Va-t'en, ours ! »

L'ours a nonchalamment écrasé une douzaine d'œufs entre ses mâchoires, puis un paquet de bacon, avant de s'en aller avec une miche de pain. Cette expérience a mis un terme à la brève passion de Père pour le camping et notre matériel vieux de trente ans dort toujours dans un coin du garage.

Quand j'ai enfin été réchauffée, étroitement emmitouflée dans les draps, je me suis laissée dériver vers un sommeil troublé, piégée dans mon fouillis habituel d'analyses psychologiques. Nous sommes toutes les trois des filles uniques qui réfléchissons au divorce pour voler de nouveau en solo, maintenant que nos enfants sont presque adultes. Mes deux enfants, Brad et Louise, sont deux adolescents plutôt faciles qui ne sont pas sortis de leurs gonds en apprenant que leur père avait eu une brève liaison avec une jeune Noire chargée de nettoyer les voitures dans le hall d'exposition de Sammy. Sans doute parce que cette passade n'a pas menacé la stabilité du foyer à laquelle ils tiennent tant, même s'ils ne se sont jamais interrogés sur la signification de ce terme. Brad a déclaré avec condescendance que son papa était « un grand garçon ». Quand j'ai découvert le pot aux roses et que j'en ai parlé à Hal, il a commencé par descendre deux martinis pour se détendre avant de grommeler piteusement : « Je suis désolé, mais j'avais envie de m'amuser un peu. »

Incapable de lui répondre, je suis restée assise en face de lui à la table de la cuisine en me disant que, sans doute, je n'étais pas très amusante. « Shirley la sérieuse », comme disait Frances pour se moquer. Ma fille Louise m'a franchement fait comprendre que je n'étais pas très sexy. C'est une assez grosse fille de dix-sept ans, taillée à coups de serpe, que nous avons dû envoyer chez un psy à quatorze ans à cause de sa promiscuité sexuelle. Son explication de l'époque, c'était qu'elle avait « envie de s'amuser ». Avec le psychiatre, nous avons cherché en vain un motif plus profond.

Martha, Frances, Shirley, peut-être des filles solitaires qui cherchent des sœurs chez les deux autres. Le mariage vous apprend qu'il est sans doute beaucoup plus facile d'être seule à part soi qu'avec quelqu'un. Quand j'ai fini de travailler et de m'occuper de Hal, qui est incapable de faire la cuisine, je me sens épuisée. Il sait mettre de l'eau à chauffer pour son café instantané après la sieste, point final. L'une de mes amies de travail, qui a épousé un Italien de la deuxième génération, est dans la même situation que moi. Ce sont des fils à leur maman. La mère de Hal lui envoie, par FedEx et à nos frais, des boîtes de *pierogis*, des sortes de raviolis farcis au fromage. Je les cuis, puis les sers sur une assiette avec du beurre fondu et de la crème, même si l'an dernier Hal a dû subir un pontage de l'aorte. Tous les samedis, Hal a droit à son assiette de *pierogis*. Hal est quand même préférable au mari de Martha, l'être humain le plus ennuyeux de toute la planète.

Une grosse partie du problème, c'est que l'Amérique feint d'être une société sans classes, alors qu'elle est tout sauf cela. Les riches ne connaissent absolument pas les pauvres, sauf peut-être dans des petites villes comme Reed City, près de la ferme de mon père. À la fac, Hal avait surnommé notre petit groupe le « dessus du panier », une expression vieillotte qu'il tenait de son père. Hal manifeste une humilité très énervante au sujet de sa propre famille, qu'il qualifie de prolétaire. Il m'a longtemps présentée comme son « épouse huppée », jusqu'à ce que j'insiste pour qu'il arrête. L'un de ses énormes frères est patron de ferme, l'autre travaille dans les chemins de fer. Sa mère sexagénaire fait toujours le ménage la nuit dans une clinique privée, « pour des clopinettes » comme elle dit. Elle refuse toute aide matérielle de Hal qui est plein aux as grâce à son boulot de concessionnaire. Son père, qui va sur ses soixante-dix ans, continue de porter en même temps deux sacs d'avoine de cinquante kilos quand, près du silo, il charge le pick-up d'un paysan. La question que je me pose est la suivante : Quelle dose d'angoisse ai-je le droit de générer en demandant le divorce ? J'ai été témoin d'une quantité affolante de crises d'angoisse quand je travaillais sur le terrain et maintenant il me suffit de m'asseoir à mon bureau et de relire mes dossiers pour recréer cette angoisse en une fraction de seconde. La semaine dernière, nous sommes allés à une soirée dansante au country club et nous avons bu plus que de raison. Sur le chemin du retour, histoire de me taquiner, Hal m'a dit que, si jamais j'avais une autre liaison, je devais avant tout m'assurer que le type ne possède pas d'appareil photo.

« Je ne supporterais pas ça », ajouta Hal dans notre allée.

J'ai dormi tard, car mon réveil de voyage n'a pas fonctionné, et les filles m'ont réveillée avec une tasse de café. Comme il n'y avait pas beaucoup de temps, nous avons décidé de prendre le petit déjeuner à l'aéroport. Martha et Frances donnaient l'impression d'avoir très mal dormi. Martha a ouvert la fenêtre pour que nous puissions entendre le guitariste chanter une merveilleuse complainte. C'était ce même type sans chaussettes que, pendant la nuit, j'avais vu allongé et transi sur le banc du jardin public. Je lui ai fait signe de la main avant de lui lancer une poignée de billets de dix pesos, tout comme Frances. Martha semblait soudain tellement agitée qu'elle n'a même pas remarqué notre geste.

« Tout le monde veut me faire dire que je n'avais aucunement l'intention de tuer Daryl, mais je voulais pourtant le tuer, lança-t-elle d'une voix tremblante.

— Vas-y, dis ça et tu es bonne pour la prison, répondit Frances agacée. Tu as vu ces films sur les prisons pour femmes que la télé diffuse tard le soir ? Je suis sûre que oui. Essaie de t'imaginer étranglée par une colossale lesbienne noire, pour l'amour du ciel. Pense à toute cette bouffe infecte et dis-toi bien qu'il n'y a jamais de vacances. »

Martha s'est mise à sangloter et j'ai demandé à Frances d'arrêter de lui parler sur ce ton. « Ce n'est pas le moment d'être sincère par naïveté, dis-je en serrant dans mes bras le corps tout tremblant de Martha. Les hommes battent leurs épouses et leurs petites amies sans être eux-mêmes jamais inquiétés. J'en ai vu d'innombrables exemples atterrants. Ce que tu as fait à Daryl l'a simplement rendu malade. Je suis certaine qu'il est déjà sorti de l'hôpital et qu'il se prépare à écrire sur toute cette aventure.

— Pourquoi a-t-il envoyé ces photos ? » Frances a pris la petite bouteille de vodka posée sur la table basse près de mon sac, et elle en a dévissé le bouchon avec difficulté, avant de la descendre en une seule gorgée.

« Tu as donc oublié qu'en fac il disait que la baise faisait parfois partie de la lutte des classes ? Il voulait tout simplement nous punir, insistai-je.

— Peut-être est-ce trop simple, peut-être s'agit-il d'une raison parmi d'autres. Le sexe n'était pas simplement le sexe pour Daryl. Ce n'est pas une idée qu'il saupoudrait sur toute son existence. Dès qu'il avait quelqu'un sous la main, il ne pouvait pas s'empêcher de se lancer dans de grandes conversations. Je suis sûre que, lorsqu'il est seul, il organise des discussions imaginaires. À San Francisco, je l'ai présenté à une amie commissaire d'expositions au musée de Young. J'envisageais d'acheter deux dessins de

Pascin et je désirais son avis. Bref, un quart d'heure après les présentations, Daryl avait mis ma commissaire en pleurs en lui démontrant que ces dessins étaient peut-être des faux, même si leur origine et leur historique étaient parfaitement convaincants. J'ai ensuite téléphoné à mon amie commissaire pour m'excuser en lui disant que chaque matin à son réveil Daryl devrait se faire arroser au lithium.

— C'est quoi, le lithium ? s'enquit Martha qui séchait ses larmes et recomposait peu à peu son célèbre sourire.

— C'est un médicament pour les maniaco-dépressifs. Les gens bipolaires, expliquai-je.

— Je ne l'ai jamais vu le moins du monde déprimé. Bien sûr, je ne l'ai jamais vu calme non plus, sauf pendant quelques minutes après l'amour ! » dit Frances.

Je leur ai raconté une histoire vaguement drôle : comment j'avais emmené Daryl passer un week-end à la ferme. Nous sommes descendus de voiture, avons fait quelques pas pour nous dérouiller les jambes, et Daryl a aussitôt remarqué l'étang situé derrière la grange, en fait un petit lac, avant d'examiner la barque de mon père.

« Joli rafiot, dit-il. J'ai envie d'aller pêcher. »

Ce qu'il a fait tandis que je sortais les bagages de la voiture et mettais la maison en ordre pour le week-end. Il a jugé l'équipement de mon père « trop luxueux », puis il a procédé à son choix, en lorgnant d'un œil envieux une boîte de mouches English Wheatley aux petites plaques de verre coulissantes. Je ramais volontiers pour promener mon père sur l'étang, mais je n'ai jamais réussi à pêcher, car je ne supporte pas de voir la terreur et la souffrance évidentes du poisson pris à l'hameçon. Hal, qui pêche la truite sur la rivière Au Sable, prétend que les truites ne ressentent aucune souffrance, mais qu'elles se débattent indubitablement et de manière désespérée. Je suis sortie une fois pour prendre des nouvelles de Daryl qui, assis dans la barque de l'autre côté du lac, lançait ses mouches avec habileté et paraissait incroyablement ordinaire. Il m'a regardée un instant, puis il m'a adressé un signe de la main sans quitter sa ligne des yeux. En tout cas, une heure plus tard il est arrivé dans la cuisine avec un joli pêle-mêle d'ouïes-bleues. C'est mon père qui emploie toujours le mot *pêle-mêle* pour désigner le produit d'une pêche. Nous avons remis au réfrigérateur le steak que j'avais prévu pour le dîner, Daryl a écaillé les ouïes-bleues dans l'évier, avant de les faire griller d'une main experte à la poêle avec du beurre et du persil. Il m'a expliqué qu'on ne découpait pas les ouïes-bleues en filets, car comme avec la sole on voulait que le parfum doux des arêtes imprègne la chair. Toujours très serein après le dîner, Daryl a dansé sur de la musique cubaine en sirotant une bouteille de rhum illégal Havana Club. On ne peut pas dire qu'il danse bien, il bondirait plutôt avec une énergie fantastique. Nous avons fait l'amour sur le canapé et il était minuit passé quand il s'est réveillé pour se mettre à pérorer sur la nomination du dernier poète lauréat. Daryl fait partie de ces écrivains convaincus que les critiques élogieuses dont bénéficient leurs confrères font de l'ombre à la possibilité d'en obtenir une bonne pour eux-mêmes.

Après quelques excellents *huevos rancheros* à l'aéroport, Martha et Frances ont eu la larme à l'œil à l'idée de quitter Mérida. Frances a dit que le Mexique venait de lui offrir un soulagement inespéré et Martha avait l'impression de quitter un endroit merveilleux pour aller affronter son destin. Elle a concocté un bref imbroglio où elle devenait une femme recherchée sous les tropiques, fuyant de pays en pays jusqu'au jour où elle se faisait extrader des Galápagos où elle vivait jusque-là dans une hutte parmi les tortues géantes et les lézards marins. Une perspective séduisante.

Dans l'avion, toutes deux se sont mises à pleurer doucement. Assise avec elles en première classe, mais de l'autre côté de la travée, je lisais un livre, en partie parce que je n'aime pas l'avion et que la lecture m'emporte loin de l'endroit où je suis. J'ai fini par expliquer à l'hôtesse qu'il y avait eu un décès dans la famille et que mes deux sœurs avaient beaucoup de chagrin. En retournant à mon livre, j'ai repensé au nombre de fois où j'avais envoyé des livres à Martha et à Frances, même si j'étais certaine qu'au mieux elles y jetteraient seulement un coup d'œil distrait. Elles lisaient des piles de revues qui ne m'intéressaient pas du tout. J'ai besoin de la solidité d'un livre entier, car de mon point de vue la vie manque de cohérence, je parle de ma perception de la vie, et j'ai besoin de trouver un socle solide, même temporaire. C'est comme si les livres m'aidaient à coller les parties de ma vie ensemble pour en faire un tout cohérent. Mais ça ne marche pas toujours. Une amie de travail m'a prêté un roman d'un écrivain de Toronto nommé Ondaatje, je suppose qu'il est d'origine hollandaise, et cet écrivain a eu l'audace impardonnable de tuer mon personnage préféré, une certaine Anil avec qui je partageais de nombreuses émotions. J'ai eu l'impression d'être moi-même tuée. Beaucoup des livres que je lis sont de nature spirituelle ; depuis l'école de Cranbrook, Martha et Frances me taquinent à cause de mes quêtes spirituelles. Je reconnais volontiers qu'au fil des ans ces enthousiasmes élevés constituent une longue liste, mais la conception du monde déprimante de mes amies a toujours été plus stable que la mienne. En classe de troisième nous avons étudié le *Journal* d'Anne Frank ; pour Martha, si Anne croyait en la bonté foncière des gens, elle n'avait pas le droit de défendre un autre point de vue. La mère cinglée de Martha a appris à sa fille à accueillir chaque nouvelle journée avec un grand sourire. Après Martha, sa mère a mis au monde un enfant mort-né et elle ne s'en est jamais remise. Je poursuis donc de manière intermittente ma quête spirituelle qui a commencé alors que j'avais douze ans et que Fritz, mon terrier écossais, est mort, me laissant inconsolable. Mon père m'a dit que Fritz était en route vers le paradis des chiens et que je l'y retrouverais quand mon heure serait venue. Fritz, qui aimait bien m'aider, allait chercher dans le tiroir de ma commode la paire de chaussettes que je devais porter ce jour-là pour aller à l'école ; il se trompait souvent de couleur, mais je lui étais reconnaissante de ses efforts. Je ne suis pas certaine de revoir Fritz un jour, et puis cette décision ne m'incombe pas.

Nous avions fait la moitié du chemin entre Mérida et Houston, et les filles reniflaient toujours. Martha buvait de l'eau, mais Frances avait déjà descendu deux scotches et il n'était que midi. J'avais cette sensation désagréable, propre aux dimanches, de ne pas très bien savoir quoi faire ; mais j'étais néanmoins dans un avion, ce qui limitait mes choix à zéro. J'ai posé mon livre et pivoté vers elles.

« As-tu trouvé Dieu aujourd'hui ? s'enquit Frances d'une voix légèrement pâteuse.

— Oui, j'espère qu'il est assis à côté du pilote. »

Depuis un moment, l'avion était secoué en traversant une zone de turbulences proche d'un orage.

« Nous venons de parler de la naissance de nos enfants, de nos mariages, des prisons pour femmes : voilà la raison de nos larmes, expliqua Martha en gazouillant comme un rouge-gorge. Hal et toi, vous avez eu l'intelligence de quitter la ville. »

Toutes les trois, nous nous sommes mariées l'été qui a

suivi notre diplôme de l'université du Michigan. Frances et Sammy ont été les premiers, juste avant Martha et Jack. Ce furent de grands mariages qui semblèrent engloutir tout l'été torride et humide dans les absurdités habituelles des répétitions générales, des retouches apportées aux tenues des demoiselles d'honneur, des dîners et des soirées dansantes au club, dans des frais aussi ridicules qu'exorbitants. Une jeune femme est censée adorer tout ce cérémonial, mais j'appréhendais beaucoup la date de mon propre mariage en août.

À l'énorme dîner et à la fête somptueuse qui ont suivi le mariage de Sammy et Frances, tant cette dernière que sa mère étaient ivres et querelleuses. Hal et moi étions assis au bout de la table en compagnie des autres demoiselles d'honneur, dont Martha, et Hal marmonnait sans arrêt : « Putain, quel bain de boue... »

J'étais désolée pour les parents et la famille de Sammy, dont beaucoup étaient des professeurs du secondaire dans la région de Detroit, ils enseignaient surtout les matières scientifiques, une vocation à laquelle ils se dévouaient avec passion. L'édition dominicale du *Free Press* a publié un grand article sur leur famille étendue en citant tous les étudiants boursiers et les chercheurs qui leur étaient redevables. Bref, on voyait bien que du côté de Sammy les invités se sentaient mal à l'aise lors de cette fête de mariage qui a coûté plus de cinquante mille dollars au père de Frances. En contraste, le mariage de Martha et Jack fut plus sophistiqué et calme. Le père de Martha, un homme discret, incarne une « vieille fortune », comme on dit à Bloomfield Hills. Les copains de fac de Jack trouvaient que leur ami avait une sacrée chance de se marier dans ce milieu. Malgré ses fréquentes dépressions, le père de Martha a réussi à décrocher pour Hal un boulot de concessionnaire Ford.

Bref, après ces deux énormes mariages, je suis allée chercher Hal un vendredi après-midi à l'endroit où il travaillait comme vendeur de voitures sur Livernois, nous avons roulé jusqu'à Chicago et je me suis mariée. Ma mère était absolument furieuse. Nous avons perdu une somme rondelette, bloquée sur un compte en vue de mon mariage, mais mon père a trouvé ça très amusant et l'un de nos cadeaux de mariage a été tout l'argent qui aurait été dépensé pour la cérémonie. En fait, lorsque nous avons déménagé en octobre, cet argent a suffi pour payer le premier versement d'une maison à East Lansing. Mais la vraie raison de notre départ pour Chicago, c'était la famille de Hal. Ils se faisaient un sang d'encre à cause des projets mirobolants échafaudés par ma mère pour notre mariage. Quand j'en ai parlé à mon père, lui aussi s'est montré très soucieux. Par exemple, il fallait absolument que le père et les frères de Hal se fassent tailler un costume sur mesure, car il était hors de question d'avoir recours au prêt-à-porter. Nous avons dîné tous ensemble au Depot, à Ann Arbor, dans une atmosphère détestable, car ma mère faisait de son mieux pour ne pas regarder les membres de la famille de Hal, comme s'ils étaient des étrangers. Au restaurant, on s'est magnifiquement occupé de nous, car Hal était un héros du football, mais on voyait bien que ma mère s'en fichait complètement, car le football faisait partie de ces nombreuses activités humaines dont elle ignorait tout. Au restaurant, quand la mère de Hal fit une révérence à l'ancienne, on aurait dit que ma mère, petite et fluette dans son tailleur Chanel, venait de recevoir une décharge électrique. Après notre mariage, les parents de Hal nous ont envoyé mille dollars dans une boîte à cigares, rien que des billets de dix et de vingt dont l'odeur aurait pu faire croire qu'ils avaient longuement séjourné dans la terre. L'hiver dernier, nous les avons expédiés en Floride pour deux semaines de vacances, mais ils sont revenus au bout de huit jours parce qu'ils n'avaient rien à faire là-bas et que la nourriture leur semblait bizarre. En Floride, personne ne préparait les côtes de porc aux choux. Comme il fallait s'y attendre, Daryl avait accepté les invitations aux mariages de Martha et de Frances, mais il n'était pas venu.

Assise dans l'avion, à force de parler avec Martha et Frances, ma résolution s'est effritée et j'ai commandé un Bloody Mary. Je me suis retirée de la conversation quand elles se sont mises à parler de Prada (une marque de vêtements) et, alors que je les regardais, j'ai vécu une étrange expérience liée à la réunion d'émotions inattendues. Tout a commencé très innocemment : j'ai repensé à une dispute avec mon fils Bradley qui, pour aller à l'école, voulait porter un T-shirt où on lisait LE FRIC PUE. Bradley l'a mis malgré la colère de son père. Chaque fois qu'un problème est résolu, un autre pointe son vilain nez. Par exemple, après la période de promiscuité sexuelle de ma fille, mes deux enfants ont décidé de devenir végétariens, ce qui m'a rendue folle car après mon boulot de la journée je devais m'activer deux fois plus en cuisine. Mon exaspération paraissait les ravir quand je posais sur le comptoir mes sacs de courses achetées à la coopérative bio. Hal a alors trouvé une parade magistrale en louant les services d'une toute petite femme originaire de New Delhi, qui faisait un troisième cycle de physique à la Michigan State University. Le mot-clef est ici « exaspération ». Peut-être Daryl m'a-t-il simplement permis de fuir l'exaspération domestique. Durant toute notre longue amitié, Martha et Frances ont fait des dizaines de dépressions nerveuses, graves ou bénignes, et j'ai un jour pensé que leurs factures de psys m'auraient permis d'entretenir plusieurs familles nécessiteuses. Moi qui n'ai jamais traversé la moindre dépression, j'ai parfois envié la manière dont mes deux amies se désintégraient et se reconstituaient grâce à une aide professionnelle adéquate, la mienne comprise. En les regardant papoter à propos de leurs armoires débordantes, j'ai soudain été lasse de leur servir de lest garantissant leur équilibre. J'ai eu envie de leur dire : « Je ne suis pas votre maman », mais je n'ai pas pu. C'est avec émotion que j'ai imaginé la situation présente si jamais je tirais ma révérence. Un vrai désastre sans aucun doute. Pour rien au monde elles n'auraient voulu se séparer de moi.

Mon expérience la plus voisine de la dépression remonte à certain matin très chaud de juillet dernier, quand je me suis séparée de Daryl. Il avait parlé comme un dément pendant toute la nuit, en me faisant l'amour de temps à autre. Il utilisait ces pilules sexuelles garantissant une érection sans fin, mais j'étais affreusement fatiguée et puis j'avais physiquement mal. Enfin, juste avant l'aube, je me suis levée pour aller à la salle de bains et glissée dehors par la porte de derrière avant d'aller me cacher dans le fenil de la grange, où j'ai somnolé en me faisant piquer par les moustiques jusqu'à l'aube, quand Daryl est sorti dans la cour en hurlant mon nom et en buvant au goulot de sa bouteille de rhum attitrée. J'ai ouvert la porte du fenil et, avec une impassibilité tendant à dissimuler mon tumulte intérieur, je lui ai annoncé que notre liaison était terminée. Il a pris un air abattu avant de me crier qu'il allait se noyer, puis il a contourné la grange en courant pour rejoindre le lac. Je suis aussitôt descendue du fenil et je l'ai suivi en pensant que j'étais mauvaise nageuse et que je ne pourrais jamais sauver quiconque de la noyade. Daryl, debout à l'extrémité du petit quai, semblait attendre son public. Quand je suis arrivée, en criant bien sûr, il s'est très vite déshabillé avant de plonger. Je ne suis pas certaine de l'avoir pris au sérieux, mais il est resté sous l'eau pendant une éternité avant de refaire surface parmi les ajoncs, sur la droite et un peu derrière moi. Il avait attrapé un gros serpent d'eau noir qu'il brandissait au-dessus de sa tête. Il a hurlé mon nom avant de lancer ce serpent dans ma direction. J'ai reçu le reptile en pleine poitrine, il est tombé sur le quai, puis il a repris ses esprits et s'est laissé glisser dans l'eau. Si j'avais eu une carabine à ce moment-là, j'aurais volontiers tiré sur Daryl, mais je n'ai jamais tiré le moindre coup de feu.

Nous étions sur le point d'atterrir à Houston quand Martha a commandé un Bloody Mary, qu'elle a englouti avidement tandis que l'hôtesse de l'air attendait le verre. À cause du vacarme des réacteurs je n'ai pas très bien entendu les paroles que Martha a alors adressées à Frances, mais elle disait en substance que le sexe ressemblait aux bonnes pistaches : une fois qu'on a commencé, on ne peut plus s'arrêter. C'était d'une folie ahurissante, mais sans doute vrai. L'hôtesse a pouffé discrètement, Frances a éclaté de rire. Peut-être deviendrait-elle un jour l'une de ces vieilles richardes sans complexes qu'on rencontre parfois dans les country clubs. Au moins trois fois durant la dernière décennie, Sammy m'a appelée pour me dire : « Je croyais avoir épousé une princesse, je m'aperçois que je me suis trompé. »

J'ai trouvé étrange qu'il répète la même phrase à trois années de distance, mais j'ai supposé qu'il était tellement occupé à devenir milliardaire que, pour lui comme pour les politiciens, les gens se réduisaient désormais à des entités abstraites. Le mari de Martha, Jack le noble nabab, est dans le même cas. Il me fait penser à un directeur de pompes funèbres qui considère tous les gens qu'il rencontre comme des clients potentiels. Martha a dit que, le matin où Jack a fait glisser vers elle sur la table du petit déjeuner la photo d'elle nue qu'il venait de recevoir au bureau, elle avait regardé l'une des larmes de son époux tomber dans ses corn-flakes.

La douane à Houston fut une horreur. Deux gros charters en provenance de Cancun venaient d'atterrir avant nous et des centaines de touristes chargés de souvenirs aux couleurs criardes jouaient des coudes dans la file d'attente. Frances, au bord de la panique, me serrait si fort la main gauche qu'elle me faisait mal. Martha arborait son masque courageux au sourire niais. Un homme plus âgé que nous et très obèse portait un énorme sombrero et il était assez petit pour que le rebord de son chapeau heurte sans arrêt la figure des gens, y compris celle de Martha. Il empestait la tequila et était cornaqué par une dame âgée débordante d'énergie qui se contrefichait des désagréments provoqués par son époux. Quand le rebord du sombrero frappa en pleine figure un jeune surfer à la peau mate, la victime aboya : « Retire ce chapeau, espèce de connard ! »

Le vieil obèse brandit alors les poings devant lui et couina : « Sale métèque ! »

L'invective attira l'attention de son épouse, qui lui arracha alors le sombrero.

Nous avons mis presque deux heures à franchir la douane et l'immigration, à cause de nouvelles mesures mises en place par les services de sécurité. Un petit groupe de *persona non grata* était entouré par des gardes dans un angle éloigné de la salle d'accueil, les chiens reniflaient activement les bagages. Tous les voyageurs présents semblaient effrayés et accablés, tous sauf les jeunes pour qui ce processus faisait simplement partie des vacances, moyennant quoi ils bavardaient gaiement et riaient entre eux.

Dans le hall d'entrée, le père de Martha, William (personne ne l'appelle Bill, sauf les amis intimes), attendait avec leur avocat de famille depuis toujours, Paquin, un homme d'origine québécoise connu dans la région de Detroit pour l'habileté décontractée avec laquelle il sauvait la mise aux filles et aux fils des riches.

« Oh, papa ! » s'écria Martha.

Puis le père et la fille s'étreignirent avec passion. L'absence de Jack m'a d'abord paru étrange, mais je me suis alors rappelé que William était venu par mépris pour Jack. Un peu en marge, Frances était accueillie par deux hommes d'affaires au costume immaculé, que j'ai pris pour deux représentants de la nuée d'avocats qui entouraient Sammy. On a ensuite procédé aux présentations et nous nous sommes tous dirigés vers un salon privé nommé l'Admiral's Club, même si aucun membre de notre petit groupe ne ressemblait à un amiral. L'un des avocats de Sammy m'a regardée d'une manière un peu trop appuyée et j'ai ressenti un léger frisson en m'avouant qu'il était bien séduisant. Les deux hommes ont expliqué à Frances qu'ils séjournaient brièvement ici afin de proposer leurs conseils, avant de reprendre un avion pour Dallas, car au cas où la presse s'intéresserait à cette affaire, il importait que Sammy ne pût être identifié, même à la périphérie des grandes manœuvres judiciaires.

Frances et moi nous sommes installées sur un canapé tandis que les autres rejoignaient une salle de conférences située au bout d'un long couloir. Frances s'est pelotonnée contre mon épaule et j'ai pris un café. Un énorme poste de télévision diffusait CNN et quelques gros bonnets discutaient des prochaines élections présidentielles. Hal est un vrai camé des infos, alors que j'ai peu de sympathie pour ces têtes d'œuf qui semblent croire que parler c'est penser. Dans mon travail, je ne constate aucun rapport entre les politiciens et les pauvres, à moins qu'il ne s'agisse des sans-abri qu'on voit dans la rue. Les pauvres agacent les autres gens. Au fil des ans, j'ai plusieurs fois convaincu mon père de procéder gratuitement à des opérations de chirurgie orthopédique sur certains de mes clients qui ne bénéficient d'aucune couverture sociale, c'est-à-dire la majorité d'entre eux. Mon père se sentait mal à l'aise en présence de ces patients désargentés, qu'il trouvait, disait-il, « bouleversants ». En tant que jeune éducatrice sur le terrain, j'ai très vite pris conscience du problème le jour où j'ai fait halte au McDonald avec deux enfants abandonnés, une fillette de six ans et un garçon de huit. Le garçon a dévoré comme un retriever labrador, avant de vomir et de fondre en larmes. Sa sœur ne lui a pas accordé un seul regard et elle a mangé très lentement, avec un adorable sourire. Le garçon a enfin réussi à avaler un milk-shake avant de s'accrocher à moi, comme Frances sur le canapé de l'Admiral's Club.

Ce fut presque deux heures plus tard qu'ils émergèrent de la salle de conférences. Frances, maintenant réveillée, flirtait vaguement avec un jeune homme d'affaires attiré près de nous alors que Frances dormait encore et que sa jupe était remontée sur ses cuisses. J'allais la rajuster quand j'ai pensé : À quoi bon ?

Nous sommes restés debout quelques minutes dans l'entrée du club et le jeune avocat séduisant m'a chuchoté à l'oreille : « Je crois que l'affaire est dans le sac. »

Il m'a donné sa carte de visite, que j'ai glissée derrière la banquette de la limousine qui nous emmenait au Four Seasons. Après Daryl, j'avais la ferme intention de me tenir à l'écart des circuits de l'adultère.

À l'hôtel, Sammy avait réservé une absurde suite royale qui semblait seulement appropriée à des dignitaires d'Arabie Saoudite en visite. Jetant un coup d'œil par la fenêtre, je suis restée un moment bouche bée devant le spectacle des gratte-ciel scintillants qui contrastaient de manière saisissante avec les rues de Mérida, comparativement désertes en ce dimanche matin. William et Paquin ont continué dans le couloir jusqu'à leurs chambres respectives pour y faire une petite sieste avant le dîner. Martha, vautrée sur le bureau, l'œil rouge, épuisée, parlait au téléphone à Jack et à Dolly, évoquait certains problèmes légaux soulevés dans la salle de conférences. Frances avait pris un coussin du canapé pour s'allonger sur le tapis dans un carré de lumière de fin d'après-midi. Elle m'a rappelé un chien bien élevé et endormi. Lorsque nous étions descendues de la limousine devant l'entrée de l'hôtel, j'avais surpris une bribe de conversation entre William et Frances ; comme elle lui disait que son mariage battait sérieusement de l'aile, il lui avait rétorqué : « Prends donc un mois de vacances. »

Depuis notre enfance, William a une influence apaisante sur Frances, en contraste avec les rapports plutôt agressifs qu'elle entretient avec son propre père. Alors que nous étions adolescentes, Frances m'a confié qu'elle était follement amoureuse de William, une déclaration qui m'a semblé si incroyable que je n'ai pas su quoi lui répondre. Quand nous étions réunis dans leur maison de vacances d'Harbor Springs, je me suis inquiétée durant tout un après-midi où William avait emmené Frances faire de la voile. Elle était vraiment capable de tout ; ainsi, à force de flirter elle avait rendu complètement dingue un professeur de science à Cranbrook. Sur l'embarcadère j'avais vu William admirer longuement le bikini minuscule de Frances, mais je suis à peu près certaine qu'il ne s'est rien passé entre eux, car sinon Frances m'en aurait parlé.

Sammy avait fait installer une demi-douzaine de grands vases de fleurs dans la suite royale, ainsi qu'un énorme seau contenant deux bouteilles de champagne que nous n'avons pas eu le cœur d'ouvrir. Ces fleurs m'ont rappelé de manière poignante la mort d'une de mes jeunes éducatrices dans un accident de voiture, quelques mois plus tôt. La cérémonie funèbre avait eu lieu dans une église fondamentaliste d'un quartier pauvre. Le cercueil était ouvert et entouré de fleurs, mais je n'ai pas fait la queue avec les autres membres de la congrégation pour rendre un dernier hommage à la défunte. Elle vivait toujours dans mon souvenir, je ne voulais surtout pas la voir morte. Ses parents avaient quitté l'Alabama dans les années cinquante pour s'installer dans le Nord du pays, mais elle avait toujours son accent du Sud. Bien que Blanche, c'était une experte dans les cas difficiles liés à des Noirs. En cette matinée très chaude, le doux parfum des fleurs imprégnait l'église. Le chœur a chanté *The Old Rugged Cross*, tous les gens présents sauf moi semblaient certains de retrouver un jour Marjorie au ciel. Je n'ai jamais compris le rapport qui existait entre la mort et les fleurs. Les fleurs sont d'une beauté compliquée, alors que pour moi la mort est toujours mon pauvre chien Fritz.

Notre dîner, servi dans notre suite, fut somnolent mais bon. La secrétaire particulière de Sammy, une vraie perle, avait choisi cinq vins fins, mais William empêcha le préposé au service d'étage d'ouvrir plus de deux bouteilles. Notre rendez-vous avec le procureur était fixé au lendemain matin à huit heures. Seule fausse note du repas, Paquin déclara pour plaisanter que certains problèmes légaux se résolvaient seulement avec un chèque et Frances ajouta qu'elle tenait à contribuer personnellement à cette entreprise. William lui rétorqua alors sur un ton presque cassant que pareils arrangements se réglaient en famille. J'ai vu des larmes grossir dans les yeux de Martha, mais Paquin changea habilement de sujet pour évoquer sa propre jeunesse pauvre sur Grosse Île, une île située sur la rivière Detroit, et toutes les merveilleuses manières d'accommoder le rat musqué. William se piqua au jeu et rappela à Paquin les splendides déjeuners qu'ils faisaient autrefois au London Chop House du centre-ville de Detroit, un établissement qui ferma ses portes quand toute sa clientèle s'enfuit vers les banlieues. J'ai alors constaté combien la présence de ces deux gentlemen calmait Frances et Martha. Ainsi que moi-même. Nos propres maris paraissaient timides et inachevés en comparaison.

Nous nous sommes couchées un peu trop tôt, à neuf heures en fait, si bien que je me suis réveillée à quatre heures du matin, incapable de retrouver le sommeil. Il y a certains moments de la vie où l'inconscience passe pour votre meilleure amie. Une fois encore, je me suis rappelé ma somnolence dans le fenil tandis que Daryl braillait un peu plus bas dans la cour de la grange. Plus tôt dans ma vie professionnelle, je suis allée consulter un psychanalyste parce que je me croyais déprimée, mais il m'a assuré que je ne l'étais pas, ajoutant que j'étais sans doute un peu trop consciente et que l'horreur de ce que je voyais dans mon travail quotidien ferait réfléchir n'importe quel être humain intelligent, à moins qu'il ne s'agisse d'un inadapté social.

J'ai lu pendant une demi-heure un livre expliquant l'expansion du bouddhisme à partir de l'Inde vers la Chine. Il contenait la reproduction d'un tableau du Bodhidharma qui était resté assis devant un mur pendant neuf années avant d'aboutir à ses conclusions. Je l'ai imaginé franchissant les montagnes à dos d'éléphant pour répandre la bonne parole. J'ai aussi imaginé que j'étais de retour à Mérida dans le Yucatán, mais j'ai alors compris qu'une douce musique mexicaine m'arrivait, assourdie, par la porte de ma chambre. Je me suis levée, j'ai entrebâillé ma porte et j'ai jeté un coup d'œil. Frances et Martha ondulaient, flottaient, dansaient chacune de son côté dans la grande pièce en écoutant un CD acheté par Frances à Mérida. Chacune était perdue dans son monde intérieur et je me suis dit que, si je me joignais à elles, ce serait comme si leur propre mère entrait dans la pièce alors qu'elles se livraient à une activité légèrement clandestine.

J'ai quand même réussi à me rendormir, mais je me suis réveillée horrifiée, en pleurs et presque ligotée par mes draps, après avoir rêvé que mes deux parents avaient un visage qui ressemblait à une noix de pécan, qu'ils me parlaient mais sans que j'aie l'impression d'être là. Cette matinée avait la couleur du lundi et nous avons pris un petit déjeuner rapide tandis que Paquin et William tapaient du pied avec impatience.

Le niveau de sécurité était élevé autour du tribunal où les détecteurs de métaux couinaient comme des marsouins, des mesures de précaution sans doute décidées après l'attentat en Oklahoma, juste avant le 11 Septembre, mais il est vrai que certaines personnes tiennent toujours à régler les problèmes légaux à coups de pistolet. Nous nous sommes installés dans l'entrée d'une salle de conférences, tandis que Paquin, l'avocat de Daryl et le procureur américano-mexicain bavardaient dans un coin. Je voyais bien que William, Frances et Martha étaient atterrés par la laideur ambiante, par le vert pâle sale et institutionnel de cette pièce dépourvue de fenêtre. J'étais habituée à ce genre d'endroits, que je ne remarquais presque plus, mais dès que je me mettais à leur place, je me sentais défaillir. Je commençais à me demander si Daryl allait être en retard comme à son habitude, quand il est arrivé, soutenu par une canne ouvragée, à croire qu'il se remettait lentement d'une maladie que personne d'autre n'était digne d'avoir. Toujours au bord de l'hypocondrie, Daryl m'avait confié qu'il avait un jour demandé à un médecin : « Et si je souffrais d'une maladie qui n'a pas encore été découverte ? »

Daryl s'est assis avec un hochement de tête et le sourire le plus discret du monde. J'ai soudain compris que c'était la première fois que Daryl, Frances, Martha et moi étions réunis dans la même pièce depuis nos études universitaires. Martha regardait intensément ses chaussures, Frances m'a serré très fort la main en exhalant bruyamment. William, sans le moindre effort, se comportait comme si Daryl n'existait pas. J'ai regardé un peu plus loin : Paquin et l'avocat de Daryl, un gros type légèrement négligé et vaguement féminin, se serraient la main et haussaient les épaules. Le procureur américano-mexicain en costume infroissable nous a fait signe de rejoindre la salle de conférences en inclinant un peu le buste. Bien que stratégiquement impassible, il était clairement ce que les jeunes femmes appellent un « beau mec ». Ses yeux se sont agrandis de manière imperceptible en découvrant le sourire rayonnant de Martha qui ressemblait à une jeune femme entrant dans un concert de rock.

« Je m'appelle Juan Murrietta, mais dans les environs on m'appelle Johnny le Jaguar, un animal très peu commode dans le pays de naissance de mes parents. Ma profession consiste à décourager les actes criminels en les punissant avec efficacité. En deux mots, si votre comportement ne respecte pas le contrat social, alors on vous met derrière les barreaux. Dans une heure, je vais m'occuper d'un groupe d'hommes jeunes qui, défoncés à la méthédrine cristal, ont pratiqué une tournante avec une gamine de treize ans, laquelle n'y a pas survécu. Cet après-midi, j'espère achever le procès d'un homme qui, ivre mort, a projeté à travers une baie vitrée son beau-fils de huit ans, sous prétexte qu'il avait retiré les piles de la télécommande de la télé. Ce gamin avait besoin de ces piles pour un jouet ; malheureusement un éclat de verre lui a tranché la carotide et il a saigné à mort dans un parterre de fleurs. »

Juan a marqué une pause pour laisser à son auditoire le temps d'assimiler ses paroles. Nous avons tous blêmi collectivement, tous sauf Paquin et l'avocat de Daryl. Quant à Daryl, il regardait vainement autour de lui à la recherche d'une fenêtre.

« Avant de prendre ma décision finale concernant la nature de mes poursuites, je dois me faire une idée claire de ce que vous tous aviez en tête, un objectif qui, compte tenu de la nature humaine, demeure sans doute inaccessible. Cette affaire a déjà éveillé l'intérêt téléphonique d'un représentant des États-Unis et du gouverneur du Texas, c'est-à-dire davantage d'attention de la part des politiciens qu'on ne peut raisonnablement s'y attendre. »

Il prononça ces mots sans la moindre ironie apparente, mais le message était clair. Puis il baissa les yeux vers le dossier ouvert devant lui et nous nomma tous avec précision, confondant simplement Frances et moi-même. Il posa ensuite son regard froid sur Daryl.

« Alors c'est vous le photographe ?

— Mon client est un poète américain de premier ordre, interrompit l'avocat de Daryl.

— OK, un poète photographe. Vous travaillez, semble-t-il, sur une série d'épouses nues et endormies, c'est peut-être un sujet intéressant, mais pourquoi envoyer ces photos aux maris ? Vous avez de la chance que cela ne se soit pas passé au Sonora. »

Daryl resta muet et son avocat griffonna furieusement dans un calepin. Juan regarda d'abord Martha qui, bien sûr, sourit, puis William qui lui rendit son regard sans ciller.

« Mon idée première a été d'accuser Martha Dillingham de tentative d'assassinat, mais en apprenant certains détails j'ai réduit l'accusation à tentative de meurtre, et en apprenant encore d'autres détails j'ai décidé de me limiter à tentative d'homicide par imprudence, ce qui peut malgré tout vous valoir entre trois et cinq ans de prison. Néanmoins, la victime n'a pas encore déposé une plainte en bonne et due forme. Mes conclusions tendent vers l'idée que leur litige intéresse un tribunal civil. Mais attention, je n'ai pas besoin d'une plainte déposée par la victime. J'ai poursuivi des hommes qui ont battu presque à mort leur épouse ou leur petite amie, lesquelles refusent cependant de porter plainte, mais je n'en ai pas besoin pour inculper. Dans le cas présent, j'aurais néanmoins besoin de prouver l'intention d'homicide de la prévenue, alors que son avocat, M. Paquin, soutient qu'en écrasant les comprimés d'Elavil et en mettant la poudre dans le café, elle essayait simplement d'échapper à la compagnie de Daryl Howe. Par ailleurs, la prévenue Martha Dillingham a eu cinq cent dix-sept rendez-vous avec des professionnels de la santé mentale au cours des vingt dernières années, soit une moyenne d'un rendez-vous tous les quinze jours. Cette fréquence n'indique pas nécessairement un esprit perturbé, mais j'en conclus qu'un jury, une fois toutes ces informations divulguées, éprouverait sans doute quelque sympathie pour la prévenue. Ce jury serait aussi enclin à penser que onze Elavil sont sans doute insuffisants si vous avez vraiment l'intention de tuer quelqu'un. Si elle avait tiré une balle dans le bras de Daryl, alors là j'aurais un os à ronger. »

Il poussa un profond soupir comme si nous l'ennuyions tous, en considérant sans la moindre sympathie Frances qui reniflait de plus belle. Daryl tripotait le pommeau de sa canne, William tenait la main de Martha.

« Pour être bref, ma conviction est que par respect pour les citoyens du Texas, le bien public et le portefeuille du contribuable, mieux vaut ne pas engager de poursuites judiciaires et ainsi éviter un procès long et coûteux. Les deux conseils ici présents m'ont d'ailleurs fait savoir qu'un accord avait été trouvé, mais tout cela n'est pas de mon ressort. Je vous laisse donc vous débrouiller ensemble, ce qui, je pense, devrait être agréable. »

Juan se leva, fit mine de partir, puis se tourna brusquement vers William pour lui serrer la main en nous ignorant tous. J'ai eu l'impression que William était la seule personne présente qu'il pouvait prendre au sérieux.

De retour à l'hôtel, Frances a disparu dans la chambre de William durant une demi-heure, tandis que je restais assise sur le canapé avec Martha. Toute notre énergie nous avait quittées. Martha m'a alors annoncé les montants de l'arrangement, lesquels m'ont donné la nausée. Daryl devait recevoir cinquante mille dollars par an pendant trois ans, son avocat vingt-cinq mille dollars en tout, et il faudrait encore payer près de vingt-cinq mille dollars pour les deux jours de soins intensifs à l'hôpital. Si Daryl tentait d'entrer en contact avec l'une d'entre nous trois, les paiements cesseraient aussitôt. Comme il a toujours été grand amateur de tenues démodées, j'ai imaginé Daryl écumant les magasins de vêtements new-yorkais en peaufinant le personnage qu'il espérait jouer en France.

« Pour l'amour du ciel, mais que fait-elle donc avec mon père ? s'indigna Martha.

— Elle cherche conseil, répondis-je sans la moindre appréhension.

— Je n'ai pas envie de rentrer à la maison, mais il le faut bien, du moins pour un moment. » Martha ne souriait pas. « Jack va jouer les martyrs à cause de cet argent qui un jour ou l'autre me serait revenu, et je vais lui répondre un truc aussi idiot que : « Ferme-la, ce fric n'est pas à toi. » L'argent est épuisant, n'est-ce pas ? »

Je n'avais pas de réponse, mais j'ai continué de réfléchir à cette question sur le chemin de l'aéroport. Nous avons déposé Frances au terminal international. Elle partait pour Mexico afin de visiter les musées d'art et de réfléchir. Les autres, moi comprise, prenaient l'avion à destination de Detroit. Je comptais passer la soirée avec Mère et discuter de ce qu'il fallait faire pour Papa, qui était tout à fait incapable de penser à nous. Par une coïncidence tout sauf divine, nous sommes passés en voiture à côté de Daryl, qui descendait de son taxi avec l'air de celui qui vient de remporter le gros lot.

Traces

I

Ce que le garçon a vu

Qu'est-ce que l'eau ? fut la première question remémorée. H_20, dit-on, ce qui revient à installer un petit louveteau à califourchon sur un ours sauvage. Deux modestes rivières traversaient d'étroits marais avant de se jeter dans la partie ouest du lac. Une rivière encore plus modeste quittait le lac vers l'est à travers un vaste marais où des plantes mangeuses de mouches poussaient sous un majestueux pin blanc, où un grand héron bleu nichait à chaque printemps. Sous la surface du lac, des bancs d'ouïes-bleues se cachaient à l'abri de bûches à demi dressées. Sous le dense tapis des feuilles de nénuphar on trouvait des bancs de poissons et des œufs de grenouilles accrochés à ces feuilles en grappes couvertes de mucus.

Assis sous le quai, de l'eau jusqu'au buste, il leva les yeux vers le corps de sa tante sectionné par les planches du quai et respira l'odeur d'un maillot de bain mouillé contre le bois chaud. Un peu plus loin sur la rive, il reluqua par la fenêtre d'un chalet le gros derrière d'une femme qui parut s'effondrer quand elle retira son maillot de bain. Il repensa au bébé rat musqué qu'il avait découvert noyé parmi les roseaux verts. Il pleuvait ce jour-là et le chalet en rondins de cette femme sentait la pluie, tout comme les bois environnants et ses vêtements trempés. Parce que son père était conseiller agricole, la pluie était considérée comme une bénédiction. La pluie mouchetait le lac et le recouvrait parfois de rideaux malmenés par le vent, les éclairs zébraient le ciel et les roulements creux du tonnerre emplissaient la cuvette du lac. Il pêchait sous la pluie, marchait sous la pluie, buvait l'eau des rivières enflées par l'orage, une eau à l'odeur de vers noyés, sous la pluie il dormait en forêt dans une couverture en laine, achetée dans un surplus militaire de la Seconde Guerre mondiale, il regardait les tiges des fougères, un petit serpent noir qui passait lentement de gauche à droite, et un jour il entendit le cri féminin d'un lynx.

Quand ils nageaient, la grosse fille qui habitait un peu plus loin au bord du lac essayait de l'étrangler entre ses cuisses. Il l'aidait à s'essuyer avec une serviette, elle sentait toujours la réglisse. Elle pissait dans les bois et ramait à toute vitesse. Elle le giflait sans raison et lui montrait ses seins qui étaient aussi plats que ceux du garçon, sinon plus. Dans une tente surchauffée et humide, achetée au surplus de l'armée, elle lui demanda de venir s'allonger à plat ventre sur son dos. Des corneilles volaient au-dehors. Dans la tente, près de l'entrée, il disposa trois crânes de chevreuil, de rares trouvailles car les porcs-épics de la région mangeaient tous les os des créatures mortes. Quand on glissait la main dans la vase du fond du lac, on trouvait étonnamment peu d'arêtes de poissons, mais on lui avait dit que les tortues de lac se nourrissaient de poissons morts. À en croire son papa, lorsqu'une créature meurt, une autre est toujours là pour la dévorer.

Il n'arrêtait pas de heurter les choses situées sur sa gauche, car il avait perdu l'usage de son œil gauche, surtout les arbres de la forêt dense qui s'étendait sur une vingtaine de kilomètres derrière le chalet. À cinq ou six kilomètres du lac, cette forêt était striée çà et là par d'énormes ravins couverts de souches de pins blancs, de fougères et de buissons de baies sauvages. Au fond d'un de ces ravins il y avait une petite source entourée de laîche et de cresson d'eau. Il la considérait comme sa source, car il n'y avait pas d'autres traces que celles des chevreuils. L'eau était cristalline et il y plongeait sa tête tout entière pour chasser la douleur de son œil aveugle. En contrebas de cette source on trouvait une grande vasque saturée d'algues où vivait le plus gros serpent d'eau qu'il eût jamais vu. Ce serpent était agressif et l'attaquait. Campé sur le versant d'un ravin, il tirait de longues flèches en direction d'un chevreuil, mais ne touchait jamais sa cible. Dans un petit sac en toile il transportait une cantine, une boîte de haricots et un ouvre-boîte pour son déjeuner. Avec l'arc et les flèches il finit par abattre une grouse à collerette, qu'il fit cuire sur un feu de camp, mais pas assez longtemps. Il la mangea malgré tout.

Ils habitaient la ferme de ses grands-parents quand il était petit et que son père était au chômage. La langue des vaches, des chevaux, des cochons et des chiens était aussi difficile à comprendre que le prêcheur suédois à l'église luthérienne suédoise le dimanche. Il essayait d'être dans la salle à manger quand sa tante prenait son bain dans le grand tub en fer-blanc. Il n'y avait pas de plomberie. Les toilettes étaient dehors, près de la porcherie et du grenier plein de maïs et de blé. Son grand-père, originaire de Suède, et son père se relayaient pour labourer avec les chevaux, hommes et bêtes trempés de sueur. Le dimanche, ils jouaient au pinocle, buvaient du whisky et du café avec du sucre. Il lisait allongé par terre pour pouvoir jeter un coup d'œil sous la jupe de sa jeune tante quand c'était possible ; cet amour ne devait jamais le quitter.

Ils habitaient une petite ville de mille cinq cents âmes, dans une grande maison qui coûtait trois mille cinq cents dollars. Il faisait pipi au lit et sa jambe gauche était souvent douloureuse à cause d'une légère malformation. Son père était un agent agricole qui voyageait dans tout le comté pour conseiller les paysans. Maintenant ils étaient cinq : John, James, Judith, Mary et David, les deux derniers étant arrivés avec moins de dix mois d'écart entre eux. Il vivait dans la crainte perpétuelle que le poêle à bois ne tombe en panne alors qu'il gelait à pierre fendre en hiver. Une fois par semaine il allait au cinéma et à la bibliothèque de la ville. Cette fréquentation de la bibliothèque et du cinéma le convainquit du fait que tout le monde était une histoire. Par exemple, il savait que son grand-oncle Nelse, qui habitait une cabane au fond de la forêt, avait connu une déception amoureuse quarante ans plus tôt. Le jus de tabac lui coulait sur le menton à travers le chaume de ses longues rouflaquettes. Il avait une boîte de conserve pleine de pièces de monnaie suédoises et un Victrola à manivelle sur lequel il jouait les morceaux pour violon de Fritz Kreisler. Nelse leur servait des plats aussi incongrus que de la queue de castor et du rat musqué frit. Il adorait le whisky et se baignait rarement.

Il savait que sa propre histoire était brève : un garçon qui avait perdu son œil gauche à cause d'une fille sur un terrain vague situé derrière l'hôpital municipal, près d'un tas de mâchefer. L'arme était un fragment de gobelet. D'habitude heureux, sauf quand on lui retira sa chienne Penny, devenue trop agressive, pour le bien même du garçon. Il aimait la pêche, les vaches et les cochons. Ce n'était pas une longue histoire pour laquelle on avait besoin d'un costume, d'un chapeau et d'un rythme enlevé comme Cary Grant à New York ; il était inutile d'apprendre à danser sur des chaises comme Al Jolson, de découvrir d'antiques temples mayas à la manière de Richard Halliburton, de combattre dans le Pacifique comme les frères de son père, Walter et Artie ; d'ailleurs, la Seconde Guerre mondiale venait de se terminer et il n'avait pas participé aux batailles.

Son père avait creusé un pipeline pendant deux ans, vivant sous la tente même en hiver, afin de financer ses cours au Michigan Agricultural College. Sa mère fréquenta l'école normale du comté durant un an et enseigna avant de se marier. Pour finir le lycée, elle avait travaillé comme serveuse à Big Rapids, tout comme ses sœurs Grace, Inez et Evelyn. Mais ces récits n'étaient pas aussi intéressants que celui de grand-père John qui débarqua de Suède avec ses frères dans les années 1880 et qui prit le train pour le Wyoming afin d'y devenir cow-boy. De l'autre côté de la famille, grand-père Arthur avait été bûcheron et il avait descendu d'énormes fleuves sur des trains de billes de bois géantes ; sa femme Mandy était liée aux mennonites suisses aujourd'hui installés comme paysans près d'Ithaca, dans le sud de l'État du Michigan. Quand sa famille partait là-bas en visite, il restait parfois assis dans la voiture pour écouter les matches des Detroit Tigers diffusés par la radio. Comme les mennonites n'avaient pas le droit de posséder de poste de radio, leurs gamins s'agglutinaient autour des fenêtres ouvertes de la voiture pour écouter. Parfois, il mettait une station musicale et les gamins reculaient alors d'un pas agacé.

Dans le fenil de la grange il cachait les pages déchirées dans un vieux catalogue Montgomery Ward, où l'on voyait des publicités de gaines pour femmes, mais ces pages n'étaient pas entièrement satisfaisantes car les images étaient coupées à hauteur de la taille et puis les modèles n'étaient peut-être pas de vraies femmes, mais des mannequins. Il avait déchiré une meilleure image dans *La Ménagère idéale*, où l'on voyait une femme en sous-vêtements utiliser une poudre particulière pour calmer quelque irritation.

L'église et l'école du dimanche étaient troublantes. Il aimait une fille qu'il avait rencontrée à la foire. Elle boitait, car sa jument lui avait marché sur le pied. Cette jument remporta la cinquième place du concours d'hygiène agricole. Cette fille était prognathe et avait les mains moites. Elle riait en ôtant la barbe à papa de son nez. Après la foire, il imagina qu'ils nageaient ensemble et nus pour traverser un grand fleuve turbulent. Elle commençait à se noyer et elle se serrait fortement contre lui. Il était bon nageur, il lui sauvait la vie. Un jour, il la vit un instant dans la rue alors qu'il roulait avec son père vers Evart ; c'était la fin août, avant l'école. Elle s'appelait Emily, elle portait une robe verte. Elle avait les jambes brunes et elle sentait le savon Ivory. Ses lunettes avaient du ruban adhésif enroulé autour du pont. En septembre il lut dans l'*Osceola County Herald* qu'elle était installée sur le plateau d'un pick-up avec ses frères et sœurs, quand son père donna un coup de volant pour éviter un chevreuil. Elle fut éjectée du véhicule, sa tête percuta un arbre et Emily fut tuée sur le coup. À l'église, il eut le sentiment que ses fantasmes lubriques de natation expliquaient peut-être ce drame. Il y repensa, assis sur le siège rouillé d'une moissonneuse, près de l'étang où dans les buissons de mûres il y avait la présence indéniable d'ossements de vache. Il était chrétien, il regardait le ciel en quête de réponses. En novembre, mois où l'on tue le cochon, il pensait toujours à Emily, à la rapidité avec laquelle l'avenir nous abandonne sans prévenir quand le cochon a la gorge tranchée et qu'une tache de sang circulaire nous macule le pied. Il avait bien connu ce cochon, surnommé Harry à cause du Président Truman. Un gamin de sa classe était mort en juin, quand l'école avait fermé ses portes. Il avait des problèmes cardiaques, son visage virait parfois au pourpre, il avait du mal à monter l'escalier. Il pensa à ce camarade mort tout en ramassant les parasites des pommes de terre pour vingt-cinq cents la matinée de travail, lâchant sans pitié ces parasites dans une boîte de conserve où il avait versé un peu de kérosène pour les tuer.

On l'envoie souvent à la ferme à cause de ses bêtises. Assis à la table de la cuisine, il attend l'aube avec les vieux John et Hulda qui ne peuvent pas s'empêcher de se lever à cinq heures du matin. D'abord, dans la grange ils nourrissent les vaches et les chevaux de trait, ils traient les vaches, puis ils reviennent à la cuisine pour tourner la manivelle du séparateur de crème, qui le fatigue rapidement. Au petit déjeuner il mange des Wheaties avec une crème épaisse, des œufs, des saucisses conservées dans leur graisse à l'intérieur d'un énorme pot de terre ; il a seulement envie de manger la queue des harengs marinés, avec du pain de seigle et du beurre que Hulda fabrique dans une baratte avec toute la crème superflue. Les veaux boivent des seaux de lait écrémé. Au salon, la grand-tante Anna écoute une station de radio de Chicago en grattant son psoriasis. À l'instar de Nelse elle a eu une déception amoureuse dans sa jeunesse et elle ne s'est jamais mariée. Elle a travaillé pendant des années en tant que domestique dans une grande demeure de Chicago. Des cambrioleurs arrivèrent et enfermèrent toute la famille à la cave pendant un jour et une nuit. Comme il n'y avait rien à manger, ils burent du vin d'importation. Elle a fait des économies, qu'elle prête aux membres de la famille dans le besoin. Quand elle écoute la radio, elle règle le volume tellement bas que personne ne peut l'entendre sauf elle. Grand-papa a du jaune d'œuf sur le menton et Hulda le lui essuie. Il roule si vite dans sa Ford Model A, zigzaguant d'un bord à l'autre de la route gravillonnée, que la famille est certaine qu'il va finir par se tuer. Soudain c'est l'aube et le garçon aperçoit les empreintes de ses pas devant la fenêtre ; il comprend, à la taille de ces empreintes, qu'il est encore tout petit. Hulda sourit à cause de la lumière jaune sur le givre blanc et du coq bruyant qui se pavane dans la cour de la ferme en allongeant le cou.

Tout était déroutant, sauf quand il marchait, nageait ou pêchait. En hiver, il descendait les pentes des collines sur de vieux skis de bois, puis il remontait à pied. Le printemps était merveilleux, surtout le premier jour de la pêche à la truite qui arrivait fin avril. Le soir, ils disposaient le matériel de son père sur la table de la cuisine pour examiner les mouches sèches et les mouches humides, les *spinners* qu'on utilisait dans les eaux troubles, les bas de ligne en catgut dans leurs paquets huilés, les douzaines de leurres compliqués pour la pêche à la perche.

Il se promenait dans les bois avec sa petite amie et la tante handicapée mentale de cette dernière les suivait toujours, une énorme femme prénommée Josephine, incapable de parler mais qui émettait énormément de bruits variés qui, selon Mary, constituaient une langue à part entière, un peu comme une langue animale. Ils cherchaient des morilles et mangeaient des poireaux sauvages jusqu'à avoir les yeux pleins de larmes. Il emportait un paquet de cartes Audubon qui leur permettaient d'identifier les oiseaux qu'ils rencontraient. Parfois ils couraient pour s'éloigner de Josephine, puis ils s'arrêtaient afin de s'embrasser avec passion. Quand son zizi durcissait dans son pantalon, Mary le pinçait entre le pouce et l'index pour le ramener à sa taille ordinaire. La mère de Mary, qui était infirmière, lui avait appris ce truc pour remettre à leur place les garçons trop entreprenants.

Vers cette époque, alors qu'il avait une dizaine d'années, il dépensa presque toutes ses économies pour s'acheter une chemise jaune très chère dotée d'une fermeture éclair en diagonale. Cette chemise, qui coûtait six dollars, devait lui transmettre les pouvoirs secrets de Dave Dawson, personnage imaginaire et as de l'aviation pendant la Seconde Guerre mondiale, ou de Lew Wetzel, le colosse de la frontière imaginé par le romancier Zane Grey, et qui sauvait Betty Zane des Indiens. Le miroir lui assurait néanmoins que cette chemise ne supprimait pas magiquement la mèche hirsute sur le front, les cheveux qui se dressaient tout droit sur la nuque, ni l'œil aveugle et laiteux qui s'obstinait à regarder sur le côté.

La vie l'avait poussé à croire que dehors valait mieux que dedans, si bien qu'il ne lut quasiment pas jusqu'à la classe de CE2. Leur vieille maison énorme avait de nombreuses sorties, une porte de garage en entresol, une porte de cave inclinée, une porte de devant et une autre par-derrière, la fenêtre au-dessus du toit de la véranda qui permettait de descendre le long des frêles belles-de-jour treillissées, la grande corde trouvée par son frère John dans la cour d'un ancien magasin de fournitures pour chantiers. Apprendre à s'échapper fut pour lui l'un des premiers impératifs vitaux. Le livre le plus important de sa jeune existence s'intitulait *Deux petits sauvages*. Il prétendait apprendre aux gamins blancs à atteindre la liberté en se comportant comme des Indiens. Après avoir étudié ce livre offert par son père, il n'eut plus la moindre envie de devenir cow-boy.

Les connaissances arrivaient par fragments, mais ne s'unifiaient pas aisément en un tout cohérent. L'existence d'un jeune se résume parfois à un rêve timide qui inclut ces mêmes événements incontrôlables figurant dans tous les rêves. Dans une certaine mesure nous sommes l'endroit où nous vivons, après quoi les lectures et la radio distendent l'espace en lui ajoutant des milliers de points d'interrogation. On étudie des noms de lieux sur la mappemonde, sur les cartes dépliées au milieu de la table de la cuisine ou punaisées aux murs de l'école. Les filles du CE2 chantaient *Salue bien Broadway de ma part* sans avoir la moindre idée de ce qu'est Broadway, et lors du programme *Manhattan Merry-Go-Round* du dimanche soir il y avait une chanson qui utilisait comme arrière-fond sonore la cacophonie de centaines de klaxons déchaînés. Dans la partie nord du Michigan, les automobilistes se servaient rarement de leur klaxon, à l'exception notable de la fin de la Seconde Guerre mondiale quand, durant toute une journée et une nuit les gens se promenèrent dans les rues en parlant très fort ou conduisirent en klaxonnant à qui mieux mieux, firent des feux de camp en pleine ville pour cuire de la viande au barbecue, tout en buvant de la bière et du whisky. Le lendemain matin, son frère John et lui marchèrent jusqu'à une cabane de la WPA[1], burent des sodas et mangèrent des saucisses de Francfort avec deux vieux types qui vivaient là depuis le début de la Grande Dépression. L'un de ces vieillards, Frank, avait vu à la fois les océans Atlantique et Pacifique. Un autre vieux connu sous le sobriquet de Dumby (« Gros Bêta ») est passé. Dumby avait respiré du gaz moutarde durant la Première Guerre mondiale et il était désormais incapable d'aligner deux pensées d'affilée. La guerre avait été synonyme de terreur générale et, lorsque ses oncles Walter et Artie revinrent du Pacifique où ils avaient servi dans la marine, on organisa une grande fête dans la maison de famille près

1. WPA : Work Projects Administration, agence fédérale chargée de mettre en œuvre et d'administrer des travaux publics destinés à diminuer le chômage aux États-Unis à la fin des années trente et au début des années quarante. (*N.d.T.*)

d'un village minuscule nommé Paris, à une dizaine de kilomètres de Reed City. Les deux oncles étaient très amaigris, ils avaient les yeux enfoncés dans leurs orbites, mais ils débordaient de joie. Quand ils vinrent au chalet pour pêcher et boire de la bière, il se promena avec eux pendant des heures sans qu'ils disent grand-chose. Artie s'était fait ôter quelques mètres d'intestins et cette seule idée rappelait au garçon le jour où l'on avait tué le cochon.

Les histoires rassemblaient ses pensées à un endroit précis, même si ses pensées demeuraient confuses. Sa mère disait de sa propre famille : « Nous n'étions pas pauvres, simplement nous n'avions pas d'argent. »

En réalité, cela revenait à dire que la pauvreté c'était de ne pas avoir assez à manger. De temps à autre, ils devaient acheter de la farine, du sel, du café et un peu de whisky. Dehors, près de l'étang situé derrière la grange, se trouvait une pompe à main et vers le milieu de l'été, quand l'étang était presque à sec, les cinq sœurs se relayaient à la pompe jusqu'à ce que l'étang soit assez rempli pour les vaches et les chevaux qui buvaient d'énormes quantités d'eau dès qu'il faisait chaud. Il n'arrivait pas à imaginer les cinq sœurs se relayant ainsi, car au chalet la pompe à main restait sous sa coupe et il fallait l'actionner cent dix fois avant de voir l'eau jaillir dans le seau. Les cinq sœurs lançaient aussi le foin sur la charrette puis dans le fenil, elles aidaient à entretenir le jardin, elles nourrissaient les poules et les cochons, elles fabriquaient leurs propres robes dans le beau tissu vichy des sacs de farine.

Quand la famille était en ville, il aimait travailler toute la matinée dans l'énorme jardin en échange de vingt-cinq cents qui lui permettaient de s'offrir la séance de cinéma du samedi après-midi plus une boisson chocolatée au drugstore. Il croyait à tort que l'économie était foncièrement cruelle. En effet, quand il vit son certificat de naissance dans un livre de souvenirs, sa mère déclara que la naissance et le séjour à l'hôpital de Grayling avaient coûté trente-cinq dollars, ce qu'il interpréta comme un prix d'admission, si bien que personne ne pouvait naître si l'on n'avait pas trente-cinq dollars.

Le samedi matin, pendant tout l'hiver, ils allaient à la bibliothèque publique. Son père avait une culture très diversifiée, presque incohérente, il était le seul membre de la famille à avoir fréquenté l'université. Un matin, dans le jardin, son père cita Wordsworth : « L'enfant est le père de l'homme. »

Autrement dit, si l'on n'apprenait pas à travailler dans sa jeunesse, alors on devenait « un vaurien et un vrai fils de pute ».

Il désespérait d'acquérir un jour la connaissance de la nature qu'avait son père, capable de nommer chaque plante et chaque arbre ; mais son père disait que les noms viendraient plus tard, quand il connaîtrait parfaitement la terre. Curieusement, il était certain de pouvoir un jour parler aux ours comme il parlait aux cochons, aux vaches et aux chevaux. Et puis il avait devant lui le temps inimaginable d'une vie entière pour découvrir tous les endroits du globe, du moins le lui assurait-on.

Quand il eut douze ans, sa famille déménagea vers le sud où son père trouva un emploi afin de se rapprocher d'une université pour les cinq enfants. Ce fut une rupture dramatique, comme le sont souvent de tels déménagements pour les jeunes. Son père insista sur le fait que ce changement leur serait profitable à tous, car le monde quelque peu édénique qu'ils avaient connu jusque-là les préparait mal aux dures réalités de la vie. C'était peut-être vrai, pensa-t-il, mais dans ce nouvel endroit il n'y avait pas de truites à pêcher ni de forêt sauvage où se promener. Il y avait certes des parcelles boisées un peu partout autour des fermes voisines, mais à peine était-on entré dans une de ces parcelles qu'on en voyait la fin. Même les serpents étaient différents ; quant aux grouses à collerette et aux bécasses, elles étaient remplacées par des faisans aux couleurs criardes. Par chance, leur nouveau foyer se trouvait à proximité d'un marais et de petits bois pleins d'oiseaux. Un ami et lui construisirent une modeste hutte, et à l'intérieur de cette hutte ils enfouirent sous la terre une boîte métallique où ils gardaient la photo d'une femme nue.

Il devint un athlète médiocre quoique zélé, et il lut. Ils rejoignaient en voiture la bibliothèque d'East Lansing, située à une dizaine de kilomètres de leur maison, un bâtiment énorme comparé à Haslett. Cet endroit le stupéfia et le ravit, mais il découvrit avec encore plus de bonheur que le nouvel emploi de son père lui donnait libre accès à la bibliothèque universitaire, laquelle abritait presque tous les livres disponibles sur la planète. La fin de la pêche et des balades en forêt le faisait encore souffrir, mais les livres constituaient la seule compensation valable à cette perte. Il découvrit qu'on entre dans les livres, dans certains tableaux, dans certains morceaux de musique, et qu'on ne les quitte jamais tout à fait. Quand on a quatorze ans et qu'on écoute Beethoven ou Grieg, Berlioz ou Mozart, on est emporté loin au-dessus des banalités du lycée agricole de Haslett, au moins pour quelques heures. Quand on lit les romans historiques de Harvey Allen et de Walter Edmonds, la fiction d'Erskine Caldwell et toute l'œuvre de Sherwood Anderson, l'écrivain préféré de son père, le monde s'agrandit avant de rétrécir de nouveau lorsqu'il faut franchir la porte de l'école ; et puis les petits livres d'art publiés par Skira et vendus un dollar pièce augmentaient considérablement cet enchantement, surtout ceux consacrés à Gauguin et à Modigliani. Ces grands artistes non seulement étaient des hommes courageux, mais ils avaient l'occasion de voir des femmes nues quand ils le voulaient. Par les samedis après-midi venteux, il pouvait lire en écoutant avec sa mère le Metropolitan Opera à la radio, ce qui ne l'empêchait pas de se bagarrer à coups de poing sur le terrain de football, de voler de l'alcool avec des copains, ou d'essayer de glisser les mains sous la taille, cette Grande Muraille de Chine, de sa petite amie la chef de bans, une fille incroyablement tonique qui était aussi très jolie. La cuisse entrevue d'une fille ordinaire pouvait anéantir un cours de géométrie, le trapèze invisible niché entre ses cuisses.

On se réveille seulement par à-coups du sommeil limité de la jeunesse, cette transe perplexe d'hormones et d'études, de lectures et de rêveries. La solution la plus facile au problème posé par cette inquiétude semble être géographique, mais toute fuite à vélo est condamnée d'avance. On est presque assez malin pour comprendre que c'est prématuré, que son esprit n'arrive toujours pas à admettre ce déplacement du nord vers le sud, presque trois cents kilomètres ; ainsi, lorsqu'il retourne dans le nord en visite, une boule grossit dans sa gorge et refuse d'en partir, mais déjà la vie dans le nord semble un peu trop fruste, elle manque de livres, le lac est une autre version de Mozart, mais le garçon a désormais besoin des deux.

Des années avant ce funeste déménagement, il était déjà bouleversé à l'idée de partir. Au dîner, il regardait sa famille au bonheur déraisonnable : Winfield Sprague, Norma Olivia, et les enfants John Arthur, Judith Ellen, Mary Louise, David Sprague, et puis lui-même. Comment pourrait-il les quitter pour un avenir incertain au Tibet ou en Mongolie, ou bien en Amérique centrale où il camperait parmi les ruines mayas et aztèques, peut-être en Russie où il rejoindrait les cosaques et s'occuperait de troupeaux réunissant des milliers de chevaux à l'odeur plus agréable que celle des humains, ou bien dans les combles d'un château français, ou en Écosse pour chasser la grouse, ou sans doute en Argentine pour pêcher, ou en Angleterre où il s'arrêterait afin de visiter l'endroit où Keats avait vécu, sa passion à quatorze ans, ou encore il irait en Suisse ou bien en Suède et il y épouserait une cousine éloignée nommée Bothilda, Bengta, Astrid, Inga, Karolina, Lillie ou Emilee ?

L'endroit où il se trouvait pour l'instant n'était manifestement pas le bon, d'autres lieux l'aideraient à devenir ce qu'il souhaitait être. Il se demanda à partir de quel moment une vie devient une vie bien remplie, semblable à celle des personnages de ses livres, au-delà du dénominateur commun, du simple fait biologique. Il savait qu'il ne pourrait pas devenir l'un parmi les centaines de ses héros littéraires, ou des vrais peintres, poètes, musiciens qu'il admirait. Ils avaient déjà accompli leur existence en publiant des livres et en marquant l'histoire : lui-même devrait se battre pour remplir le vide de son propre avenir.

Il se demanda si au fond tout le monde n'avait pas un peu peur du noir. À quinze ans, la littérature, l'art et la musique cessèrent de lui apporter leurs certitudes, ils devinrent une performance solo qui avait besoin du soutien d'un chœur, et il fut très violemment évangélique durant une année, une passion aussi effrayante que la lecture de Dostoïevski ; les incessantes ruminations de la Bible et les heures de prières quotidiennes le faisaient macérer dans le sacré, mais aussi parmi les démons. Le corps féminin était le terroriste de l'âme. À l'aube, l'horizon lugubre était caché par l'ourlet de la robe d'Isaïe, une pièce de tissu longue de cinq kilomètres et qui englobait la grange, un champ de blé et le marais. Les craquètements matinaux des faisans étaient la voix d'une jeune rouquine lors du concours d'érudition biblique. L'entraîneur de football le fit allonger sur un tapis de judo quand il se mit à saigner du nez sans discontinuer : il souffrait de fractures multiples des os du visage. Pendant des semaines, il porta un masque en aluminium fixé par du ruban adhésif. Sur le tapis de judo il humait l'odeur de son propre sang tout en reluquant les pom-pom girls en short qui répétaient leur numéro. Jésus ne faisait pas le poids contre leurs jambes toutes brillantes de sueur.

« Ça va, Jimmy ? » demanda l'une des jumelles, June et Jean. Impossible de savoir laquelle, tant ses oreilles sonnaient, et puis la pudeur l'obligeait à fermer les yeux, mais la tentation était trop forte et il les rouvrait. Ces jambes lisses, beige clair, qui se rejoignaient au nid, en ce lieu si adorable en comparaison des zizis tièdes et gonflés des garçons, de leurs corps puants dans les vestiaires, des serviettes croûteuses et des suspensoirs gris, des liniments gras, ces garçons qui se pissaient dessus sous la douche. Il aperçut la protubérance conique du sein gauche et le mamelon rose de sa petite amie, bien au chaud sous le chandail bleu pâle à encolure en V. Les jambes de cette fille dégageaient aussi de la chaleur. Nous sommes des poêles, pensa-t-il.

Il quitta Haslett, un endroit banal mais non dépourvu de charme, en compagnie d'un missionnaire qui le conduisit vers le sud pour rendre visite à des officiers chrétiens de la base militaire de Fort Benning, en Géorgie. Il avait rarement mangé au restaurant, peut-être un hamburger avalé en vitesse, mais ce missionnaire était un très gros homme et ils faisaient de nombreux arrêts. À sa grande surprise, rien n'avait très bon goût, hormis le porc grillé au barbecue, dans le Tennessee. L'homme conduisait vite et le mettait en garde contre la sexualité en disant :

« Garde-toi pour le mariage.

— Ça n'est pas trop difficile à Haslett », répondit-il en blaguant.

Le missionnaire rétorqua que la sexualité était un sujet trop sérieux pour qu'on en rît, ce qui ne l'empêcha pas de pouffer à part soi. « Les femmes risquent de t'égarer », mais il se demanda où il se trouvait au juste et où il risquait de s'égarer.

Le lycée constituait une activité aléatoire. Il devint délégué de sa classe, puis délégué de tous les élèves au conseil pédagogique, avant de renoncer à toutes ces responsabilités. La religion qui s'était emparée de son âme reflua bientôt. Désirait-il seulement être missionnaire afin de rejoindre le cœur de la sombre Afrique ? Désirait-il autant prêcher l'Évangile qu'il avait envie de voir une chef de bans nue, ou même d'écrire un poème comparable aux chefs-d'œuvre de Keats ?

Durant son seizième été il prit le car pour le Colorado, croyant rencontrer peut-être là-bas une fille aussi adorable que celle entrevue au Berea College, en rentrant de la Géorgie. Elle parlait avec un accent chantant des Appalaches et elle ébouriffa ses cheveux enduits de gomina, avant de regarder sa propre main et d'éclater de rire. Dans le Colorado, il travailla dans un hôtel et apprit à boire de la bière avec des étudiantes qui se laissaient peloter mais s'arrêtaient juste avant le grand saut final, ce que ces mêmes étudiantes appelaient « ne pas aller jusqu'au bout », une chose qu'elles réservaient au jour où elles se laisseraient enfin « épingler » en recevant le badge universitaire d'un étudiant.

Il avait glissé dans son sac une bible Schofield reliée en cuir en guise de position de repli, *Absalon ! Absalon !* de Faulkner et *Un portrait de l'artiste en jeune homme* de Joyce, ces trois livres témoignant d'une schizophrénie tout sauf modeste. Les montagnes fournirent une note apaisante. Par une aube limpide de la fin mai, en arrivant à Denver, il regarda en clignant des yeux ses premières montagnes, si impressionnantes pour un habitant des terres plates qu'il sentit son ventre se crisper et qu'il en oublia de respirer. Dès qu'il avait un moment de libre, il partait dans les montagnes qui se trouvaient juste derrière le dortoir des employés. Contrairement aux forêts denses du Nord-Michigan, il ne pouvait pas se perdre dans le parc national des montagnes Rocheuses. Il grimpait pendant quelques heures, puis il faisait demi-tour, en zigzaguant entre des blocs de rocs qui ressemblaient de manière saisissante à ceux des westerns. Un cow-boy responsable des chevaux de la station touristique lui montra un entrelacs de traces de couguars et d'ours près d'un point d'eau. Il participa à des courses de chevaux qui dépassaient de beaucoup ses compétences de cavalier, avec un cow-boy et un grouillot originaire du Nouveau-Mexique. Il participa aussi à plusieurs bagarres, il but beaucoup de bière, et le grouillot le présenta à une serveuse, une étudiante de Saint Louis, qui résolut le problème de sa virginité, pas très plaisamment, pensa-t-il tout seul après minuit, car cette expérience ne ressemblait en rien aux descriptions romantiques d'Emily Brontë. Naturellement, il pria pour demander pardon ; mais il aurait mieux fait de prendre d'abord une douche, car une trace du parfum de lilas le refit bander.

Retrouver sa classe de première dans le Michigan fut émotionnellement inacceptable. Les matches de football devinrent encore plus violents et il fut soulagé d'en voir la fin. Par bonheur il avait hérité d'une partie du tempérament de son père, si bien que sa mélancolie devint plus artificielle et littéraire. Partout, des histoires incluaient la sienne propre. Son père le ramenait en permanence vers le monde réel. Il lui avait acheté une machine à écrire d'occasion à vingt dollars pour qu'il devienne écrivain, mais il lui dit qu'il devait d'abord « connaître le vaste monde », sinon il ne pourrait écrire sur rien d'autre que sur lui-même. Il effectuait des tâches manuelles durant le week-end et dès que c'était possible, car la lecture et l'écriture étaient plus douces quand le corps était épuisé. Lorsqu'on lit les œuvres de Sherwood Anderson et d'Erskine Caldwell, on constate rapidement qu'ils ont rencontré des centaines de gens différents, surtout des pauvres mais aussi quelques riches.

Il mourait d'envie de partir à la découverte du monde et la solution évidente avait un nom, New York, une ville où il se rendit dans une Ford 49 où l'on avait chargé une boîte de vitesses de secours. Ce voyage eut lieu juste avant son année de terminale au lycée. Curieusement, il fut davantage marqué par le concert de musique de chambre gratuit qui eut lieu un soir dans le parc de Washington Square que par la prostituée de la Huitième Rue avec qui il coucha. De toute évidence, on pouvait se sentir chez soi ici, car un vrai chez-soi n'est rien d'autre que l'habitat de l'âme. Ils marchèrent de l'East River jusqu'à l'Hudson, et au Metropolitan Museum ils prirent vraiment conscience du fait que les tableaux n'étaient pas des vignettes, des cartes postales ni des timbres-poste reproduits dans des livres d'art. À dater de ce jour, il pensa à Gauguin comme au Grand Gauguin.

Durant son année de terminale la question majeure fut celle du suicide, qui se transforma en un combat : fallait-il rester à l'intérieur de sa tête ou affronter le monde ? Il faillit bien perdre ce combat pendant deux semaines passées à l'hôpital, quand ses deux yeux restèrent recouverts après une opération ratée. Selon la courbe de l'évolution, c'est la douleur qui est la plus mémorable. En définitive, ce fut la voix mélodieuse d'une infirmière qui le sauva. En une seule autre occasion il ressentit la tentation du suicide, durant le voyage en train des trente élèves de sa classe de terminale vers New York. Quand ils s'arrêtèrent aux chutes du Niagara et traversèrent un pont vers le côté canadien pour se saouler, le fleuve turbulent situé très loin en contrebas exerça sur lui une incroyable séduction, si bien que son corps devint tout chaud et mou. Un ami remarqua ce malaise et le traîna vers la bière, la conclusion de cet épisode arrivant au Square Theatre de Greenwich Village où il eut la chance de voir la pièce d'Eugene O'Neill intitulée *Le marchand de glace est passé* et de comprendre qu'il existe tout un univers à décrire, que chaque écrivain voit à sa manière.

La souffrance consécutive à son échec comme peintre autodidacte disparut lentement, toutes ces journées passées dans sa chambre du grenier à essayer de copier les maîtres anciens avec des tubes de caséine qui lui avaient coûté une bonne centaine de dollars. Le seul piège qu'il ne repéra pas et qui concernait toute sa famille, c'était le fait que l'alcool sous n'importe quelle forme lui remontait le moral. Chez ses oncles Arthur et Walter, l'ébriété était compréhensible, car ils semblaient incapables de récupérer après la Seconde Guerre mondiale. Son père buvait occasionnellement et avec une grande circonspection, il lui avait dit en blaguant que seule l'eau ne présentait aucun risque, un conseil dont il ne tint pas compte, à ses propres risques.

Le petit volume de William James, publié par la Modern Library, lui apporta un grand soulagement (contrairement au Modern Library Giant consacré à Schopenhauer, et à la *Critique de la raison pure* de Kant qui ne contenait pas une seule phrase réconfortante). James lui apprit les tours que jouaient l'esprit humain et son fondement biologique. Peut-être que c'était finalement un avantage d'appartenir à une famille de paysans et de savoir que, même lorsqu'on était plongé dans *Ou bien. . ou bien...* de Kierkegaard, on restait avant tout un mammifère. Kierkegaard fut l'un de ses auteurs préférés pendant l'été de ses dix-huit ans en 1956, tout comme le Dostoïevski des *Possédés* et de *Mémoires écrits dans un souterrain.* Ce n'étaient certes pas des facteurs d'équilibre mental quand il lavait des voitures sur un parking de voitures d'occasion. Quelques mois plus tôt, l'opération de l'œil avait englouti tout l'argent mis de côté en vue de passer six mois à New York (environ mille deux cents dollars) ou de faire un voyage en France pour voir où son nouveau héros Rimbaud avait vécu.

Peut-être fut-ce aussi son œil qui le sauva. Bien sûr il avait échoué comme peintre, mais il n'en demeurait pas moins un peintre qui ne peignait pas. Où qu'il regardât, il schématisait la réalité en rectangles ou en carrés qui aboutissaient à une sorte de peinture mentale, là où l'accumulation de formes indépendantes aurait sinon été incompréhensible. Son esprit pour l'essentiel inculte et relativement sauvage développait toutes sortes de théories naïves. L'art existait, il suffisait de le révéler sous une forme saisissante. Les histoires se trouvaient partout, à demi enfouies. Il croyait que son esprit recelait de nombreux pays ; quand l'un de ces pays spirituels avait été sillonné de long en large, alors il suffisait de passer au suivant. Tous les êtres vivant sur terre avaient une voix et un aspect différents et, malgré les commentaires plus ou moins blagueurs de ses amis, toutes les filles semblaient nettement différentes les unes des autres, contrairement aux garçons. Quand un professeur de la classe de troisième, Mme Bernice Smith, leur avait dit de lire Walt Whitman et Willa Cather, sa lecture de *Feuilles d'herbe* et de *Mon Antonia* avait été influencée par les deux jours qu'il passa avec son frère John à aider un paysan à nettoyer plusieurs enclos de gorets au tarif de cinquante cents l'heure. Lorsqu'on se regardait nu dans le miroir, la ressemblance avec un animal dressé sur ses pattes arrière était frappante. Et lorsqu'on aidait à dépecer un chevreuil abattu, l'emplacement des organes internes vous rappelait le mannequin aux éléments mobiles du cours de biologie. Le fait d'appartenir à un tel milieu social engendrait un profond sentiment d'infériorité. Byron et Shelley étaient certes d'origine noble, mais il préférait l'œuvre de l'humble Keats. « La reine d'Angleterre chie, elle aussi », blaguait son père.

Son rapport de l'intérieur à l'extérieur était naturel, mais inconfortable. Il pouvait lire son Keats ou son Kierkegaard, puis vendredi soir après le match de football, complètement vanné, il allait manger un hamburger avec un lait chocolaté et des frites en compagnie de sa copine la chef de bans, avant de la peloter jusqu'à avoir le zizi tout rouge et douloureux, et les testicules en compote.

Son frère aîné John s'engagea dans la marine après une année ratée à l'université d'État du Michigan, la fac locale. Après cette période militaire marquée par la chance, John devait faire de brillantes études – « chance » car il était homme de barre et chargé des signaux (ce qui exigeait de l'intelligence) sur un escorteur de destroyer qui mouilla à Cuba, au Liban et en France au cours d'une seule année. Des cadeaux arrivèrent, dont le célèbre livre de Colin Wilson intitulé *The Outsider*, qui lui permit de sortir encore un peu plus de lui-même. John lui envoya aussi de France un canif de marque L'Aigle, qu'il renifla en espérant sentir l'odeur du pays de ses artistes révérés.

Il constata avec un léger étonnement que son travail sur le parking de voitures d'occasion en compagnie d'un jeune Noir prénommé Richard atténuait sa déprime due au fait qu'il ne pouvait plus partir pour New York, sans même parler de la France. Il fut très fier de remporter un concours de rapidité où il fallait monter et installer le plus vite possible quatre pneus neufs, un curieux sentiment de victoire compte tenu de ses habitudes livresques. Un soir, il se rendit chez son ami noir pour jouer au whist, un jeu dont ces gens ignoraient les origines britanniques. Ils mangèrent un délicieux bol de haricots au piment et du pain de maïs grillé dans le gras de bacon, comme le faisait autrefois sa grand-mère. Une belle Noire lui lança qu'il était un vrai con, mais d'une voix adorable.

Il savoura une autre victoire en balançant sa lentille artificielle à mille dollars dans le marais situé derrière chez lui. Cette lentille ne fonctionnait tout simplement pas. Il était censé être un garçon brillant, on le lui avait assuré, mais il ne se sentait jamais brillant. Les lectures d'Emmanuel Kant, ou même de Reinhold Niebuhr, l'humiliaient à cause de son manque de compréhension. Le proviseur lui avait déclaré que les élèves vraiment intelligents suivaient la filière scientifique, mais lui-même ne s'était jamais senti attiré dans cette direction, en tout cas pas au-delà de la simple observation des oiseaux et des animaux. L'histoire des sciences paraissait bien plus intéressante que les sciences proprement dites. Son frère John lui avait acheté les œuvres complètes de Carl Jung, qui étaient fascinantes mais sans rapport réel avec la science. Et pendant tout ce temps, son imagination s'activait sans cesse, plongeant dans le moindre vide disponible afin de compenser la méchanceté ou encore la banalité de la vie quotidienne. En s'inspirant de lectures plus ou moins bien digérées, il s'était convaincu du fait que son cerveau ressemblait à la terre elle-même, par sa rondeur, par son activité fébrile et fascinante. Durant le cours de littérature de la classe de seconde, Bernice Smith leur avait lu Emily Dickinson, qui avait déclaré : « Le cerveau est simplement le poids de Dieu. »

Jamais il n'avait lu un vers aussi troublant. Bien sûr, il se palpa la tête, laquelle ne lui fournit aucun indice valable. Quand grand-mère Harrison préparait du fromage de tête grâce à la tête d'un gros cochon qu'il avait habilement coupée en deux, le cerveau du cochon ne lui faisait guère d'effet, même observé de près.

« C'est là qu'il réfléchit », avait déclaré son frère John en y enfonçant l'index.

L'odeur dégagée par l'intérieur de cette tête était plus douce que celle de la viande de porc habituelle. Et quand on connaissait le cochon en question, on s'interrogeait encore plus.

À la fin de l'été qui précéda son entrée à l'université, il partit en voiture vers le nord avec son père pour installer une plomberie intérieure dans la ferme de ses grands-parents. Hulda souffrait d'arthrose et les cinquante mètres séparant le corps de bâtiment principal des toilettes en plein air lui semblaient de plus en plus difficiles à parcourir au cœur de l'hiver. Tout à coup, du moins en eut-il l'impression, tout le monde vieillissait. À quatre-vingts ans, grand-papa John avait quitté l'hôpital en chemise de nuit par une nuit d'hiver, puis parcouru plus de vingt kilomètres à pied pour rentrer chez lui : c'était son premier séjour à l'hôpital, il y resta une nuit. (Hulda, qui devait vivre jusqu'à l'âge avancé de quatre-vingt-dix-sept ans, n'avait jamais passé une seule nuit à l'hôpital.) Il ne restait qu'une seule vache et des poulets, les cochons et les chevaux avaient disparu. Ils mirent seulement deux jours à transformer l'ancienne cabane de la pompe en salle d'eau. Chaque jour, son père et lui faisaient une pause, ils partaient en voiture vers un lac peu éloigné et y pêchaient un « pêle-mêle » d'ouïes-bleues et de perches pour le dîner. Ces poissons étaient toujours frits et mangés avec des concombres et des oignons dans de la crème aigre de fabrication maison, des tranches de tomates et un très consistant pain de seigle suédois.

Le second jour de pêche, ils parlèrent longuement. Son père n'était guère optimiste quant aux possibilités financières d'inscription à l'université. Peut-être le jeune homme ferait-il mieux d'étudier les eaux et forêts afin d'avoir un métier, jusqu'à ce que ses écrits lui rapportent assez d'argent. Assis dans cette barque qui prenait l'eau par le fond, il comprit qu'il brûlait beaucoup trop vite ses propres ponts. Il était beaucoup trop désireux de dépasser tout ce qu'il était déjà, mentalement et physiquement. Mais comment dévorer le monde quand on n'a pas d'argent ? Il constatait néanmoins avec un léger soulagement qu'il ne ressentait plus l'irrésistible appel du nord, qu'il ne se noyait plus dans la sentimentalité à cause de ses forêts perdues, de ses truites de rivière perdues, de la jeune Indienne qu'il s'était imaginé épouser dans une chambre secrète située derrière une cascade. La truite de quinze livres qu'il rêvait d'attraper à la mouche sèche, l'ours noir qui serait devenu son animal domestique... La nature profonde de sa vie imaginaire changea : devenir un cow-boy errant guidant un troupeau de chevaux volés à travers les pics enneigés des Carpates – ce rêve s'éloigna, tout comme cet autre où il était l'amant secret d'Ava Gardner sur une île du Pacifique Sud. Sa vie mentale entama un voyage de retour vers la terre, pour en définitive ne jamais la rejoindre. L'étude de l'histoire de l'art et de la langue française, ainsi que celle de la poésie et de la littérature défrichèrent de nouveaux territoires pour son imagination, si bien qu'il habitait volontiers une hutte de pierre dominant la Méditerranée, mais encore plus souvent une modeste chambre de bonne en compagnie d'au moins trois modèles vivants qui ressemblaient aux jeunes femmes peintes par Modigliani.

Lorsqu'il marchait dans les rues d'East Lansing, à une dizaine de kilomètres seulement de chez lui, mais très loin de New York, il avait au moins la consolation de rencontrer d'autres jeunes gens qui lisaient des livres et qui aimaient l'art, y compris les premières jeunes femmes autres que sa sœur Judith. Il traînait souvent dans les bâtiments préfabriqués datant de la Seconde Guerre mondiale, qui abritaient le département d'art jusqu'à ce qu'on prenne la décision d'en construire d'autres, un processus toujours très long. Dans les années 1950, alors qu'Eisenhower sombrait dans la sénilité, les étudiants d'art manifestaient une sorte de vitalité sauvage qui n'était guère partagée par les étudiants de littérature, dont la plupart envisageaient d'enseigner en lycée, tandis que ceux qui souhaitaient embrasser la carrière d'écrivain, une infime minorité, étaient saouls presque tous les jours de la semaine. Lors d'une conférence, il entendit un professeur juif de Brooklyn répondre sèchement à une question en disant qu'on ne pouvait pas envisager de devenir écrivain si l'on ne connaissait pas l'intégralité de la tradition littéraire occidentale, et si possible un peu de la tradition orientale. Son frère John, de retour de son service dans la marine, avait acheté les classiques Loeb, mais des traductions plus récentes d'Homère, d'Eschyle, d'Euripide, de Virgile et d'Horace étaient désormais disponibles, tout comme étaient disponibles des jeunes femmes qui buvaient et qui parlaient librement. Mais ces jeunes femmes, au bout de quelques jours, devinaient toute la profondeur de sa duplicité amoureuse. Une adorable et très sage étudiante de troisième cycle, dont il comprit trop tard qu'il était le simple jouet, lui déclara : « On dirait que tu entames chaque nouvelle journée comme si tu repartais de zéro, sauf pour la littérature. »

Il commença de comprendre pour de bon toute l'étendue de son instabilité. Un psychiatre, s'il en avait croisé un, lui aurait sans doute prescrit des médicaments. En deux brefs trimestres et grâce à des cours accélérés, il était devenu étudiant de deuxième année, mais sa capacité à accepter la réalité déclinait indéniablement. Ignorant le cursus universitaire, il lisait les poètes français, la revue bilingue, internationale et trimestrielle *Botteghe Oscure*, la *New World Writing*, mais ses auteurs préférés étaient les Russes et il appréciait particulièrement *Finnegans Wake* de Joyce, où il voyait un fabuleux paradigme du fonctionnement de l'esprit. C'est un livre où il se plongea à corps perdu. *Ulysse* était la vie sur terre, mais *Finnegans Wake* était un vaste océan nocturne où l'on trouvait de merveilleux endroits où nager. Joyce lui permit de retrouver son bon sens et de comprendre pourquoi il aimait tant les bâtiments préfabriqués du département d'art. Leur brouet subtil de peintures à l'huile sentait bon et devant chaque porte ouverte on apercevait des chevalets supportant des tableaux, souvent colorés avec une sauvagerie maladroite. Les professeurs et les étudiants y riaient à gorge déployée, contrairement aux étudiants en littérature, et lors des fêtes la musique était très forte et tout le monde dansait au lieu de rester assis à parler de Jean-Paul Sartre. Le département d'art était un jardin de fleurs sauvages dans le Middle West feutré et immuable du Sud-Michigan, avec ses champs de maïs, ses usines automobiles, ses paysages absurdement plats où le champ de vision embrassait toujours la même monotonie. Les bâtiments de l'université formaient une caserne de la torture mentale aux murs peints en beige ou en vert pâle, aux sols couverts d'un dallage en plastique brun. Sans le gardien amical qui détenait les clefs du département d'horticulture, le campus aurait été insupportable.

C'était son *hubris* ordinaire, mais il se mit à lire des textes de psychanalyse pour découvrir ce qui clochait dans le fonctionnement de son esprit. Après son flirt lycéen avec les écrits de William James, il poursuivit avec Freud, Rank, Karen Horney et Jung. Un petit détour par Nietzsche ne renforça pas son équilibre mental déjà précaire. Qui aurait envie de devenir funambule ? Mais on ne choisit pas sa vocation, c'est elle qui vous choisit. Trop souvent, l'évolution de son esprit lui faisait l'effet d'une fatalité et il avait l'impression d'être un fétu de paille autodidacte ballotté çà et là par les livres.

Quand il annonça plusieurs fois à ses amis bohèmes qu'il comptait s'installer à New York pour y devenir poète, ils furent atterrés par son péché d'orgueil, mais il avait aussi parlé brièvement de son projet aux peintres Abe Rattner et David Siqueiros, de passage au département d'art, lesquels peintres avaient aussitôt acquiescé à son projet. Il n'avait ni argent ni perspective, mais il était très heureux de sa décision, même si ce nouveau bonheur n'était pas dépourvu d'une certaine exaltation. Il embrassa chacun des membres de sa famille pour leur dire au revoir. Sa mère et ses sœurs pleuraient. Ses frères avaient la larme à l'œil. Au début d'une belle matinée d'avril, son père l'emmena en voiture jusqu'à la grand-route et il partit en auto-stop vers l'est avec une valise en carton épais, entourée d'une solide ficelle par son père, dans laquelle il y avait quelques vêtements, un paquet de petits gâteaux, sa machine à écrire à vingt dollars, quelques livres, la Bible en guise de porte-bonheur, Faulkner, Dostoïevski et Rimbaud. Ce n'était pas tout à fait le chant de la route, mais le cœur et l'esprit répétaient inlassablement sa proclamation d'émancipation et il repensait sans arrêt à la première période de sa vie au chalet, après une nuit passée dans les bois, enveloppé dans une couverture, ou bien sous une tente humide de pluie, marchant à l'aube, trempé jusqu'à la taille à cause des buissons et des fourrés, jusqu'à la ferme de Kilmer où il prenait un harnais dans la cabane et montait June, un mélange de cheval de course et de cheval de trait, au vaste dos noir et lisse, une jument douce même si l'on ne pouvait jamais l'empêcher de rejoindre les innombrables petits lacs et étangs inhabités de la région, vers lesquels elle s'élançait pour y nager en décrivant chaque fois un grand cercle, avant de poursuivre vers le nord et une zone de larges ravins, d'énormes souches de pins blancs, de fougères couvertes de rosée ou de pluie qui sentaient la sauge accompagnant la dinde de Thanksgiving.

Comme il l'avait espéré, New York l'attira dans ce qu'il croyait être la vie réelle. Un ami de l'université qui y séjournait pendant ses vacances de printemps l'aida à trouver une chambre sur Valentine Avenue, dans le Bronx, ce qu'il jugea très littéraire, car cette chambre se trouvait à quelques rues seulement du cottage tout proche de Grand Concourse où avait vécu Edgar Allan Poe. Il marcha pendant une semaine avant de décrocher un emploi à Marboro Books, dans la Quarante-deuxième Rue. Il marcha à partir du centre du Bronx jusqu'à Greenwich Village, ce qui lui prit presque une journée entière malgré son pas rapide. Il passa beaucoup de temps au bord de l'East River et de l'Hudson pour examiner leurs eaux, et il consacra deux jours pleins au musée d'Art moderne, dont le billet d'entrée coûtait seulement soixante-quinze cents, même si cette somme représentait presque son budget de nourriture quotidien. *Guernica* de Picasso et *Les Nymphéas* de Monet voisinaient dans deux salles séparées, et dans le jardin on pouvait savourer un café à côté de l'énorme sculpture d'une femme, réalisée par Maillol.

À la librairie, les autres employés sophistiqués trouvaient si bizarre qu'il habite le Bronx et passe autant de temps dans le train D qu'il déménagea pour s'installer sur MacDougal, près de Houston, où une chambre équipée d'une minuscule kitchenette coûtait dix dollars par semaine, ce qui n'était pas trop mal car il en gagnait trente-cinq. Il découvrit qu'il avait libre accès à la bibliothèque publique de New York, juste en face de son lieu de travail. Il apprit peu à peu que tous ses camarades de travail étaient homosexuels, tous sauf un jeune homme originaire du Kansas. Voyant peut-être en lui un simple d'esprit, tous ses collègues étaient gentils avec lui et ils lui indiquaient les concerts bon marché, George Shearing à Central Park, André Eglevsky ou Erik Bruhn qui dansaient au Lewisohn Stadium, et cela coûtait seulement cinquante cents, ou un concert de musique de chambre aux mystérieux Cloisters.

Il y avait dix mille jolies filles dont il avait envie de tomber amoureux, mais qui lui semblaient d'un abord très difficile. Celles qu'il préférait, d'ordinaire âgées d'une vingtaine ou d'une trentaine d'années, se montraient extrêmement distantes, comme si elles vivaient sur une autre planète. Elles s'exhibaient au Pandora's Box, un café de Sheridan Square, ou au Rienzi's sur MacDougal. Elles ressemblaient à des actrices françaises et parlaient très vite à leurs amies. Il tomba amoureux d'une jeune Juive à la peau très pâle et aux cheveux roux qui à l'automne devait entrer à Barnard grâce à une bourse.

Il remarqua que l'amour, le travail et la marche dévoraient tout le temps qu'il avait prévu de consacrer à la lecture et à l'écriture, mais il pensa alors : « J'accumule des souvenirs. » Se posa bientôt une question brûlante :

Comment pourrait-il devenir poète et romancier à dix-neuf ans s'il ne savait absolument pas par où commencer ? Il possédait un grand calepin jaune, mais au bout d'un mois la première page était seulement à moitié remplie. La vie des rues était infiniment plus intéressante que tout ce qui pouvait bien se passer dans sa tête. Il marchait tant et si loin qu'il mincit notablement. Lorsque son frère John lui envoya vingt dollars, il invita son amie juive dans un restaurant scandinave où ils mangèrent tellement de crevettes que tous deux vomirent dans Central Park, avant de se rouler dans l'herbe en riant. Elle s'installa à califourchon sur ses hanches et un flic qui passait là leur lança : « Changez de position ! »

Elle était si brillante et cultivée qu'il se sentait gêné quand ils se rendaient dans un musée parmi la demi-douzaine qu'ils fréquentaient, et qu'elle lui fournissait des détails précis sur la vie d'innombrables artistes, de Goya à Sheeler.

Il commença à se douter que c'était le plaisir qui le maintenait en vie. Par une matinée caniculaire, sur le trottoir de la Dixième Rue, il se figea pour écouter la musique de *Petrouchka* de Stravinsky, qui sortait par l'une des fenêtres ouvertes d'un immeuble. Les pauvres qu'il croisait dans la Quatorzième Rue semblaient plus bruyants et plus heureux que les pauvres du Middle West. Il passa plusieurs nuits blanches à lire avant d'admirer l'aube au milieu du pont de Brooklyn. Dans un restaurant du Lower East Side, un gros type barbu surmonté d'un calot lui cria qu'il était beaucoup trop maigre et il lui prépara un gigantesque sandwich au salami avec, en supplément, de la moutarde piquante, des oignons et une sauce très forte au gras de poulet qui lui rappela douloureusement le poulailler de ses grands-parents. L'ingrédient secret de la chaîne des Romeo's Spaghetti Houses était l'ail, quasiment inconnu dans le Middle West rural. On pouvait ajouter des boulettes de viande à la sauce *marinara* au prix de quinze cents pièce, de grosses boulettes de viande. Certains bars du West Side, vers le centre-ville, proposaient des amuse-gueules gratuits, dont des harengs, quand on y commandait une bière.

Ce paysage urbain redonnait vie aux livres qu'il avait lus ; ainsi, des vers de Hart Crane, appris par cœur, devinrent étonnamment vivants sur le pont de Brooklyn, et Hell's Kitchen ressuscitait *Manhattan Transfer* de Dos Passos. Il se savait un peu trop jeune et inculte pour faire ce qu'il désirait accomplir. Sur la balance d'un ami il se pesa et regarda une fête chez Carl Van Vechten sur un toit voisin. En quatre mois, il était passé de quatre-vingts kilos à soixante-sept. Il écrivit des lettres victorieuses à Judith, sa sœur âgée de quinze ans, alors qu'en vérité il se consumait. Il essaya de contrôler ses marches à pied et sa consommation de bière mais, assis dans sa chambre devant la sinistre page blanche du grand calepin, il découvrait qu'il n'avait rien à dire. Sa petite amie rompit avec lui quand approcha l'heure d'entrer à Barnard. Pour ne pas désespérer, il retourna chez lui en auto-stop.

Mais n'y resta pas longtemps. Après un trimestre désastreux à l'université, il partit pour Boston en janvier avec un calepin neuf. Comme James Joyce l'avait de toute évidence rendu cinglé, il se plongea dans Dostoïevski et dans d'autres auteurs russes, de Tourgueniev à Gogol, de Blok à Essenine, avant de passer au très mélancolique Vyacheslav Ivanov, une lecture très sombre pour une chambrette de St. Botolph Street au beau milieu de l'hiver. Il travailla comme serveur dans un restaurant italien et eut donc assez à manger. Au bout de deux mois d'un froid sibérien, il retourna à New York en auto-stop et trouva une chambre sans fenêtre dans Grove Street. Il se mit à boire comme un trou, avant de lire toute la nuit à côté d'un calepin obstinément vide. Il trouva un certain nombre de jeunes femmes, mais ne les aima point. Il travailla un moment chez Brentano, dans le secteur consacré à la Bible et à la religion. Il s'enticha d'une jeune Noire assez banale, qui bientôt prit aimablement ses distances. Deux amis gays lui donnèrent de sages conseils à propos des femmes.

Deux mois plus tard, il s'effondra mentalement et physiquement, en partie parce qu'il passait trop de temps au Five Spot où, en échange d'une bière à cinquante cents prise au bar, on pouvait écouter du jazz jusque tard dans la nuit. Il parla plusieurs fois avec un Jack Kerouac très dissolu après la publication de *Sur la route*. « Garde le cap », répétait sans cesse Kerouac. Un message plutôt obscur.

Il rentra chez lui en auto-stop, travailla cinq mois à la ferme horticole de l'université et recouvra la santé. Il tomba amoureux de deux filles en même temps, une véritable épreuve émotionnelle, une dinguerie tout à fait cohérente avec son tempérament de cinglé. Il acheva deux trimestres universitaires, mais non sans mal après la liberté de la route. Au printemps, incapable de décider quoi faire des deux filles qu'il aimait, il partit en auto-stop pour San Francisco et il passa deux mois dans ce qu'il comparait à une splendide ville méditerranéenne, mais là-bas son comportement se désintégra encore un peu plus. Il traversa plusieurs fois à pied le parc du Golden Gate pour rejoindre l'océan Pacifique. Il n'eut jamais l'idée de prendre un bus, sinon pour quitter Market Street à l'aube et aller travailler dans les champs où il pouvait gagner dix dollars par jour en ramassant des haricots. Il but beaucoup trop de vinasse, découvrit la marijuana à North Beach, mais décida qu'il préférait l'alcool. Il s'acoquina avec un maquereau qui lui offrait des verres et des repas en échange de son oreille attentive. Il se fit voler son portefeuille dans sa chambre de Gough Street alors qu'ivre mort il dormait. Il ne possédait donc plus la moindre pièce d'identité, mais il suffisait d'avoir sur soi un billet de vingt dollars pour que les flics ne puissent pas vous arrêter pour vagabondage. Au bout de quelques mois, il devint très maigre et rentra chez lui en auto-stop.

Il reprit le travail manuel apaisant qui consistait à poser des tuyaux d'irrigation dans les champs où l'on cultivait des légumes expérimentaux. Le plus souvent, ce travail était solitaire mais assez physique pour le faire sortir de lui-même : il pouvait ainsi penser à ses lectures récentes, se rappeler certains épisodes de ses voyages, l'esprit tissant ses pièces musicales remémorées comme pour écrire la partition d'un documentaire à épisodes. Il cessa de ruminer le très désagréable « Et si c'était à refaire... », car personne n'a jamais la possibilité de refaire quoi que ce soit. Une humeur qui ressemblait presque à une joie sourde se glissa en lui quand il se demanda comment un gamin de dix-neuf ou vingt ans, sans talent particulier ni le moindre argent, avait bien pu tracer sa route dans ces grandes métropoles. Une tonalité comique se fraya de nouveau un chemin dans son esprit. Il comprit soudain pourquoi les romans de Thomas Wolfe et les premiers écrits de Hemingway l'avaient tant agacé. Toutes ces œuvres parlaient de leur auteur avec complaisance, un sujet qu'on devait traiter puis abandonner, ainsi que l'avait fait Joyce avec son *Portrait de l'artiste*. Faulkner et Dostoïevski évoquaient les autres ainsi que l'immensité de la vie qui les entourait. Il désira vainement le matériau des peintres et des musiciens qui, contrairement aux putains, n'utilisaient aucun mot pour montrer leur cœur (Shakespeare était un écrivain merveilleux, mais en dehors des cours qui lui étaient consacrés). Et puis il y avait cette métaphore intangible : quand les milliers de mètres de tuyaux seraient posés et reliés, quand l'énorme pompe se mettrait en marche et qu'on tournerait la vanne, alors des centaines de litres d'eau à la minute recouvriraient les champs de leur dense pluie d'orage.

Il retrouvait sa petite amie tous les soirs. Le plus souvent, ils restaient assis au bord d'une rivière pour parler. Lorsqu'elle se montrait curieuse de New York, de Boston ou de San Francisco, il se découvrait capable de décrire la ville et d'évoquer des anecdotes beaucoup plus facilement que dans son souvenir. L'acte même de la narration ravivait toutes ces scènes, comme lorsqu'on retrouve une photographie perdue depuis longtemps. Il se souvint de la grande question faulknérienne – Le passé est-il vraiment passé ? – et d'un film poignant qu'il avait vu, tiré d'une œuvre d'Isherwood intitulée *I Am a Camera*. Son unique œil valide était un appareil photo, et des images qu'il ne se rappelait pas avoir prises se développaient toutes seules. Il soupçonna que son cerveau, surchargé de pensées, avait consciemment négligé la vie des sens, laquelle vie revenait peu à peu dès qu'on lui en donnait l'occasion.

Un dimanche, au tout début d'une chaude matinée, une péniche passa devant le quai de l'East River où il était assis. Sur cette péniche, un chien moucheté aboya vers lui quand il agita le bras. Du remorqueur qui poussait la péniche sortait une musique très bruyante, du blues. Derrière lui, deux filles en jupe du dimanche se faisaient bronzer les jambes et parlaient une langue étrangère. L'une d'elles avait des jambes magnifiques et aussitôt il sentit le rouge lui monter aux joues. Il existait apparemment une primauté du visuel qui semblait tirer derrière lui tous les autres sens, si bien qu'il suffisait de voir un souvenir pour ensuite sentir et goûter l'air autour de lui, palper les poutrelles froides du métro, la saleté humaine, la peinture écaillée, avant d'entendre le bourdonnement à peine perceptible du train de nuit qui arrivait. Il devint évident que, si le langage, ces sons sur lesquels les humains s'accordaient, n'était peut-être pas le fait central de l'expérience humaine, cet acte commun constituait néanmoins le lieu où ses capacités, si elles existaient, s'exerçaient au mieux.

À l'automne, juste après que son amoureuse eut rejoint sa lointaine université, elle téléphona pour annoncer qu'elle était enceinte. Ils se marièrent, malgré la désapprobation douloureuse des parents de la fille. Quant à ses parents à lui, ils demeuraient perplexes. Son père émit l'idée que, puisqu'il avait démontré qu'il ne pouvait pas s'occuper de lui-même, peut-être apprendrait-il bien vite à le faire en s'occupant d'une épouse et d'un enfant. Cette hypothèse se révéla juste. Il travailla dur à des boulots subalternes et, à l'université, réussit à faire deux ans d'études en une seule année. Ils s'aimaient beaucoup et leur petite fille était une vraie merveille. Ils avaient de nombreux amis tout aussi pauvres qu'eux. Ils s'aimaient de maintes manières que ni l'un ni l'autre n'aurait pu définir et, comme les parents proches ou éloignés du garçon, ils restèrent mariés pendant de longues années, malgré quelques périodes difficiles. Mais en définitive, résider à l'université revenait à être détenu en un lieu non divulgué. Lorsque les hommes et les garçons du nord du Middle West, très souvent dotés de capacités limitées, se retrouvent confrontés à un obstacle quelconque, ils baissent les bras et lâchent volontiers : « Faut quand même pas me demander la lune » – un abject aveu d'échec.

II

Ce que l'homme a vu

Tard dans la nuit, quand un jeune homme lève les yeux au-dessus de son bureau dans un appartement pour couple marié et sourit à cause de : « Il ne se passe rien derrière la fenêtre obscure », c'est peut-être que tout va bien pour lui, à moins qu'il ne soit une fois de plus convaincu de l'inanité comique de son entreprise. À ses yeux, l'art littéraire avait toujours eu une apparence d'improbable fragilité et, à force de passer toutes ses soirées assis à ce bureau pour étudier les écrivains et leurs critiques érudits, il se mit à penser à des tanks Sherman attaquant un corps de ballet lors d'un gracieux pique-nique. Il se débattit pour dire quelque chose de sensé sur le cauchemardesque *Billy Budd* de Melville, mais cala en se sentant lui-même très proche du personnage de Billy Budd, à la dérive dans le bourbier du monde bien ordonné et bientôt exécuté pour le bien de la société. Il tendait l'oreille afin d'entendre sa fille d'un an qui se réveillait dans la nuit, pour lui donner alors un biberon chaud et peut-être regarder avec elle un livre raisonnable comme *Pat le Lapin*. C'était la même émotion que lorsqu'on tient dans ses bras un chiot bien-aimé, mais en plus profond. Il se rappela avoir pris dans ses bras un tout petit cochon derrière le grenier, avoir fait tomber des pincées de maïs dans sa gueule avide, jusqu'à ce que, rassasié, le cochonnet s'endorme bercé dans les bras du garçon. Chaque homme cache peut-être une mère au fond de soi. Il avait passé beaucoup de temps à s'occuper de Judith, de Mary et de David, quand sa mère faisait la lessive ou des courses. Il avait l'impression d'amuser d'aimables chiots qui le regardaient comme pour lui demander : « Et maintenant, que vas-tu faire pour nous ? »

Il était devenu un étudiant de troisième cycle fabuleusement mauvais, arrogant et querelleur, mais doté de quelques amitiés parmi les professeurs, dont trois au moins le soutenaient. Il y eut un impressionnant séminaire de un an sur les poètes symbolistes français, un autre sur la littérature des années 1920 et 1930, mais le meilleur de tous les cours fut celui de mythographie et il devint pour lui évident que la littérature trouvait son origine dans le besoin qu'avaient les humains d'expliquer le monde sous forme d'histoires, que ce soit chez Homère ou dans l'*Ulysse* de Joyce.

Il avait l'intuition lancinante, incessante, que son échec universitaire s'expliquait par ses deux années d'errances et peut-être aussi par son échec en tant qu'artiste, qui rendait si insipide le langage non visuel et didactique de l'érudition pure. Contrairement aux œuvres littéraires disponibles, il n'y avait aucune beauté esthétique dans le langage de la critique et de l'érudition, et cette absence rendait ce langage moins vrai, du moins à ses yeux. Il reconnaissait la valeur indéniable de cette tradition savante, mais par tempérament il ne se sentait aucune disposition dans ce sens. Son ambition, qu'il ne confiait même pas à ses amis mais dont il parlait volontiers à sa femme, était d'être impliqué, même humblement, dans cette création première et de laisser les produits dérivés à ceux qui se sentaient attirés par eux. La merveilleuse escroquerie d'Apollinaire décrivant l'enterrement de Walt Whitman était beaucoup plus intéressante, sauvage et colorée que tous les essais érudits sur le poète américain.

Au cours du deuxième automne de ses études de troisième cycle, sa vie se désintégra comme un pot de terre soudain lâché au-dessus d'un sol en ciment. Son père, âgé de cinquante-trois ans, et sa sœur Judith, qui en avait dix-neuf, trouvèrent la mort dans un accident de voiture, frappés de plein fouet par un ivrogne qui roulait à cent quarante à l'heure du mauvais côté de la route. Au cours de la dépression qui s'ensuivit naturellement, il laissa tomber ses études, puis sa femme et lui furent expulsés de leur appartement dans le bâtiment des couples mariés. Ils s'installèrent chez sa mère, désormais veuve, sa sœur Mary et son frère David. La dépression l'avait paralysé et il était incapable de trouver du travail. Il fut alors décidé qu'il partirait pour Cambridge, dans le Massachusetts, et habiterait chez son frère John et son épouse Rebecca. Il prit le car et resta alité et physiquement malade pendant un mois sur leur canapé, presque un soulagement après les souffrances suscitées par son esprit blessé. La question qu'il se posait était la suivante : Si les êtres qu'on aime peuvent mourir ainsi, qu'est-ce que la vie peut bien réserver aux survivants ? Il erra dans Cambridge et Boston pendant deux mois de printemps en faisant semblant de chercher du travail et en comprenant très bien qu'une licence de lettres anglaises n'était pas négociable sur le marché de l'emploi. Un samedi matin, il s'arrêta par hasard à la librairie de poésie Grolier de Plympton Street, à Cambridge. Il y rencontra une demi-douzaine de poètes et y trouva un foyer différent des étagères de la bibliothèque Widener, où l'emploi de son frère lui donnait libre accès. Son moral remonta, car tous les samedis matin il retournait dans cette librairie, et même d'autres jours de la semaine entre deux entretiens d'embauche infructueux. Le soir, il écrivait ses tout premiers poèmes et il prenait des notes en vue de nouvelles et de romans qui verraient peut-être le jour. Enfin, vers la fin mai, il trouva un emploi de représentant pour une grosse maison d'édition qui vendait des livres aux bibliothèques, aux écoles et aux librairies. Il rentra chez lui en avion – à trente-deux ans il prenait l'avion pour la première fois – et retrouva sa femme et sa fille. Ses beaux-parents jugèrent son salaire insuffisant, mais ils partirent néanmoins pour Boston dans leur vieille voiture, où ils habitèrent chez son frère jusqu'à ce qu'ils trouvent un appartement. Soudain, pensa-t-il, nous vivons dans le monde réel.

La région de Boston semblait être en pleine ébullition au début des années 1960 et, du toit de leur appartement situé au cinquième étage, près de la ligne Brookline-Allston, on voyait toute la ville à l'est et la lointaine brume polluée de l'océan Atlantique. Ils se firent assez d'amis pour avoir une vie sociale agréable, avec son frère John et sa belle-sœur Becky, ses amis les poètes de Cambridge, sans oublier un copain qui avait lui aussi quitté le Michigan. Il y avait dans l'air une électricité délicieuse et peut-être illusoire, de longues discussions entre les tenants des poètes appelés « beat » et ceux des poètes académiques ; et lui, qui venait du cœur du pays, se trouvait défendre une position médiane, insistant sur la lecture de tous les contemporains, depuis Frank O'Hara jusqu'à Robert Duncan, de Robert Bly à Gary Snyder. Wallace Stevens et Allen Ginsberg étaient aussi séduisants l'un que l'autre. Malgré ses fanfaronnades, il était soudain timide dès qu'il s'agissait de ses premières tentatives littéraires, qu'il tenait secrètes. Il y avait aussi le merveilleux délassement apporté par la lecture des soufis, de Daitetz Suzuki sur la discipline inédite du bouddhisme zen, l'anthologie de la poésie chinoise de Robert Payne, les traductions du japonais et du chinois réalisées par Kenneth Rexroth.

Quelque chose en lui restait en réserve de cet aventurisme littéraire. L'ouverture humaine venait de ses trajets quotidiens en voiture à travers l'est du Massachusetts et parfois Rhode Island. C'était la grâce du mouvement après l'enfermement temporaire de l'université, la fuite hors de la prison beige. Il avait seulement découvert Cambridge et Boston à pied, mais maintenant il arpentait un territoire qui allait de Newport à Fitchburg et jusqu'à la frontière du New Hampshire, une région certes réduite à l'échelle du Middle West ou de l'Ouest, mais chaque communauté urbaine avait sa propre vie concentrée. Et puis la vie de famille lui plaisait, malgré un budget limité. Il y avait la sexualité vivace des jeunes couples et puis, contrairement au Middle West, des possibilités infinies de menus pour les repas, grâce à la diversité ethnique de Boston et de ses épiceries. Ils rendirent visite à des amis à Concord, qui s'installèrent ensuite dans la région de Gloucester, sur Halibut Point, où les grandes flaques d'eau salée laissées par la marée étaient aussi merveilleuses que la forêt. La libération procurée par son travail tenait à son caractère concret. Il bavardait avec les responsables, prenait les commandes des écoles, des bibliothèques et des librairies, puis il livrait les livres commandés ou bien, si la livraison était trop importante, il la faisait envoyer par camion. Dans l'entrepôt de la compagnie, il constatait aussi avec tristesse que les livres qu'il aimait par-dessus tout se vendaient mal. Pendant un moment au moins, peut-être une année, les trajets en voiture lui permirent de satisfaire une bougeotte qu'il essayait de considérer comme stupide, le désir de passer à autre chose, d'aller de l'avant, d'investir toute son énergie dans ce qu'il faisait, avant de passer instantanément à autre chose, mais en essayant néanmoins de ne pas contempler l'atlas du monde à l'heure du déjeuner. D'agréables petits jeux étaient possibles dans le Massachusetts, qui étaient hors de question dans le Middle West. Par exemple, si son itinéraire l'amenait à proximité de Concord, il pouvait penser à Emerson et à Thoreau ; plus au nord le long de la côte, c'était Hawthorne ; mais au sud et de manière plus sympathique, c'était la ville de New Bedford dont le front de mer éveillait chez lui des souvenirs plus précis de Melville. Absurdement, une gargote grecque de Plymouth le fit réfléchir à Kazantzakis, et lorsqu'il se promenait sur une plage proche de Hingham, en pensant par intermittence à son vieil et triste ami Kierkegaard, une fille en maillot de bain vert fit soudain bifurquer ses cogitations vers Henry Miller.

Il s'émerveillait souvent de la pesanteur paysanne qui se cachait en lui. Tous les jours, il arrivait en avance à son travail. Son père avait dit en blaguant que tous les boulots ressemblaient à celui du mineur dans une mine de charbon. On descend au fond de la mine, pour en remonter quand la journée de travail est terminée. Tout ce que le monde attend de vous, c'est que vous soyez à l'heure au boulot.

Le travail et le sens de l'économie constituaient le soubassement de sa réalité apprise. Et si jamais il devait devenir écrivain, il se doutait vaguement que pareille éthique constituait aussi le fondement de cette profession. Il y avait certes un peu d'inspiration, disait Faulkner, mais surtout beaucoup de labeur. La modestie, l'humilité vous protégeraient peut-être de la fureur des dieux, mais rien n'était moins sûr. Qui lui avait dit qu'il pourrait devenir un artiste ? Personne. Quelle formation pouvait bien justifier cette vocation, sinon la stupéfaction absolue face à l'existence même d'une ville comme Boston, qui incluait son épouse et leur fille, sans oublier le jeune homme qui tenait bon la barre en payant le loyer et les frais d'entretien du ménage ? Il pouvait fonctionner en déchargeant de lourds cartons de livres tout en rêvant aux rivières du nord de l'Ontario, à la vie des rues au Brésil, ou à un séjour heureux à Paris où il écrivait tout un roman, non que ce roman lui permît de gagner sa vie, mais il travaillait dans une tradition à laquelle il souhaitait désespérément appartenir. Parce que personne, des deux côtés de la famille, n'avait jamais gagné beaucoup d'argent, l'argent n'avait jamais occupé une place de choix dans son imagination. Il avait jadis rêvé d'offrir une voiture neuve à ses parents, car leurs vieilles guimbardes tombaient sans arrêt en panne, mais personne ne semblait s'en préoccuper beaucoup. À la campagne, toutes les stations-service abritaient un as de la mécanique capable de réparer n'importe quelle voiture, pendant que les membres de la famille attendaient dehors, occupés à caresser des chiens inconnus, à boire des sodas ou à s'aventurer de l'autre côté de la route pour observer les oiseaux, comme sa mère. La découverte d'un gros-bec ou d'un pic-vert vous emplissait de joie pour toute la journée.

À la fin de la première année passée à Boston, l'impensable arriva : son manuscrit de poèmes fut accepté par W.W. Norton grâce aux efforts de Denise Levertov. Il fut secrètement atterré, car aucun de ses poèmes n'avait jamais été imprimé, même si très vite certains furent publiés dans la revue new-yorkaise *Nation* ainsi que dans *Poetry*, un prestigieux magazine de Chicago. Pendant des semaines cette expérience demeura stupéfiante et il aboutit à ce qu'il considérait comme une conséquence logique : il devait retourner dans le nord du Michigan et se consacrer entièrement à l'écriture.

C'est ce qu'ils firent, arrivant à Kingsley, Michigan, à la

fin du printemps, enthousiasmés par les champs, les rivières, les forêts. Ils louèrent une maison trente-cinq dollars par mois, il pêcha la truite et marcha tous les jours durant une longue période, et puis il dut apprendre une amère leçon. Il était vraiment le fils calviniste de ses parents et il se montrait incapable de fonctionner en tant qu'écrivain s'il ne subvenait pas aux besoins matériels de sa famille. Il tailla des sapins de Noël à la machette et aida un homme à poser des parpaings, mais sans jamais se faire payer plus de deux dollars l'heure. Le livre dont la sortie était prévue pour novembre perdit de son importance. Il est difficile d'être un homme de lettres quand on prépare du ciment. Il avait le sentiment de prendre pleinement conscience de la vie déplorable qu'il avait préparée pour ses proches, des décisions ridiculement absurdes qui collaient si bien avec la nature parodique d'un jeune poète. Il fut tout excité de recevoir le livre par la poste, de le sentir et de le toucher, mais beaucoup moins quand il dut demander un prêt à sa mère pour acheter le fioul destiné à une maison où la température atteignait à peine quinze degrés en plein hiver dans le Michigan. Comment pouvait-il être aussi bête ? Rien de plus facile : le soir, à Boston, on buvait quelques verres, l'avenir semblait assuré et l'on décidait de retourner à l'endroit où l'on se sentait chez soi. À la fin avril, lors du premier jour de la saison de pêche à la truite, on essayait sans beaucoup de plaisir d'attraper un poisson pour accompagner le plat de macaronis auquel le dîner se réduisait.

Par chance, il correspondait toujours avec son mentor, Herbert Weisinger, à l'université. Il était vraiment rare qu'un des étudiants ait un livre publié. Weisinger était puissant et, s'il rédigeait un mémoire sur la manière dont il avait écrit son recueil de poèmes, alors il pourrait décrocher une maîtrise et aller à Stony Brook à l'automne, où

Weisinger reprenait le département d'anglais. Une fois encore, il fut sauvé par autrui. Quand cette nouvelle arriva, il était assis avec sa femme à la table de la cuisine, l'atlas Rand McNally ouvert devant eux. Stony Brook était au bord de l'eau, il y avait de la pêche en perspective. Et sur le Long Island Sound se trouvait New Haven, où son frère John avait pris un emploi à Yale. Ils ne désiraient pas quitter le Nord-Michigan, mais l'autre proposition d'enseignement, qui émanait du Northern Michigan College de Marquette, paraissait bien hasardeuse en comparaison de celle de Weisinger. Quand on voulait être écrivain et qu'on était encore jeune, il valait mieux rejoindre un endroit où les gens pouvaient vous aider à aller de l'avant.

Il ne put s'empêcher de penser qu'on l'arrachait à son environnement naturel, exactement comme en ce jour déjà lointain où il avait quitté Reed City. Lors de ses dernières parties de pêche, il se mit à réfléchir à ce qu'il appelait désormais le fascisme géographique des arts. Il fallait tout simplement faire son apprentissage sur l'une des deux côtes mythiques de l'Amérique, si l'on ne voulait pas limiter la dimension visible de son talent. Pour reprendre la terminologie de Weisinger, chaque art avait sa guilde et il était recommandé de frayer avec d'autres membres de cette guilde tandis que dans l'atmosphère claustrophobe flottait la question : « Pendant combien de temps ? » Il savait désormais que la claustrophobie était sa maladie personnelle, sans doute explicable par une enfance passée au milieu des champs et dans les forêts désertes. Le monde naturel était un habitat confortable ; les autres constituaient un danger potentiel, des ennemis probables. Le côté enfantin, primitif, de ses raisonnements l'atterrait. Il savait que la force vitale des artistes hermétiques avait tendance à s'étioler, qu'ils devenaient des vieillards têtus et grincheux aux théories aussi absurdes que bizarres, véhéments même quand on les ignorait. Pasternak avait qualifié la volubilité de refuge des médiocres et il avait réussi à rester au cœur des choses jusqu'à la cinquantaine.

Ses derniers jours dans le Nord, il les passa presque tous en forêt, dès que ses valises furent faites. L'eau était assez chaude en août et il réussit à traverser un petit chenal de la rivière Manistee jusqu'à une île minuscule pour s'installer au milieu d'un fourré de cèdres, tout en évitant les assauts agressifs d'un serpent bleu qui le prenait à juste titre pour un intrus. La vie ne semblait pas davantage façonnée par la logique que l'eau vive autour de lui. Il y avait un mystère des lieux et cette petite île était comme l'équivalent émotionnel d'un fourré situé au bord de la Platte River, dans le Nebraska, où il avait passé la nuit alors qu'à seize ans il rentrait chez lui en auto-stop depuis le Colorado. Le niveau de perception paraissait se déplacer et croître en proportion du volume de l'eau en mouvement. Le Boston d'un vendeur de livres est radicalement différent du Boston d'un garçon de café de dix-neuf ans. Et le New York d'un membre du département d'anglais serait certainement sans commune mesure avec la ville visitée par un jeune vagabond. On ne se baigne même pas une fois dans le même fleuve.

Ils partirent donc en remorquant l'éternelle caravane, avec un chat et un chien, un pointer anglais qui ne découvrirait nul terrain de chasse à Long Island, mais se mettrait en arrêt devant les souris débusquées par le chat ou devant les oiseaux perchés dans les arbres de Stony Brook. Oubliant son salaire plus que généreux, il fut affolé par les cent cinquante dollars de loyer de la maison.

Un nouveau lieu nous absorbe, pensa-t-il, il nous intègre dans ce qu'il est. Il fallait avant tout repérer les environs, trouver son assiette, chercher à se situer par rapport à la lune et aux étoiles, une procédure beaucoup moins efficace qu'à la campagne, mais un rituel malgré tout. Il y avait des rues intéressantes, bordées de vieilles maisons, une épicerie fascinante en comparaison du Midwest, un restaurant de luxe et un agréable bar ouvrier où il se sentit aussitôt à l'aise au milieu des plombiers, des menuisiers, des journaliers qui tous parlaient avec un accent prononcé. Mais le vrai plus de la maison qu'ils louaient, c'était qu'au bout d'une ruelle, à moins de cinquante mètres de là, se trouvait un bras de mer du Long Island Sound. Sa fille et son chien observèrent un groupe de crabes en fer à cheval, dont plusieurs se mirent à bouger à leur approche. Un voilier naviguait dans le jour déclinant. Un autre chien en mal d'affection se joignit à eux. Ils étaient environnés d'une flore inconnue, des buissons aux feuilles épaisses, des arbres inédits.

L'université était bien sûr une université comme les autres, une institution assez nouvelle qui attirait des célébrités. Tous les gens étaient des gens qu'il n'avait jamais rencontrés auparavant. Il y avait de nombreux Juifs caustiques et hyperintelligents, un tonique très excitant après le Midwest soporifique. Il y avait des filles ravissantes qui portaient la minijupe du début des années 1960, qui se laissaient tomber dans le fauteuil de son bureau et montraient ainsi leur petite culotte. Il était censé administrer le département d'anglais, un boulot que par naïveté il imaginait similaire à celui de contremaître dirigeant cinquante ouvriers sur la ferme universitaire. Quand ils ne savaient pas comment aiguiser leur bêche, il suffisait de leur montrer. Mais il n'était pas complètement idiot, et il comprit assez vite qu'un grand département d'anglais comme celui-ci réunissait les enjeux intellectuels et émotionnels qui, selon lui, saturaient le Département d'État. Les gens importants comme Philip Roth ou Alfred Kazin tenaient à travailler entre le mardi et le jeudi, car ils habitaient New York, qu'un train peu fiable reliait en deux heures. Pourquoi pas ? C'était la crème des enseignants, mais leurs horaires irritaient les membres de la faculté qui vivaient sur place. L'endroit était merveilleux et il y avait un budget généreux pour les écrivains de passage comme Kenneth Burke, Joseph Campbell, Loren Eiseley, qui tous connaissaient Weisinger. Des douzaines de poètes venaient grâce à un programme d'intervenants extérieurs dont il était responsable, depuis Robert Lowell et James Wright jusqu'à Robert Duncan, dont il devint l'ami, et Louis Simpson qui rejoignit l'université.

C'était néanmoins une institution où seulement un certain type de personnalité se sentait à l'aise. Et ce n'était pas son cas. Il avait sans arrêt l'impression que sa cravate l'étranglait. De fréquents voyages à New York lui sauvèrent la mise. Il fut bientôt si las des universitaires qu'il partait souvent en voiture pour Port Jefferson afin de traîner avec des Italiens et manger de l'anguille fumée.

Il y avait une grande activité littéraire à New York, dont la signification se brouilla vite, mais son séjour dans l'est de l'Amérique lui permit de rencontrer des écrivains avec qui il se sentait des atomes crochus, par exemple Gary Snyder ou Peter Matthiessen, sans oublier la présence austère de William Styron, sauf quand il était ivre.

En définitive, ils mouraient d'envie d'échapper à ce piège doré dont l'excitation en vint à troubler leur sommeil. Long Island était un goulot d'étranglement, une configuration plutôt néfaste pour un claustrophobe. Il avait reçu une bourse qui leur permettrait à peine de financer leur première année à la campagne, du moins le pensa-t-il sans jamais oublier l'immensité douloureuse de sa bourde à Kingsley. Il se mit également à réfléchir à ce qu'il allait faire sans la compagnie de gens aussi intelligents. Il ne serait sans doute plus jamais assis à côté de W.H. Auden dans l'appartement de Drue Heinz, il ne mangerait sans doute plus jamais de l'oie rôtie à Yorktown en compagnie de Louis Simpson et de Derek Walcott, il ne retournerait pas à une fête de Bobby White pour parler avec William Styron, Robert Lowell, Peter Matthiessen ou Jack Ludwig, ou pour les écouter se disputer sur des sujets aussitôt oubliés. Le bruit courait que Ludwig avait volé la femme de Saul Bellow, mais comment diable pouvait-on voler une épouse si elle n'était pas consentante ? Lowell semblait penser par courts-circuits plus profonds que James Wright, parfois doux et avenant, mais une vraie langue de vipère quand il n'avait pas la tête ailleurs. En participant à une marche vers le Département d'État à Washington, il se surprit à discuter avec Alexander Pope, tandis que Robert Bly et Norman Mailer semblaient férocement concentrés sur ce qui se passait.

Sa conclusion, pas tout à fait exacte, fut la suivante : aucune de ces activités n'avait beaucoup d'importance, toutes les retombées sociales qui entouraient la pratique de la littérature étaient parfois distrayantes, mais toujours dépourvues de sens. Peut-être que le vice des écrivains intelligents était de gaspiller leur temps en parlotes vaines, mais il oublia que toutes ces discussions créaient une sorte de société d'entraide, alors qu'il était facile d'ignorer ou d'oublier un écrivain qui avait décidé de faire bande à part. Ses erreurs de pensée étaient celles d'un jeune homme désireux d'avoir raison à tout prix, alors qu'il s'agit de tout sauf d'avoir raison ou tort. Dans le cadre limité de leur existence, les gens cherchent un environnement propice aux habitudes de leur âme, selon un processus qui commence sans doute dans l'enfance, et, à cause de raisons économiques évidentes, les chances de trouver l'endroit idéal où vivre sa vie sont bien minces. Et puis les lieux changent, les gens évoluent, on divorce, on s'enfuit, on est ballotté çà et là par des emplois ou par des recherches d'emploi, on rêve toujours à l'endroit idéal, même dans une ville surpeuplée, un appartement doté d'une fenêtre qui donne sur un arbre imparfait.

Son épouse et sa fille s'enfuirent vers l'ouest, et il les suivit dans leur vieille Ford marron qui tirait une caravane, franchissant à l'aube le pont Verrazano, encore moins sûr de lui quand au petit jour il contempla les merveilles douteuses de la métropole, peut-être le seul écrivain éveillé qui ne venait pas de passer une nuit blanche. Des milliers de gens peuvent écrire des livres et en écrivent d'ailleurs : Mais où vais-je maintenant et comment vais-je me débrouiller ? Après avoir sauté dans le vide, il se demanda : Pourquoi est-ce que je saute de nouveau dans le vide ? Il continuerait à publier des livres, mais ne fallait-il pas accorder davantage d'attention au mode de vie qui accompagnait cette activité ? Quand il arriva dans le Nord-Michigan après avoir roulé durant vingt-sept heures en compagnie d'une chienne agitée et d'un chat querelleur sur la banquette arrière, sa fille, désormais âgée de six ans, lui demanda :

« Papa, j'aime bien cet endroit. Faudra-t-il encore déménager ?

— Non », répondit-il.

C'était une ferme de location située sur une haute colline ; le lac Michigan et les Manitou Islands toutes vertes scintillaient au loin. Tous trois, debout dans le jardin, laissèrent leur chienne, Missy, découvrir sa nouvelle existence sans entraves. Elle décrivit quelques cercles à toute vitesse, puis elle fila vers un lointain verger, pénétra dans l'angle d'un grand bois large de deux kilomètres qui descendait vers le lac, puis elle remonta la colline en traversant un champ de luzerne, avant d'entrer dans le jardin, de sauter par-dessus le capot de la voiture et de se coucher sous un orme pour y faire la sieste. Le chat se contenta de disparaître durant plusieurs heures, ainsi que font les chats lorsqu'ils désirent procéder à l'examen long et laborieux d'un nouveau territoire.

Il comprit ce qui ne pourrait jamais entrer dans ses livres, en partie parce qu'il y avait trop de choses, mais surtout parce que nos humeurs visuelles sont d'une évanescence que seuls les bons peintres savent rendre, et parfois les meilleurs photographes. Une fenêtre à carreaux contient seize versions du monde extérieur. Lors de ses voyages intérieurs, il pouvait rester aveugle pendant des jours et des jours, retrouvant abruptement ses instincts animaux quand il se perdait dans les bois ou dans un marais ; alors rien n'échappait à son attention. Il comprit l'eau quand par négligence il trébucha alors qu'il pataugeait, ou bien le jour où il partit pêcher dans un petit bateau sur un lac Supérieur déchaîné dont l'eau glacée laissait un bien faible espoir de survie. L'eau, omniprésente et puissante, devint alors une étrangère. Un soir à la taverne, tout le monde était morose, car trois pêcheurs chippewa (anishinabe) que tous connaissaient venaient de se noyer par une froide journée venteuse.

En se promenant à New York avec un ami natif de cette ville, il constata avec stupéfaction que lui avait échappé le ventre même de la ville, et que son ami remarquait ce ventre à chaque coin de rue. Dans la campagne sauvage, on a tendance à naviguer en se repérant à la pente des systèmes d'écoulement, aux ravins, car l'eau y a façonné la terre de manière permanente, au soleil, à la lune et aux étoiles, sans oublier la boussole, même si dans la péninsule Nord la boussole est moins fiable qu'ailleurs, à cause de tout le minerai de fer qui se trouve dans le sol. On peut être désagréablement surpris dans le méandre étroit et très marqué d'une rivière, d'habitude marécageuse, car d'abord la rivière est sur votre gauche et quelques minutes après vous l'avez à votre droite.

Durant l'automne, sa femme et sa fille appréciaient beaucoup les grouses et les bécasses qu'il rapportait à la maison, et puis il y avait quantité de gibier. Au printemps, les gros poissons s'approchaient du rivage pour chasser l'éperlan ; un soir, son ami et lui pêchèrent dix truites de lac, plus de cent livres de chair délicieuse à manger. Le printemps lui-même fut électrisant après leur premier hiver rude et plus de quatre mètres de neige ; mais à la différence de leur séjour à Kingsley, ils pouvaient acheter du fioul. L'hiver était une saison où l'on découvrait si l'on avait vraiment quelque chose à dire quand on écrivait ; mais lorsque ce n'était pas le cas, il était néanmoins facile de se convaincre qu'on avait malgré tout quelque chose à dire.

La bourse annuelle touchait à sa fin ; en avril, quand les premières et timides pousses vertes firent leur apparition sur le versant sud des collines, ils décidèrent de dépenser leurs derniers dollars pour rendre visite à son ami Tom McGuane et à sa femme Becky, dans les Keys de Floride. Cette décision est typique d'un jeune couple au budget limité. Pourquoi ne pas tout dépenser d'un coup ? Mais ce fut un voyage merveilleux vers de nouvelles étendues d'eau sauvages à la beauté stupéfiante, aux canaux couleur turquoise, aux hauts-fonds beiges, aux petites îles couvertes d'une dense mangrove verte, un monde aquatique inédit chaque matin quand ils partaient sur la barque de McGuane pour explorer la partie des Keys située du côté du golfe.

Une erreur de billets lors du voyage de retour leur coûta le restant de leurs économies et ils arrivèrent dans une tempête de neige de la fin avril. Entre Miami et

Detroit, il contempla toute l'immensité de ses illusions, comprenant clairement pour la première fois que le monde ressemblait très peu à l'existence qu'il désirait et qu'à l'avenir le métier de poète serait forcément une obsession à temps partiel. Sa naïveté n'atténua guère le côté poignant de cette révélation. Malgré son atmosphère universitaire, Stony Brook lui avait chaque jour ouvert les yeux sur le monde, en particulier sur les efforts obstinés de certains opposants à la guerre du Vietnam, et puis sur les quais de Big Pine Key un ancien combattant lui avait dit que la guerre au quotidien était une authentique horreur. Cet homme lui affirma que les responsables qui déclaraient et poursuivaient une guerre, qu'ils s'appellent Kennedy, Johnson ou Nixon, n'avaient jamais respiré la puanteur des corps en décomposition, une puanteur si insupportable que, des mois après, alors qu'il pêchait dans les Keys de Floride, il s'en souvenait au point de vomir malgré la douceur parfumée de l'air salin qui l'entourait.

Pour lui, le plus gros point d'interrogation, c'était qu'il avait grandi dans un environnement si idyllique, malgré la perte de son œil, que son esprit était peut-être tout bonnement incapable de comprendre la réalité quotidienne du monde humain. Les douze volumes de *My Book House*, les livres bien-aimés de son enfance, avaient créé son propre monde, dans lequel il se réfugiait toujours dès qu'il devait affronter une épreuve. C'était un peu comme de pénétrer dans une région inconnue, quand vos capacités cognitives vous donnent certains repères et que vous découvrez bientôt que tous ces repères sont faux. Son cerveau avait beaucoup de mal à corriger ce genre d'illusions. Franchement, les personnages issus des mythologies grecque et nordique étaient beaucoup plus réels, à ses yeux, que les Nations unies. En se baladant du côté de ce gigantesque bâtiment de l'East Side new-yorkais, il eut beaucoup de mal à imaginer ce qui pouvait bien s'y passer, même si la lecture de Dag Hammarskjöld lui avait appris toute l'importance de cette institution.

Ainsi, pendant le vol de retour, il se retrouva au beau milieu du territoire mental des choses telles qu'elles sont, et c'était un paysage couvert de points d'interrogation. Le monde absent était justement celui qu'il souhaitait. De Detroit à Traverse City, il répondit aux questions de sa fille Jamie qui voulait savoir comment les avions volaient, mais son esprit était absorbé par les livres de William James qu'il avait lus très attentivement à seize ans afin de comprendre son propre esprit. « Qu'elle est vaste, l'obscurité dans laquelle nous tâtonnons », disait James. Et puis : « La conscience est un événement qu'on ne peut complètement partager. »

À Lake Leelanau, ils restèrent assis dans la vieille voiture pour éplucher trois semaines de courrier tandis que les essuie-glaces essayaient de chasser l'épaisse neige mouillée. À mi-chemin de la pile ils trouvèrent la lettre de la Fondation Guggenheim annonçant qu'il venait de recevoir une bourse à effet immédiat. Sauvé pendant une autre année. Ils rirent, achetèrent des steaks et du vin à crédit à l'épicerie. De retour dans leur ferme un peu froide, ils montèrent le chauffage au maximum car ils pouvaient désormais s'offrir ce luxe.

Une année de bourse est un paradis soporifique pour imbéciles. Les jours filent, bourrés de bonnes intentions. Il travaillait régulièrement depuis l'âge de douze ans, car il tenait à son indépendance financière, mais contrairement à un emploi normal l'écriture n'était pas une source d'argent régulière. Il commença de ressentir les contraintes de la poésie, même si trois recueils avaient engendré une agréable quantité de revenus secondaires à travers les lectures qui rompaient la monotonie quotidienne et permettaient de voyager. Il lut dans les écoles de Minneapolis durant deux semaines dans le cadre d'un programme artistique gouvernemental, ainsi que dans les réserves indiennes de l'Arizona et dans des lycées noirs de Detroit, ces deux dernières missions effectuées parce que personne d'autre n'en voulait. Il but avec excès et tomba parfois amoureux, une autre habitude des voyageurs. Il n'y aurait certainement plus aucune bourse après celle-ci et il pensa à la fiction, qui au même titre que la poésie était sa passion depuis l'âge de quatorze ans. La malchance lui fila un coup de main. Il tomba d'une falaise alors qu'il chassait et il profita de sa longue convalescence pour écrire un roman, dont le seul exemplaire se trouva temporairement égaré durant une grève des postes qui dura un mois entier, lorsqu'il l'envoya à son frère. Ce roman fut aussitôt accepté par un éditeur, et le voilà maintenant romancier, même si son ego était tenu en laisse chaque fois qu'il se rappelait l'avertissement de son père : l'art n'est pas une activité qui vous affranchit du contrat social.

Vers la fin de l'année ils perdirent leur location, mais trouvèrent une petite ferme à acheter dix-huit mille dollars et ils empruntèrent le premier versement à son ami le poète Dan Gerber. Cinq kilomètres seulement séparaient les deux maisons, ce qui lui permit de tenir la promesse faite à sa fille, car la circonscription scolaire était la même. Son propre désir, toujours sujet à caution, le poussait vers la péninsule Nord, où il se rendait souvent à cause des vastes régions sauvages habitées par les loups et les ours, et parce que la pêche y restait une activité peu développée, presque solitaire. Lors d'un bref voyage à San Francisco pour participer comme juré à un concours littéraire, sa première et seule expérience de cette activité plutôt douteuse, il vécut chez Robert Duncan et son compagnon, l'artiste Jess. Duncan incarnait un peu une figure paternelle gay, même si le mot *gay* n'était pas encore d'actualité. Duncan débordait d'un enthousiasme très peu protestant pour la vie et il lui dit que, puisque ses remboursements de prêt immobilier s'élevaient seulement à quatre-vingt-dix-neuf dollars mensuels, il se débrouillerait pour les trouver. Quand on habite une région isolée, il faut tout bonnement accepter d'aller chercher l'argent ailleurs. Les mesquineries souvent criantes de la profession littéraire l'agaçaient, mais Duncan croyait dur comme fer qu'elles s'expliquaient par la vieille règle folklorique des vingt/quatre-vingts, où quatre-vingts pour cent de l'humanité est de bonne volonté, mais les derniers vingt pour cent beaucoup moins. Robert Duncan était la deuxième personne à citer cette règle. Durant la période transitoire qui précéda leur installation dans la ferme, Anna, leur seconde fille, fut conçue, dans le garage d'un ami où ils vécurent très heureux pendant deux mois.

Mais maintenant il se tenait au pied du mur, obligé de trouver des engagements et de passer d'aéroport en aéroport. Ayant lu d'innombrables biographies d'écrivains, il savait qu'il s'agissait d'une profession particulièrement malheureuse, mais il se demandait si elle l'était davantage que celle des gens ordinaires, sur lesquels personne n'écrivait jamais la moindre biographie. Le vrai problème, c'était le mode de vie qui accompagnait cette profession. Dans son grenier aménagé en bureau, il faisait souvent une pause-déjeuner, il partait à la plage en voiture pour retrouver sa femme, leur fille de huit ans et le bébé ; ils pique-niquaient, regardaient à droite et à gauche, puis constataient qu'il y avait seulement une demi-douzaine d'autres personnes sur les kilomètres d'immense plage dorée, les eaux bleues du lac Michigan devant eux et au-delà les Manitou Islands toutes vertes. C'était un endroit magnifique où vivre, malgré leur manque d'argent, et de retour au grenier en fin d'après-midi il entendait des bruits dans la grange : sa femme et sa fille, passionnées de chevaux, essayaient d'apprendre à une jeune pouliche belge, une fille immense, à reculer dans sa stalle. Il s'y mit à son tour, poussant et tirant en entourant de ses bras l'énorme cou docile de l'animal. Ils accueillirent jusqu'à sept chevaux, surtout pour être au contact de leur beauté.

Il s'absentait de temps à autre, afin d'écrire un article ou de faire une lecture, mais de moins en moins de lectures et de conférences, car le fait d'endosser le costume du personnage public était épuisant, et – plus important encore – on se retrouvait en train de répéter son rôle avant même de partir, on s'inventait une personnalité flatteuse pendant toute la prestation, et puis l'inévitable période de repos ultérieure durait trop longtemps. Ces pitreries poussaient à boire, un peu avant, mais beaucoup après. Parce qu'il avait décidé de vivre dans le monde extérieur, les campus universitaires lui donnaient l'impression d'être un parfait étranger qui ne partageait aucune des préoccupations de ceux qui y résidaient.

Les voyages, même ceux motivés par le travail, suscitaient un oubli agréable, tout comme le monde onirique du sommeil ignore l'existence de l'homme éveillé. Les voyages ravivent les instincts mammifères, en particulier l'attention aux lieux où la mort est improbable, mais mieux vaut s'en assurer par soi-même. Il suffit parfois de descendre du trottoir à Londres en oubliant que les véhicules roulent à gauche, ou de sortir d'un bar en Équateur et d'entendre soudain des coups de feu dans l'obscurité, pas très loin dans la rue. Il écrivit sur la pêche à Key West et, un soir particulièrement mouvementé, il se faufila au bout du bar et sortit par la porte de la cuisine tel un serpent, en pensant : « Je suis père. »

À quatre-vingts kilomètres au large de la côte de

l'Équateur, l'océan Pacifique luttait très efficacement contre la claustrophobie, mais son caractère illimité demeurait effrayant. Le moteur du bateau tombait sans arrêt en panne et, près du confluent de la Niña et des courants de Humboldt, le courant devenait visible, du moins sa terreur en décida-t-elle ainsi. Même la boussole de cette embarcation peu sûre n'était pas fiable, mais il suffisait de se fier aux oiseaux de mer qui l'après-midi rentrent au bercail, annonça le capitaine. Le ciel était parfois envahi d'oiseaux, des frégates, et, lorsqu'ils les voyaient au loin, ils les suivaient en espérant rencontrer des bancs de poissons qui leur serviraient d'appât. Parfois les marlins rayés tournoyaient en cercles rapides autour de ces appâts pour en augmenter la densité dans l'océan, puis ils filaient à travers et dévoraient les poissons ainsi rassemblés. Il y avait aussi des bancs de grands dauphins, où chaque poisson était plus gros que ceux qu'il avait pu voir dans les Keys de Floride. Parfois des groupes de serpents de mer, un genre de cobra, nageaient autour du bateau, terriblement venimeux mais plutôt pacifiques. Les baleines sondaient, l'une d'elles si proche du bateau qu'il put fixer l'œil du mammifère, gros comme une boule de bowling. Ils attrapaient des marlins tous les jours, beaucoup trop en fait pour la canicule équatoriale. Et quand on rentrait au moteur en fin d'après-midi, on avait le ventre serré à cause de la houle énorme et des déferlantes toutes proches du port minuscule. Un jour qu'il était malade à cause d'un mauvais repas, ils rentrèrent de bonne heure. Il fit une petite promenade comme le premier chien malade venu, s'assit près d'un promontoire et caressa une minuscule chèvre noire tandis que derrière eux, perchés sur une falaise, une longue rangée de vautours les observaient.

Pareil voyage, tel un livre puissant, eut des effets non quantifiables sur son existence, mais d'un point de vue pratique que peut-on faire de cinq cents arpents de marsouins qui déchirent des trous gracieux dans la surface de la mer ? Le jour où il fut malade, il souffrit de crampes douloureuses. Allongé sur la pierre lisse à côté d'une mare d'eau salée, il crut que ces hauts-fonds grouillaient de pâles araignées et, regardant mieux, il découvrit que cette mare était pleine de minuscules crustacés, plus petits que l'ongle de son petit doigt, tout imbriqués les uns dans les autres, et qu'autour de lui des oiseaux, sans doute des pluviers, s'en donnaient à cœur joie, certains tout proches de sa forme allongée, mais l'œil aux aguets, avant de s'approcher si près qu'il aurait pu les toucher. C'était une fascination de l'enfance, comme s'il avait remonté le temps jusqu'aux années préscolaires, quand il observait une araignée tisser sa toile sous le lit dans le grenier du chalet, les racines des brins d'herbe, les radicelles du maïs semblables à des vers ou de troublantes fourmilières à quelques centimètres de son visage.

Ensuite ce fut l'Angleterre, où il perçut la réalité physique de la littérature à Londres et dans le district des lacs, une réalité qu'il avait déjà ressentie, mais avec une force moindre, dans le pays de Steinbeck, près de Salinas, quand il ramassait des haricots. Hampstead Heath et ses herbes folles furent immortalisés dans sa collection de photographies mentales, d'autant plus qu'il s'imaginait fouler le sol même où Keats avait marché et sans doute toussé. La grande poésie est rarement poétique, un mot qui trahit la naïveté esthétique. La tombe de Wordsworth était telle qu'elle devait être, un autre poète dont il avait seulement compris l'œuvre après avoir quitté les confins des institutions. C'était une région très séduisante, et elle le devint encore plus lorsqu'il apprit que ces lacs contenaient des truites brunes et des éphémères pour attirer les poissons vers la surface de l'eau. Un soir, à Derwent

Water, il vit une fille saoule. Elle était aussi ravissante qu'avait dû l'être Catherine dans *Les Hauts de Hurlevent*, du moins le pensa-t-il, et il ne revint nullement sur son jugement lorsque cette fille vomit dans une haie sombre. Il se demanda si elle était heureuse d'être ainsi ivre, mais c'était sans doute improbable, car lorsqu'elle le croisa en titubant, son visage paraissait inconsolable.

Chaque année il se rendait à Key West et dans le Montana en se demandant s'il finirait par dessécher ces deux univers à force d'écrire dessus. Wallace Stevens lui revenait sans cesse en mémoire : il eût peut-être été préférable de séparer bien clairement ton gagne-pain de ton véritable amour. Il enviait souvent la liberté des animaux sauvages qui après s'être nourris passent beaucoup de temps à ne rien faire. Ses talents de journaliste étaient gravement limités par le désir omniprésent d'écrire de la fiction et de la poésie. Il pensa à un vieil Indien nommé Deux-Visages qu'il avait rencontré alors qu'il pêchait au Canada. Jeune homme, Deux-Visages avait été blessé entre les yeux par une hachette pendant une bagarre, si bien que les deux moitiés de son visage, peut-être à cause de nerfs coupés, semblaient ne pas appartenir au même individu.

Il remarqua chez d'autres écrivains la présence du désir inassouvi. Il passa plusieurs journées avec Truman Capote à Key West, et Capote se demandait s'il finirait un jour son *magnum opus* qu'il transformait alors en passant de la troisième personne à la première, une œuvre qui se révéla finalement inexistante. À force de paroles, les écrivains tentent de se convaincre de maintes choses. Dans un avion à destination de New York il était assis à côté de Tennessee Williams qui lui déclara, d'une voix lugubre et ralentie par l'alcool, qu'un écrivain ne réussit jamais tout à fait à écrire ce que son cœur voudrait qu'il écrive. Williams n'expliqua pas pourquoi.

Comme n'importe quel alcoolique à qui reste un zeste d'honnêteté, il commença à s'interroger sur les aspects illusoires de l'alcool et il fit ses premiers pas en direction de la modération. L'ébriété comblait le besoin d'une femme qui n'aurait jamais pu exister, le besoin d'un lieu où vivre une totalité qui ne se trouvait que dans l'imaginaire, et l'ambition floue d'écrire avec un degré d'excellence qui n'avait jamais été atteint sauf dans l'esprit d'un poivrot. Reculer d'un pas constitua le premier pas, mais il avait toujours constaté avec stupéfaction que les spécialistes de Hemingway et de Faulkner n'avaient jamais bien compris les effets de l'ébriété sur la vie et l'œuvre de ces écrivains. Un excès d'alcool dirige la vie vers l'intérieur, où elle devient entièrement autoréférentielle.

Lors de ses voyages professionnels, il découvrit que l'attention requise par son travail le tirait de ses jérémiades très ordinaires, de ses dépressions presque cliniques, de ses soucis d'un foyer pour lequel, de toute manière, il ne pouvait rien. Et une fois de retour chez lui, il découvrait à sa grande surprise que son épouse et ses filles avaient superbement prospéré en son absence, dans une atmosphère moins pesante et moins dramatique, soulagée des fréquents orages qui ponctuaient ses séjours à la maison. Son épouse, qui était toujours son premier lecteur, se désintéressait curieusement de la carrière littéraire et de la réputation des écrivains en général. Et puis ces aspects prosaïques lui échappaient si entièrement qu'ils comptaient pour rien en comparaison de leurs chiens, leurs chats, leurs chevaux, de ses fleurs et de son grand jardin potager. Les finances familiales ennuyaient son épouse autant que lui-même, car il n'y avait jamais assez d'argent pour mettre sur pied un budget raisonnable, mais ils s'en tiraient d'un mois au suivant ; un chèque signifiait un bon steak et une bouteille de Hearty Burgundy, un film, un dîner pour les amis. Ces amis et d'autres relations locales pensaient volontiers qu'un homme qui a la chance de quitter la ville de temps à autre est dans une situation enviable.

Des amis l'emmenèrent en Afrique et un bref séjour à Rome lui permit de fantasmer un autre endroit où vivre. L'Afrique ajouta aussi au magasin neuronal des images et des expériences improbables. Peu de temps après, ce fut la Russie, inconfortable et vaguement effrayante avant le dégel, et sur le chemin du retour une étape en France pour écrire un article sur l'utilisation des chiens dans la chasse à courre en Normandie.

Un autre changement singulier se produisit au fil des voyages, comme si dans le déplacement physique le soi restait à la traîne et tous les gens qu'il rencontrait semblaient plus intrigants que ses amis littéraires, passablement monochromes comme lui-même. Les guides aquatiques, les pêcheurs professionnels, le maître de la meute, les femmes de chambre, les chauffeurs de taxi, tout le monde devenait intéressant et, avec un petit coup de pouce amical, prêt à offrir au moins une partie de son histoire personnelle. Si votre propre personnalité se met presque naturellement en retrait, si vous êtes ouvert et intéressé, alors les récits envahissent votre esprit et y flottent en quantité incroyable. Dans chaque culture, il existe apparemment une place pour l'écrivain comme oreille attentive, presque tout le monde désire être entendu, croit tenir l'une de ces rares occasions de raconter une histoire qui sera écrite par un inconnu, lequel lui accordera peut-être un soupçon d'immortalité. On l'invita dans des tavernes d'ouvriers au Kenya, en Tanzanie et aux Bahamas, où il constata aussitôt que ces Noirs étaient semblables aux ouvriers du monde entier, car ils y allaient de leurs récits où ils avaient fait la guerre de Corée, ou traversé un ouragan qui avait tué leur frère, un long safari où, alors qu'ils campaient au mauvais endroit, les employés du camp avaient tranquillement tué cinq cobras et trois mambas parce que le chasseur blanc avait trop bu et ne voulait pas déplacer le campement. Dans tous ces récits, plus grande était la douleur, plus fort le rire partagé. Il y eut l'image permanente d'un homme bêchant quelques sillons de maïs dans la terre rouge, surveillé de loin par plusieurs éléphants.

La Russie le frappa d'abord à cause de son étrangeté absolue, rapidement dissipée par une impression de familiarité en compagnie d'habitants qui partageaient bon nombre des caractéristiques des Américains vivant à l'ouest du Mississippi. Il avait l'avantage de connaître un peu l'histoire russe, surtout celle de la période révolutionnaire, et puis il avait lu des douzaines d'écrivains russes lors d'une longue période passionnée à la fin de son adolescence, si bien qu'il eut une fois de plus l'impression de vivre la géographie, mais encore plus fortement qu'en Angleterre. Danser et boire avec une ancienne ballerine dans l'antique hôtel National, elle en robe de satin et avec un gros rubis au doigt, l'entraîna dans le passé, tout comme la visite d'une académie équestre, une course de chevaux dérisoire, le palais du commerce de la fourrure, le large spectre de l'ivresse publique et les foules qui chantaient des airs semblables à des hymnes funèbres. Ses convictions de gauche les plus profondes, déjà largement entamées par la lecture d'ouvrages sur le pacte entre Hitler et Staline, disparurent totalement à cause de l'omniprésence de soldats armés de mitraillettes comme s'ils étaient les seuls boulons garantissant l'étanchéité du lourd couvercle gouvernemental. L'atmosphère se détendit notablement à Leningrad (Saint-Pétersbourg), en partie grâce à l'architecture magnifique, à de longues promenades le long de la Neva, à l'étrangeté de la cathédrale byzantine

Saint-Basile, à la beauté des tilleuls rabougris et nabokoviens devant l'hôtel Europa, à deux pas des ballets Kirov. Il pensait sans arrêt à Blok, Maïakovski, Essenine, Voznessenski et Joseph Brodsky, lequel n'avait pas encore été contraint à l'exil. De toute évidence, les gens étaient plus européens à Saint-Pétersbourg et ils faisaient apparemment beaucoup plus d'efforts pour garder le moral. Il suffisait de prendre un verre dans n'importe quel bar et de citer le nom d'Essenine pour découvrir plusieurs habitués capables de le citer longuement, avant d'enchaîner sur Pouchkine et Maïakovski.

Peu après ses trente-cinq ans, il commença de s'étioler à une vitesse inquiétante. C'était en partie dû à l'alcool, mais surtout aux efforts qu'il faisait chaque mois pour gagner sa vie, certes pas un problème nouveau, sauf que certains jours l'épuisement aboutissait à la paralysie. Il ressentit le désir secret de devenir idiot et de prendre un boulot ordinaire, mais la seule possibilité qui s'offrait à lui, à savoir l'enseignement, le rebutait. Il était toujours l'enfant claustrophobe convaincu de mourir si on l'obligeait à rester entre quatre murs. Après l'échec complet d'un roman (*Nord-Michigan*), la glissade financière se transforma en chute libre, si bien qu'il souffrait parfois de « vision tunnel ». Plus rien ne l'intéressait, sauf de promener sa chienne, ou de faire un feu de camp par une journée humide consacrée à la pêche, ou encore une chose aussi simple que de manger une poire mûre, de regarder une rivière, de ramasser des morilles. Le journalisme lui permettait seulement de couvrir ses frais le temps de voyager et d'écrire son article ; même remarque avec deux tentatives scénaristiques. Bizarrement, le spectre d'une dépression, dont il ignorait qu'elle était déjà là, le poussa à lever le pied sur l'alcool et à marcher encore plus loin dans la forêt, ce qui à son tour lui permit de sortir lentement de la dépression. Un voyage à Los Angeles ou à New York pour y chercher du travail lui accordait une bouffée d'oxygène, mais dès qu'il rentrait chez lui les mains vides il se retrouvait encore plus déprimé qu'avant son départ. Le fait de désirer vivre de sa poésie et de ses romans lui fit l'effet d'une absurdité, qui raviva encore le thème récurrent de sa propre bêtise. Comme Nonius, il aurait pu dire : « Tout ce que j'ai connu gît en vrac », et il s'agissait maintenant de ranger ce vrac dans une stalle de la grange.

Il croyait de son devoir de dévorer le monde, mais il ne savait absolument pas quoi en recracher. Afin d'écrire, il était imprudemment devenu tout – les hommes, les femmes, les arbres, les lacs, le paysage qui l'absorbait, les chiens, les chevreuils, les chats, les bruits qu'il entendait, le ciel nocturne. Il n'y voyait aucune grandiloquence pompeuse, seulement sa responsabilité. Et puis il s'était constitué de façon telle que ce processus émotionnel demeurait tout à fait incontrôlable. On se lance dans la vie, on ne désire rien tant que de la croquer à belles dents, et c'est elle qui vous dévore. Il savait, bien que vaguement, qu'à une certaine époque l'épuisement n'était pas une si mauvaise chose. Comment, sinon, réussir à se débarrasser de certains aspects de son existence qui ne fonctionnaient plus ?

Cédant à une impulsion, il partit en voiture vers le fin fond du Canada, croyant pouvoir y découvrir une échappatoire, sans comprendre qu'il devait descendre encore un peu avant de s'en sortir, tel un oiseau qui heurte sans cesse le plafond sans comprendre que la porte se trouve juste en dessous de lui. Depuis des années il étudiait le zen à ses heures perdues, c'était un « aficionado », un amateur, amoureux des concepts et de la tradition de la poésie dans le tchan chinois et le zen japonais. Au Canada, toutes ces informations disparates prirent soudain sens, mais d'une manière incroyablement désagréable. En route vers le nord, le lac Supérieur se trouvait sur sa gauche, vaste et impersonnel, guère rassurant. Les chemins qu'il prenait dans la forêt traversaient une région sauvage si énorme qu'il se voyait réduit à l'échelle d'une souris sautillante. Il pêcha quelques truites de rivière, il les fit griller et son seul souvenir agréable de la terre, en dehors de ce qu'il était en train de faire, c'étaient sa femme et ses deux filles. Toutes ses décisions lui semblaient hasardeuses, accidentelles. Les gens se croisaient et restaient parfois collés ensemble.

Un peu plus tard le même jour et plus au nord, il suivit un long sentier qui aboutissait à un plan d'eau proche d'un petit village. Deux jeunes Indiennes installées dans une vieille voiture sans pneus ni vitres regardaient le coucher de soleil en buvant de la bière. Elles lui adressèrent un signe de tête. Contact humain.

Pendant le long voyage de retour, une journée entière au volant, son pick-up tomba en panne et deux très vieux pêcheurs professionnels installèrent un carburateur extrait de l'épave d'un camion garée derrière leur cahute. Ils refusèrent son argent, mais acceptèrent qu'il leur offre un verre. Il alla donc acheter une bouteille un peu plus loin sur la route, puis, assis dans leur minuscule salon, il sirota un whisky avec eux. Sur la commode trônaient de nombreuses photos d'enfants et de petits-enfants. Les deux hommes avaient près de quatre-vingts ans, leurs épouses étaient mortes. Ils pêchaient toujours au filet la truite de lac et le poisson à chair blanche, mais ils évitaient le large où ces poissons prospéraient pourtant. Ils se lancèrent dans des récits sur leurs enfants et leurs petits-enfants, puis ils firent griller quelques poissons pour le dîner et il comprit soudain qu'il n'avait aucune obligation envers l'art ni autre chose, qu'il devait seulement s'occuper de son épouse et de ses filles. Et surtout, il était toujours le fils de son père.

III

Ce que l'homme plus âgé a vu

Le trente-sixième dessous évoque la possibilité d'un trente-septième, mais des perceptions justes commencent alors à affluer. Si la dépression est pour l'essentiel une incapacité à accepter la vie telle qu'elle est, alors à quoi pouvons-nous bien nous attendre ? Les problèmes d'argent semblaient toujours se résumer à la même chanson pleurnicharde jouée sur un piano ou un violon désaccordé. Au milieu de toutes ces difficultés, les amis se demandaient à voix haute pourquoi il n'acceptait pas tel ou tel poste d'enseignement à l'université, maintes fois proposé sans aucune sollicitation de sa part. Il répondait toujours qu'il ne supportait pas d'installer sa famille loin de la campagne, mais dans les recoins mal éclairés de sa conscience il savait que tous les fondements de son existence étaient d'ordre mythologique, ce qui excluait les consensus très ordinaires qui constituaient la réalité. Il savait même que durant la seconde moitié du vingtième siècle l'économie de la nation avait délaissé les campagnes pour s'orienter vers les villes, abandonnant l'agriculture de subsistance comme celle pratiquée par ses grands-parents et tous les emplois modestes et périphériques des petites villes au profit du boulot bien payé en usine et dans les grandes villes, une évolution peut-être plus saisissante dans le Michigan que dans des localités situées plus à l'ouest, mais cette mutation les toucherait bientôt, à croire que seuls survivraient les sièges de comté. Et puis existait en Amérique cette ironie presque idiote : vous pouviez être relativement bien connu dans le monde littéraire, avoir votre photo en couverture du supplément littéraire du *New York Times*, et pelleter malgré tout la neige sur le toit des maisons pour joindre les deux bouts. Son arrogance fréquente mais bridée le stupéfiait souvent et il était impossible de ne pas la considérer sous un angle comique. Les aspects les plus absurdes de Don Quichotte étaient encore très vivaces chez des milliers de jeunes poètes et écrivains à travers le pays, qui oubliaient paradoxalement tout ce qu'ils avaient appris sur l'existence prévisible des littérateurs. C'était un tour de passe-passe dont eux-mêmes étaient les victimes, comme des aboyeurs de carnaval dans une petite bourgade qui sentaient que leur place était chez Ringling Bros. ou chez Barnum.

Presque une décennie plus tôt, il avait ardemment désiré atteindre la trentaine et laisser derrière lui toutes les folies de ses vingt ans. Maintenant qu'il frisait la quarantaine, il comprit qu'il avait beau avoir sept livres derrière lui, il continuerait à tirer le diable par la queue pendant une durée indéterminée et qu'il devait simplement se soumettre à sa vocation. Il trouvait cela étrange, mais il comprit bientôt qu'il avait entamé ses meilleurs livres quand ses problèmes étaient devenus carrément insurmontables. Peut-être s'agissait-il simplement de la condition des neuf dixièmes des citoyens de la planète... Tous ses amis et leurs familles semblaient se bagarrer soit pour partir à la campagne soit pour y rester, sauf quelques-uns qui étaient riches de naissance et ne rencontraient donc aucun problème d'ordre financier. En fait, il lui était facile de bannir l'envie des pauvres et de comprendre que, l'un dans l'autre, ses amis riches ne paraissaient pas plus heureux que lui et sa famille, et souvent beaucoup moins.

Il avait entamé un recueil de *novellas*, un projet irréaliste selon les éditeurs, car plus personne n'en écrivait à cette époque, quand deux crises se produisirent. Il s'inquiétait des frais d'inscription de sa fille aînée à l'université lorsqu'elle devint soudain boursière du Mérite national. Une fois ce problème réglé, il reçut une demande d'explications du service des impôts, qu'il jeta à la poubelle avant que sa femme ne pût intervenir. Il n'avait rempli aucune déclaration d'impôts depuis dix ans et il était certain d'être bon pour la prison.

Une lettre arriva, d'un acteur célèbre qu'il avait brièvement rencontré dans le Montana avant de passer une soirée avec lui à Hollywood lors d'une de ses tentatives guère réussies pour y décrocher un boulot de scénariste ; cette fois-ci on lui proposait cinq mille dollars pour écrire un scénario, alors qu'il n'avait pas la moindre idée de la manière de le faire. L'acteur suggérait une rencontre à Durango, au Mexique, où se tournait un film.

Il était de nouveau sur la route, après avoir emprunté pour la première fois de l'argent à son beau-père, parce que toutes les autres sources s'étaient taries. (Le fait de ne pas accepter le moindre argent de son beau-père prouvait une fois encore son orgueil déplacé dans ses rapports avec les autres.) Il y eut une étape agréable à Cozumel. Nous étions en 1978, bien avant le boom touristique de cette île. Bien au-delà du décor tropical, il y retrouva l'atmosphère de Key West dans une langue différente, un vague écho, et puis la musique était majoritairement caribéenne. Très vite il ressentit une douce étrangeté qui commença de faire disparaître la boule qu'il avait dans la gorge depuis plusieurs mois. Dans le modeste café où chaque table était décorée d'un bouquet de fleurs, une jeune et très jolie

Allemande suçait son pouce tandis que son petit ami fondait en larmes avant de se prendre le visage entre les mains. Malgré sa beauté, elle avait une lueur diabolique dans le regard tandis qu'elle observait son petit ami avec toute l'émotion que peut susciter un emballage de chewing-gum.

Il tenta d'écrire un petit article pour éponger ses frais, mais les mots ne venaient pas. Il prit donc l'avion pour Durango avec une escale à Mexico et, après qu'il eut traîné ses basques pendant une semaine sur le plateau et dans les environs, l'acteur en question, Jack Nicholson, proposa de l'aider financièrement pendant qu'il écrirait son livre. Leur rencontre dura seulement quelques minutes. Il était maintenant si fasciné par Durango, une ville traditionnelle de montagnards, qu'il mit plusieurs heures à comprendre sa chance. L'employé de la réception l'aida à téléphoner à sa femme, car il était parfaitement incapable de se servir du combiné. Il regarda les montagnes au loin où, quelques jours plus tôt, à l'occasion d'une marche, plusieurs bûcherons lui avaient donné un bol de *posole* d'ours, une sorte de ragoût.

Il écrivit son livre rapidement, car il pensait à deux des trois *novellas* depuis des années. Ce livre fut vendu à un studio avant même d'être publié et pour davantage d'argent que tout ce qu'il avait gagné en dix-huit années de mariage. Il se rendit plusieurs fois en avion à Los Angeles, le genre de voyage dépourvu du moindre dépaysement. En été les promenades à l'aube étaient agréables parmi la flore absurde de Beverly Hills. À la fin de l'automne, en hiver et au début du printemps, il valait mieux loger à Westwood où UCLA entretenait de nombreux jardins, ou, mieux encore, à Santa Monica, où l'immense plage était déserte à ces époques de l'année. En dehors des promenades, il subit des réunions assommantes, picola, sniffa de la cocaïne et fit le malin en ville comme n'importe quel crétin du Midwest qui vient de toucher le jackpot.

Assez comiquement, il n'était pas très bon dans son nouveau rôle de richard. La première voiture neuve qu'il eût acheté de sa vie fut un humble 4 x 4 Subaru, le véhicule idéal pour se rendre au fin fond de la cambrousse afin de pêcher. Il se rappela que, maintes années plus tôt, à Gloucester, Robert Creeley lui avait confié qu'après avoir touché un chèque de mille dollars, sa femme Bobbie et lui avaient mangé des steaks pendant trois jours d'affilée, avant de se retrouver sans savoir quoi faire d'autre.

Sa réaction à la malchance avait été de s'enfuir dans les bois et sa réaction à la bonne fortune fut identique. La géographie le sauverait de temps à autre, du moins l'espérait-il. Et ce fut bel et bien le cas. La retraite est une idée merveilleuse. La sienne fut un chalet en rondins au bord d'une rivière, à l'écart de tout, dans une forêt peuplée de chevreuils, d'ours, de coyotes et de quelques loups. Un visiteur sophistiqué lui avait demandé en arrivant : « Où sont Hansel et Gretel ? » De fait, ce chalet était légèrement mythologique, au moins folklorique et peut-être davantage, mais son vrai charme résidait dans sa banalité même. On faisait du feu presque tout le temps en été, à cause de la proximité des eaux glacées du lac Supérieur, si froides que les noyés ne remontaient même pas à la surface et y trouvaient une meilleure demeure qu'au cimetière.

Au moindre signe avant-coureur de problèmes professionnels, il battait en retraite dans ce chalet avec Sand, un labrador femelle, pour seule compagnie. Il y avait des milliers de kilomètres de chemins de bûcherons à découvrir à pied ; seule la peur aiguë que Sand avait des ours interrompait la tranquillité des lieux. Dès qu'elle en sentait un, elle courait vers la voiture. Au chalet il se sentait bien dans sa peau, il pouvait écrire sans interruption et pêcher à moins de cinquante pas de sa porte. Les problèmes financiers le tracassaient encore, surtout la nuit, mais un seul corbeau, ou une fauvette, dissipait ses soucis ; quant au huard, il pouvait tenir les tracas à distance pendant des heures. Malheureusement, à cause de l'hiver rigoureux, ce chalet était seulement habitable et accessible six mois par an.

Une année, il alla deux fois à Londres pour participer à un projet cinématographique. Il comprit qu'il était un simple amateur dans l'art de gagner sa vie quand il travailla deux jours avec le grand metteur en scène John Huston, qui eut alors l'amabilité de lui dire : « En ce moment, j'ai besoin d'un écrivain, pas d'un scénariste. Je pourrai toujours en trouver un plus tard. »

Et puis il avait lu suffisamment d'excellents scénarios pour savoir que ce métier ne serait jamais le sien. Car ce devait être une obsession à plein temps, comme le roman ou la poésie. Il fallait être capable de voir comme une caméra de cinéma, puis de faire en sorte que la caméra voie comme vous. À cause de ses anciennes tentatives pour devenir peintre, il était assez visuel, mais pour simplement essayer d'être un excellent scénariste, il lui aurait fallu devenir schizophrène, et il avait déjà son compte de problèmes mentaux. Pourtant, à Londres, en fréquentant Huston, Nicholson et Stanley Kubrick, il comprit enfin de l'intérieur comment cette magie fonctionnait. Depuis l'enfance il adorait le cinéma, mais il croyait naïvement que les films étaient simplement des livres mis en images.

Londres favorisa la boisson, comme toutes les grandes métropoles, du moins dans son cas guère original. Les visiteurs célèbres de Nicholson se comportaient de manière plutôt ordinaire, mais personne n'a vraiment envie d'être célèbre jour et nuit. Ils aimaient blaguer, parler de leurs enfants ou de leur profession, regarder les matches de basket enregistrés des L.A. Lakers, qu'on leur envoyait des États-Unis. C'était agréable, un peu soporifique. Les promenades dans Londres et les visites des musées étaient tout aussi agréables, mais curieusement il ressentait la nostalgie d'un mois d'août torride et humide qu'il avait passé à Paris et en Normandie pour participer au montage d'un documentaire sur la pêche au tarpon, réalisé par un ami français, Guy de la Valdène. Guy lui avait fait connaître Paris, mais il n'avait plus vraiment le temps de s'y rendre, occupé comme il l'était à gagner de l'argent et à écrire dans son chalet, sans oublier les voyages annuels de pêche à Key West et dans le Montana, de plus en plus brefs. Il profitait de tous les interstices temporels pour continuer d'écrire ses romans et ses poèmes, une obsession à la fois gênante et intraitable, en partie parce que sa vocation avait avant tout été de nature religieuse. Ezra Pound a justement écrit : « Les mythes sont des nouvelles qui demeurent des nouvelles. »

Naturellement, lorsque son étoile temporaire déclina, il dut travailler plus dur et se trouva bientôt épuisé. Sur un coup de tête, il partit passer une semaine au Costa Rica et découvrit une fois encore que les tropiques constituaient l'évasion idéale pour un crétin du Nord incapable de voir au-delà de la page blanche posée devant lui. Lorsqu'il quitta le Nord-Michigan, où il était très facile de croire que cette année-là le printemps allait oublier de venir, ce qui le frappa le plus c'était que partout au Costa Rica il y avait une profusion de fleurs, des parois de montagnes entières recouvertes de jacarandas, et puis des ruelles de bidonvilles aux maisonnettes littéralement masquées par les plantes grimpantes en fleur, et le soir de la musique sortait de chacune de ces maisons. Il n'arrivait pas à se faire à l'idée que le Costa Rica ne possédait pas d'armée. Engagé politiquement depuis sa prime jeunesse dans les mouvements pour les droits civiques et contre la guerre, il avait remarqué que son propre gouvernement était devenu de plus en plus lointain, tant le Président que le Congrès étaient entourés d'une carapace apparemment impénétrable de lobbies et de groupes de pression divers. La moitié du corps électoral s'en contrefichait et, en parlant avec ces gens dans les bars, les épiceries ou les stations-service, il découvrit qu'ils n'étaient pas tant désenchantés que parfaitement indifférents aux problèmes du gouvernement.

Il avait l'oreille collée au sol, et son ouïe était certainement bien meilleure que celle de tous les gens qu'il connaissait dans les médias, car durant les six mois de l'année où son chalet était inutilisable il partait en voiture à travers le pays, souvent sans destination précise, mais en général très loin. Par exemple, il roulait pendant deux jours pour rejoindre La Crosse, dans le Wisconsin, afin de regarder le Mississippi lors d'une crue de la fin mars tout en faisant son boulot dans un motel, ou bien il partait pour Duluth au beau milieu de l'hiver pour regarder le lac Supérieur gelé, ou encore, plus souvent, il se baladait dans le Nebraska, un État qu'il avait trouvé fascinant tandis qu'à seize ans il y faisait de l'auto-stop. Comme les deux Dakota, le Nebraska était un État presque entièrement inconnu des très nombreux habitants de nos deux côtes de rêve. Il découvrit que les immenses Sandhills avaient une beauté à la fois diversifiée et grandiose. L'un des avantages de toutes les lectures sur les Indiens d'Amérique qu'il avait faites depuis l'enfance, c'était que le paysage prenait tout son sens lorsqu'on savait qui avait vécu là en premier et ce qui était arrivé aux tribus durant la folie meurtrière de la colonisation.

Il évitait de tenir un journal régulier, sauf pour consigner quelques informations brutes. À quoi bon tout transformer immédiatement en langage ? Pourquoi ne pas laisser la réalité reposer là, parmi les milliards de neurones, et voir ce qui pourrait bien en sortir ? Selon lui, le monde était pour l'essentiel indescriptible, et il était seulement capable d'en appréhender quelques parcelles. L'*hubris* artistique est parfois plus épuisante que le travail lui-même. Quand on se tenait sur la butte de Wounded Knee ou sur le lieu de l'assassinat de Crazy Horse à Camp Robinson, à supposer que vous ayez fait vos devoirs et appris vos leçons, l'histoire se mettait à fumer autour de vous et vous sentiez l'odeur du sang, du cuir, de la terre et des chevaux.

Lors d'un de ces voyages, il venait de quitter la côte seri sur la mer de Cortez, au Mexique, et il roulait vers l'ouest et le Mississippi en pensant au destin des Seris à la fin du dix-neuvième siècle et au début du vingtième, quand le gouvernement mexicain avait massacré les neuf dixièmes de leur population lors d'un Wounded Knee prolongé. Quand on met un jour et demi pour traverser le Texas en voiture, on a tout le temps de passer soigneusement en revue l'intégralité de son existence, avant de s'en débarrasser comme on jette une cannette de bière par la fenêtre, en faveur du flux de l'histoire. Il connut le soulagement temporaire d'un arrêt chez son frère John à Fayetteville, en Arkansas, où il admira son énorme collection de livres rares et écouta quelques extraits d'une douzaine d'opéras d'acquisition récente, parmi les milliers de disques de sa discothèque. John avait passé vingt ans à Yale et il dirigeait désormais la bibliothèque de l'université d'Arkansas, surtout pour échapper à la région où sa fille de quatorze ans avait trouvé la mort, à Guilford, dans le Connecticut.

Dans le Mississippi il retrouva l'angoisse due à la disparition des Indiens d'Amérique, les Seris et les Yaquis. Il avait dit un jour qu'on pourrait étendre un drap imaginaire sur tout le continent nord-américain et voir les endroits où le sang imprégnerait ce drap. Il ne s'était jamais fait l'apôtre des gloires guerrières, en partie parce qu'à dix ans il avait entendu son père raconter comment un contingent de milliers d'hommes de Battle Creek était parti pour la guerre de Sécession et que moins de dix pour cent étaient revenus chez eux. Ce récit lui rappela le retour tant espéré de ses oncles partis pour la Seconde Guerre mondiale, une pièce remplie de parents qui embrassaient les deux gamins, soudain vieillis et gauches dans leur uniforme bleu de marin. Les gens secouaient la tête et pleuraient, en disant : « Ils sont rentrés. »

Malgré le degré d'alphabétisation très élevé du Mississippi, un État qu'il connaissait bien, il ne pouvait s'empêcher de penser que tous les Noirs qu'il croisait avaient eu un ancêtre qui n'avait pas souhaité monter à bord du bateau. Quant à la guerre de Sécession, exaltée dans des milliers de chansons longues comme le bras, elle lui semblait n'être rien d'autre qu'un des cauchemars les plus suspects et les plus grandioses de toute l'histoire. Au lycée, il avait lu *À l'ouest rien de nouveau* d'Erich Maria Remarque et *Adieu à tout ça* de Robert Graves, deux livres que les hommes qui déclenchent des guerres ne peuvent pas avoir lus.

Au milieu de cette succession de voyages automobiles presque irrationnels et qui durèrent plus d'une décennie, il se mit à remarquer un curieux phénomène mental qu'il baptisa l'« Amérique manquante », presque une bande dessinée ou un dessin animé de ce qui se passait dans son esprit quand il approchait d'une ville ou d'un lieu connu, en opposition avec la réalité de cette ville ou de ce lieu. Il est rare que l'esprit soit vraiment présent dans le présent ; ainsi, quand il s'approchait d'une région non visitée, son cerveau aiguillonné par l'imagination générait et convoquait toutes les images créées depuis l'enfance par ses lectures et les films qu'il avait vus. Il était difficile d'accepter la réalité au temps présent en Iowa, quand l'esprit voyait aussi la guerre de Black Hawk, des équipages de vingt chevaux tirant de gigantesques moissonneuses-batteuses, ou les vignettes urbaines souvent mélancoliques et glaçantes peintes par Edward Hopper. Au Kansas, il y avait les frêles corps féminins de Thomas Hart Benton ou la souple Jeanne Crane donnant à manger aux cochons dans *State Fair*. Malgré toute son absurdité, ce processus n'était guère évitable. Un peu plus loin vers l'ouest, il devint encore plus ridicule, à cause de ses lectures juvéniles de Zane Grey, Owen Wister et Will James, mais aussi des films, car Hollywood ne s'est jamais intéressé, semble-t-il, à la nature et à l'histoire authentiques de l'Ouest. Peut-être s'agit-il de cette étrange xénophobie où les habitants d'une région entretiennent des croyances complètement infondées sur ceux d'autres régions, ou bien, phénomène encore plus fréquent, n'ont pas la moindre curiosité pour d'autres parties de l'Amérique, leur histoire et leur littérature. Cette xénophobie était particulièrement sensible dans les grandes métropoles comme Los Angeles ou New York, qui semblaient si intactes et actives qu'elles éliminaient tout intérêt pour un ailleurs quelconque. Des années plus tôt, à Stony Brook, le célèbre critique Alfred Kazin lui avait dit que les personnages de Faulkner étaient les produits de son imagination « enfiévrée », ce qui était parfaitement possible à condition de ne jamais mettre les pieds dans le Mississippi rural. Du temps de Faulkner, ces personnages existaient en chair et en os à un jet de pierre de sa maison, sans nul doute une demeure déprimante avant qu'on ne l'ait transformée en un lieu plus propice au tourisme littéraire.

Il s'aperçut bientôt que ces habitudes nomades commençaient à créer davantage de problèmes qu'elles n'en résolvaient. Quand, poussé par le seul appât du gain, on écrit un scénario qu'on n'a pas envie d'écrire, il s'agit d'une punition bien payée. Tout aurait été plus facile si les multiples réunions avaient eu lieu à New York, car il y avait là cinq musées d'art parfaitement accessibles à pied à partir de son hôtel et, dès qu'il avait un jour de libre et qu'il faisait beau, il marchait depuis la Quatre-vingtième Rue est jusqu'au Village. Traverser le pont de Brooklyn à pied constituait aussi un bon antidote à la claustrophobie. Mais une intuition désagréable le tenaillait : il était un vulgaire plumitif qui prostituait son talent en écrivant ce qu'il n'aurait jamais dû écrire, simplement pour de l'argent, même s'il avait dramatiquement besoin de cet argent. Ses habitudes nomades l'affranchissaient de cette intuition. La route ainsi que les itinéraires inédits lui procuraient une longue bouffée d'oxygène pur. C'était très excitant, sur les petites routes des Sandhills du Nebraska, d'enclencher le stabilisateur de vitesse de la voiture, de faire coulisser le toit ouvrant et de se mettre debout sur le siège en conduisant avec les genoux, quitte à remettre la main sur le volant en cas d'urgence, histoire de voir vraiment à quoi ressemblait le paysage.

Lors de ces voyages, certains sentiments religieux s'emparaient de nouveau de son esprit, des sentiments à la fois chrétiens ou bouddhistes zen, à mille lieues de la vénalité confortable de son gagne-pain. Grâce à ses lectures et aux cours d'anthropologie suivis à l'université, il se rappelait vaguement que les nomades connaissaient des impulsions religieuses plus libres, que leur mode de vie se fondait davantage sur la civilité et la générosité, qu'ils étaient davantage reliés à la nature des régions qu'ils traversaient au cours de leurs voyages, alors que la religion des peuples sédentarisés depuis longtemps privilégiait les prescriptions, des règles très strictes, des menaces complexes et une juridiction punitive, les droits de propriété et une caste sacerdotale autoritaire. L'accumulation et la cupidité se voyaient transformées en vertus. Sur la route, dans des milliers de lieux à la beauté unique, il se mit à considérer le monde naturel comme l'expression prédominante de l'Esprit saint, et à se convaincre qu'il fallait protéger ces lieux contre la cupidité, sans jamais oublier qu'il était aussi coupable. La route privilégie une conscience élargie ; son sens de la nature et ses intérêts incluaient la vision de la crécerelle et la structure crânienne du corbeau, mais aussi l'identité mystérieuse de quatre-vingt-dix milliards de galaxies et des sujets aussi curieux que celui-ci : Pourquoi les humains ne peuvent-ils pas s'empêcher de s'entretuer ? « Nous sommes la nature, aussi », dit Shakespeare, et il vécut peut-être ses heures les plus sombres en réfléchissant à la cruauté humaine. Il était enfantin de ne pas croire au mal, une décision moderne aussi infantile qu'un ballon de plage.

On lui demanda soudain de se rendre au Brésil et d'y rêver un scénario qu'on pourrait y tourner afin de profiter de fonds substantiels bloqués dans ce pays pour des raisons qui lui échappaient entièrement. Cette proposition n'avait pas davantage de sens que des milliers d'autres projets avortés, qui d'abord avaient visé très haut avant de disparaître purement et simplement ou de finir très bas. Le cinéma ne le rendait pas particulièrement cynique, pas plus en tout cas que le devenir de l'édition américaine. Il se rappelait la comparaison désabusée de son père entre n'importe quel boulot et celui de mineur dans une mine de charbon, mais on ne pouvait tout de même pas rester morose quand on annonçait à ses amis qu'on devait partir pour le Brésil au beau milieu de l'hiver du Nord-Michigan...

Au Brésil, il reçut en pleine figure cette vérité selon laquelle nous vivons et mourons sans savoir vraiment de quoi il retourne. Il s'était maintes fois vanté de l'avoir toujours su, mais c'était un savoir plutôt livresque, alors qu'au Brésil cette vérité s'insinuait en vous comme un mélange de gaz lacrymogène et de gaz moutarde. En découvrant l'exubérance de la vie au milieu de toutes les formes imaginables de la misère, il se demanda comment les intellectuels privilégiés de sa propre espèce pouvaient oser reprocher leur foi aux pauvres. Cette indignation n'ébranla nullement son mépris pour la classe des prêtres, y compris la foule des évangélistes américains qui profitaient de la foi de ces mêmes pauvres pour gagner de l'argent, renforcer leur pouvoir et parfois abuser d'eux sexuellement. La grâce des Évangiles s'était donc volatilisée, sauf dans la foi des plus démunis ; et lorsqu'à Bahia il assista à une messe, il découvrit avec stupéfaction que cette foi pouvait être jubilatoire et musicale. Qui avait tort ? Eux ou nous ? Ni les uns ni les autres, il s'agit simplement d'univers différents, mais il fut néanmoins absorbé durant tout un mois par un peuple qui ne fait aucune différence entre la musique et la prière. Quand la Bible dit : « Offrez un bruit joyeux au Seigneur », son auteur prophétise sans doute le Brésil qui, malgré sa société et son gouvernement souvent iniques, réussit à éviter l'opportunisme larmoyant qui règne en permanence à Washington.

Au moment précis où le succès lui sourit de nouveau, son intérêt pour la chose cinématographique le quitta définitivement. Il mit deux ans à éradiquer cette période d'enthousiasme durant laquelle furent tournés trois films auxquels il avait participé, des films qui dès leur sortie atteignirent le sommet du box-office et connurent ensuite un honnête succès commercial, une excitation qu'il comparait au plaisir d'avoir un bon article dans la presse littéraire, ce qui était tout aussi stupide. Curieusement, il commençait aussi à apprécier Los Angeles, surtout les aspects de cette ville qui n'avaient rien à voir avec le show-business : l'océan Pacifique, le climat, la cuisine qui exprimait un vaste mélange ethnique, la flore qu'il étudiait dans les rues de Santa Monica, les milliers de femmes splendides dont l'affection n'avait rien de démocratique. Il finit même par comprendre pourquoi des écrivains comme Thomas Mann, Aldous Huxley ou Christopher Isherwood avaient adoré cet endroit. Il y régnait un parfum violent, mais superficiel, de Méditerranée. C'était le décor d'un film trop vaste et trop complexe pour qu'on pût un jour le réaliser.

Vers cette époque, après trente-cinq années de mariage, il comprit peu à peu que son épouse était encore plus excentrique que lui. Il était un pur produit américain, alors qu'elle avait fait un pas de côté. Elle aimait son jardin, ses filles adultes, dont elle restait très proche, les chiens, les chats, les chevaux, la cuisine et l'observation des oiseaux. Elle adorait voyager, mais certes pas les voyages d'affaires, où elle voyait la source de leur malheur et qu'elle préférait ignorer. Malgré son passé irréprochable, elle ne s'intéressait guère à son statut social, et pas davantage au shopping ou à l'acquisition d'un portefeuille d'actions en Bourse. Lorsqu'il décida de ne plus travailler pour Hollywood alors qu'il était à l'apogée financière de sa carrière de scénariste, elle fut ravie. Après une inévitable période d'adaptation, ils furent plus heureux avec beaucoup moins d'argent. Ils se rendirent plusieurs fois à Key West ; mais leur plus grand plaisir, c'était leur voyage annuel dans le Montana, à l'automne, où leur fille aînée vivait désormais.

Il aimait la sensation d'avoir enfin retrouvé son bon

sens. Il se mit à pêcher encore plus, dans le Michigan ou le Montana, au Costa Rica et au Mexique. Il aboutit à cette conclusion que l'essentiel de son plaisir venait moins de la pêche proprement dite que de la présence quotidienne de l'eau, dont la nature lui était toujours aussi mystérieuse et inscrutable que dans son enfance, quand cette passion était née auprès des lacs frais et limpides ou des rivières paisibles, dans les forêts du Nord-Michigan.

Les modestes satori qui accompagnaient la route étaient souvent obscurs, voire désagréables. Lors d'un printemps prématuré, à la fin mars, il se retrouva prisonnier d'une tempête de neige dans le sud du Minnesota et, après une longue glissade qui s'acheva dans un fossé, il sentit les frontières de sa conscience s'élargir pour découvrir des régions qu'il n'avait pas vraiment envie de visiter. Son but avait pourtant été assez simple : voir les centaines de milliers de grues des sables entrer dans le sud du Nebraska, ensuite il repartirait en voiture vers le nord parmi les Sandhills, voir les premières pousses timides du printemps et l'arrivée par le nord des alouettes migratrices dont le chant lui procurait les mêmes sensations bouleversantes qu'un morceau de Mozart. Ce n'étaient pas des sensations négociables, mais un don de grandeur entre un homme et des oiseaux.

Il réussit à se sortir du fossé grâce à ses quatre roues motrices, en se sentant un peu bête et inattentif, après quoi il rejoignit une aire de repos, s'assit à une table de pique-nique dans la neige épaisse qui tombait doucement, et but le café dilué et médiocre du Middle West, néanmoins idéal pour les gens qui tous les jours en partagent une bonne douzaine de tasses avec les amis. Il mangea là, en se demandant s'il n'allait pas devenir paralysé, s'il se mettait à comprendre la vie encore mieux qu'il ne la comprenait déjà. En définitive, nous ne savons pas grand-chose et nous ne savons pas que nous ne savons pas grand-chose. À dix-neuf ans il était tombé amoureux du vers de Rimbaud : « Tout ce qu'on nous apprend est faux. » Mais à cette époque, il était plongé dans le drame costumé du poète en herbe, moyennant quoi cette phrase lui permit d'adopter une autre posture au sommet d'une colline d'où il contemplait avec dédain la ville à ses pieds, une écharpe rejetée sur l'épaule et entraînée par le vent. Et maintenant, assis à sa table de pique-nique tandis que la neige s'accumulait sur son corps, il se demandait comment l'espèce humaine avait bien pu rater son coup avec une telle brutalité. S'il est vrai qu'il existe cinq millions d'enfants qui en Amérique ont faim, la solution la plus simple est de leur donner à manger. Et si le gouvernement a choisi de ne pas le faire, ce refus signifie seulement qu'il ne veut pas le faire. Il est composé de gens qui de leur vie n'ont jamais sauté un repas et, en écoutant leurs discours, on comprend très vite qu'aucun d'entre eux n'a jamais été capable d'imaginer la faim, sans parler de la puanteur d'un champ de bataille.

Quand il quitta Hollywood, certains de ses amis l'avertirent : « Ne brûle pas les ponts derrière toi », ce qui lui mit aussitôt devant les yeux l'image d'un pont en train de brûler, les poutres en bois tombant dans la rivière en sifflant. Et le fait qu'une fois de plus il préférait jouer les matamores stupides plutôt que de regarder la réalité en face, le stupéfia. Joe Louis, un héros de sa jeunesse, avait fini comme employé chargé d'accueillir les clients à la porte d'un casino de Las Vegas. La vision de Joe Louis le troubla lorsqu'un comptable lui demanda avec audace : « Pourquoi n'avez-vous pas économisé davantage durant votre période de vaches grasses ? »

Il lui faudrait maintenant s'entraîner pour écrire aussi vite qu'un cheval de course afin de gagner sa vie comme romancier et accepter toutes les propositions qui remplaceraient l'activité déprimante de scénariste. Lui manquait un peu de compassion pour lui-même, car il connaissait la réponse à cette question classique : « Qui m'a fait ça ? » Son mentor Weisinger s'était montré effroyablement cynique sur la minceur des fondements philosophiques des mouvements romantiques britanniques et européens, un changement de marée qui alimentait toujours les convictions des poètes et de quelques romanciers à la fin du vingtième siècle. Weisinger était un intellectuel de gauche de formation européenne et il émettait les plus graves soupçons sur les aspects solitaires, essentiellement autoréférentiels, de l'écrivain comme faux hors-la-loi installé en marge de la société. Le cri de Shelley : « Je tombe sur les épines de la vie ! Je saigne ! » provoquait cette réflexion : « Évidemment, crétin. »

Il commença d'accepter tardivement la notion de limites. Il avait passé sa vie à dévorer le monde, mais certes pas à apprendre à le recracher, ce qui revient à accepter les limites de son intelligence et de son talent afin de réussir à avoir une vie en dehors de l'écriture. Parfois, son sentiment de ses propres limites devenait si évident, si aveuglant, que l'humilité qui s'ensuivait le rendait muet et qu'il trouvait séduisante l'idée de s'occuper d'une station-service dans une modeste bourgade. Bien sûr, il comprit en atteignant l'âge de soixante ans qu'il était beaucoup trop tard pour changer son fusil d'épaule. Se croire capable de devenir autre chose que ce qu'on est, voilà une autre manifestation de l'*hubris*. Il avait rencontré des douzaines d'Indiens (certains préfèrent parler d'autochtones américains) et il ne voyait rien d'enviable dans leur condition de marginaux, sinon leur extrême tolérance envers les hommes et les femmes âgés qui pouvaient se comporter à leur guise sans jamais s'exposer aux sarcasmes ni à d'autres formes de jugement. Un certain nombre de vieux Indiens qu'il avait rencontrés habitaient à l'écart, dans les bois, et semblaient heureux de couper du bois, de transporter de l'eau et de préparer eux-mêmes leurs repas. Le contraste entre ce mode de vie et une maison de retraite était extraordinaire. Sa grand-mère suédoise était restée à peu près autonome jusqu'à son décès, à l'âge de quatre-vingt-dix-sept ans, mais pareille autonomie suppose le don de la santé. Il conçut l'idée que, lorsqu'il déciderait de mettre un terme à toutes ses activités, il serait très heureux de se promener dans les montagnes avec un chien avant de s'asseoir sous un arbre à côté d'une rivière, et peut-être d'aider davantage son épouse dans le potager que par le passé. Il sentit ce moment arriver un matin dans son bureau, alors que leur très vieux chat Warren dormait sur son manuscrit en cours et qu'il n'y avait pas moyen de travailler sans déranger le chat. Il resta assis, à regarder le chat dormir, contemplant le cours de ses propres pensées sans prendre la moindre note, et puis, presque trois heures plus tard, ce fut le moment de déjeuner et le chat se réveilla alors tout seul.

Écrire des romans est une activité agressive et prolongée, et quand il se « réveillait » après avoir fini, il devait alors affronter le long processus de retour vers un semblant de santé, une période de convalescence qui se prolongeait bien sûr à mesure qu'il vieillissait. Ce fut une époque où il devint plus féminin pour se défendre contre la folie de la course perpétuelle contre la montre, de cette avancée forcenée comme si chacun cherchait son peloton d'exécution, le caractère inévitable d'une boule de bowling dégringolant dans une rue en pente, tous ces hommes plaquant leur téléphone portable contre leur tempe comme un pistolet quand l'avion atterrit. Se réveiller après un roman, c'était découvrir que le monde avait de nouveau changé et la métaphore opérante était la danse de Yeats, le Tao de la rivière. Dans cette nébulosité post-partum, la duperie romantique devenait encore plus absurde. Pourquoi quelqu'un désirerait-il être unique, à moins que cela ne serve au bien commun ? Qui pouvait réellement avoir envie d'être le mouton à cinq pattes ou le veau à deux têtes qu'il avait vu dans son enfance en visitant des fermes avec son père, la petite photo toute écornée d'Ava Gardner enfoncée dans sa poche ? Mais tant ses Évangiles gnostiques révérés que sa pratique aléatoire du zen nous sommaient de renoncer à nous-mêmes en devenant ce que nous sommes vraiment.

À mesure que l'âge imposait ses restrictions, il décida de limiter ses voyages à la France et au Mexique, après quoi il se mit à étudier sérieusement les cartes pour organiser son retour en Italie et en Espagne. Car il nourrissait un projet secret : retrouver le porte-documents bourré de poèmes et perdu par Antonio Machado quand il avait fui Barcelone et les armées de Franco pour rejoindre Collioure, en France, à la fin des années 1930. C'était une idée tout aussi foutraque que lui-même avec son œil gauche aveugle qui regardait toujours ailleurs, peut-être en harmonie avec son propre esprit. Le monde littéraire, qui semblait aussi petit qu'un chenil vu par un astronaute, lui vouerait une reconnaissance éternelle s'il parvenait à retrouver ces manuscrits disparus. Mais il n'y aurait pas de défilé, car Machado, l'un des meilleurs poètes du siècle, était à peine connu aux États-Unis.

Au lendemain d'un roman, l'imagination devient labile, joueuse, fantaisiste. En se réveillant à l'aube, il écrivit ceci dans son journal : « Il est très facile de s'imaginer en train de manger du poisson avec Jésus sur les rives de la mer de Galilée. Ils utilisaient une plaque ronde de métal étamé posée sur les braises, une méthode de cuisson qui tient à la fois de la friture et de la grillade, et ils mangeaient leur poisson avec une miche plate de pain de millet sans levain, à laquelle ils ajoutaient de l'ail, des oignons et des piments forts. Ils ne buvaient pas de vin avant le soir. Comme je ne parle pas araméen, j'avais beaucoup de mal à saisir davantage que quelques bribes de ses paroles. Quand, un bout de poisson coincé dans la barbe, il a montré la mer, il a semblé dire que l'univers était un vaste océan où nous nous noyons sans cesse avant de refaire surface sous une forme différente. Mais peut-être disait-il : "Ne partez pas pêcher quand le vent tourne au nord au crépuscule." Ou bien : "Pas facile d'être le fils d'une vierge, même quand on sait qui est son vrai père."

» Il est partout, mais nulle part en particulier. Il faut que j'arrête de pêcher et de faire de la menuiserie pour partir tout seul dans la nature sauvage pendant quarante jours. »

Comme il avait de nombreux carnets sous la main, il découvrit seulement ce passage beaucoup plus tard. Qu'en conclure, s'il fallait vraiment en conclure quelque chose ? Une soixantaine d'années plus tôt, il avait regardé une bible illustrée, incluant des gravures qui montraient des femmes en robe, aux seins plantureux et séduisants, et des hommes qui marchaient dans le désert avec des vipères lovées à leurs pieds, Marie Madeleine près du puits par une journée manifestement torride, son visage à la fois concentré et timide. Imaginez-vous en train de lancer des pierres sur une femme jusqu'à ce que mort s'ensuive. Il pourrait la sauver en l'emmenant dans son repaire au fond de la forêt.

Il s'en tirait assez bien en Amérique pour offrir une vie décente à sa famille ; et pour son ego légèrement flétri, la France lui proposait une affection durable. Il n'y avait certes pas de quoi se plaindre, car n'importe quel romancier un tant soit peu féru de littérature n'a aucune chance de gagner sa vie sans enseigner, et sa dernière expérience pédagogique remontait au milieu des années 1960, à Stony Brook. Mais pour dire la vérité, la réalité d'une vingtaine de séjours en France durant une décennie ne dépendait pas du succès de ses livres en traduction française. C'était bien sûr la cerise sur le gâteau, mais son principal plaisir consistait à se promener dans le pays et à vivre simplement au jour le jour dans des lieux aussi différents que Saint-Malo ou l'ouest méconnu de la Bourgogne où un ami, Gérard Oberlé, possédait une maison, et puis Arles, Marseille et Bandol où il s'était lié d'amitié avec Lulu Peyraud, la propriétaire récoltante du Domaine Tempier. Comme de juste, tous les gens qu'il rencontrait, américains et français, lui soutenaient que la France était beaucoup plus agréable autrefois, mais cette nostalgie ne le concernait ni ne l'intéressait. On entendait la même complainte dans toute l'Amérique et au Mexique. Il avait eu au lycée un professeur francophile, si bien qu'à partir de la classe de troisième il avait préféré la littérature française à l'anglaise. En France et contrairement au nord du Middle West, l'intérêt qu'il portait à la cuisine et au vin ne passait pas pour une excentricité de plus. Les plaisirs modestes sont une spécialité française. Il était fin prêt pour la bonne chère, car sa femme lui avait cuisiné dix mille plats succulents. Au cours des périodes difficiles, presque désespérées, de leur mariage, leur passion partagée de la cuisine leur avait permis de surmonter les obstacles, bien que parfois de justesse. Au cours de ses innombrables voyages sur les routes américaines, il n'avait jamais croisé l'égal d'un relais routier breton, où une femme dotée de bras plus gros que ceux d'Arnold Schwarzenegger battait un énorme bol de mayonnaise pour les crudités, et où son assiette de cuisses de canard aux pommes de terre était meilleure que tout ce qu'il avait pu manger dans les temples parisiens de la gastronomie, même si au fil du temps il en était venu à préférer les bistrots. Il était difficile de comprendre l'argent au sens global du terme, quand une marmite de poissons frais pour le petit déjeuner coûtait dans le Yucatán dix fois moins cher que le bol de céréales à son hôtel new-yorkais.

Pourquoi ressentait-il une telle harmonie dans deux pays aussi disparates que la France et le Mexique ? Ce n'était pas à cause de la cuisine, mais de dizaines de menus détails quotidiens qui finissaient par définir un mode de vie. C'était ne rien faire du tout à la Villa Louise à Alexe-Corton, sinon regarder les vignobles après avoir dégusté, dans sa chambre charmante, un repas léger constitué de fromages et d'une pomme cuite, ou bien la manière dont à Zihuatanejo une femme de chambre sema des pétales de fleurs sur son oreiller et plia une serviette de bain en forme de cygne. Mais c'était surtout l'occasion d'échapper à notre univers construit jusqu'à l'étouffement, un univers décidé à vous apprendre coûte que coûte à ignorer les choses de valeur au profit des valeurs et des exigences économiques de la culture. Comme le disait un Indien Omaha : « Ce n'est pas que vous autres Blancs ne pouvez pas connaître certaines choses, c'est qu'on vous forme pour ne pas les connaître. »

Il se demanda pourquoi nous voulons accomplir tout ce qui est grand avant même d'être capables de faire de petites choses.

Lorsqu'il ne profitait pas de ses loisirs pour explorer des routes inconnues, y compris ces chemins de bûcherons qu'il lui fallait suivre jusqu'au bout, il promenait les chiens ou il ramait dans une barque sur la rivière Yellowstone dans le Montana ou sur les lacs de la péninsule Nord du Michigan. Les explorations automobiles de régions lointaines s'espacèrent et furent ponctuées de nombreuses haltes afin de déterminer l'esprit du lieu, ou du moins percevoir en partie sa nature, car les lieux ne se livrent pas souvent au premier venu.

Lorsqu'ils s'installèrent dans le Montana, il finit par vendre son chalet après y être allé trois fois durant un certain été, ce qui lui fit accomplir plus de quinze mille kilomètres en voiture. Ce fut aussi une excellente excuse pour sillonner le Montana à la recherche d'une autre retraite, en se rappelant qu'il ne fallait pas choisir un endroit en se fiant seulement à l'esthétique de son nom, que malgré sa beauté phonétique « Grassrange » risquait de se trouver trop éloigné du camp de base.

Une lassitude mièvre vous envahit quand vous venez de terminer un long travail, une langueur qui le rendait vulnérable à un équilibre frelaté, un peu comme le sentiment agréable de conduire sur une route à cinquante-cinq kilomètres à l'heure et de remarquer que le thermomètre et l'horloge indiquent respectivement cinquante-cinq degrés Farenheit et cinq heures cinquante-cinq. Il se dit qu'il avait un talent à la fois inouï et hilarant pour la bêtise et que le genre d'équilibre recherché par certains dans notre culture était inaccessible, un cadeau empoisonné des Grecs et des bouddhistes, sans oublier divers cultes de sagesse contemporains qui lui rappelaient ces films où l'on découvre un immense monde merveilleux ou encore l'héroïne orgasmique d'un roman romantique : « Elle se laissa dériver sur l'immense houle du néant. » L'équilibre du jour n'est pas celui de la nuit, quand il était parfois visité par une infirmité *tourbillonnante* où la vision intérieure nocturne tâtonnait à la recherche de blessures et découvrait leurs équivalents visuels. On ne pouvait résister à cette disposition et pas davantage la chasser, mais on pouvait dans une certaine mesure la diriger grâce à la pratique du « voyage », cultivée dans le tiers-monde, où les démons étaient au moins mis en mouvement dans le paysage hallucinant de l'Arctique, ou bien le fond de l'océan contemplé à travers les yeux d'une baleine, visiter l'univers de Lucrèce Borgia, un cheval galopant à travers le Wyoming du dix-huitième siècle. Une décision apaisante consistait à pénétrer dans l'être d'un animal qui mettait un frein à son imagination. Il devinait que, durant toute sa vie, il avait logé et nourri cette conscience ainsi que sa source inconsciente, mais cela ne voulait pas dire qu'elle serait toujours sous son contrôle ; en fait, elle l'était rarement, si bien que la maladie tourbillonnaire le faisait retomber dans le giron de la mère de l'imagination, le chaos.

Dans ces moments où il savait qu'il était un dément au comportement à peu près policé, ce fut la science élémentaire qui le sauva. La science était le sujet le plus éloigné de ses capacités, mais les journées passées à étudier et à réfléchir à la flore et à la faune, à la biologie et à la géologie, à la morphologie des fleuves, aux quatre-vingt-dix milliards de galaxies, pouvaient offrir une splendide échappatoire, à condition d'éviter de retomber dans le piège du soi. Il ne dépasserait jamais le niveau du supplément scientifique du *New York Times*, mais c'était suffisant pour lui permettre de garder les deux pieds sur terre. Des douzaines de manuels d'histoire naturelle lui inculquèrent une humilité adéquate et il se sentait souvent désespéré en apprenant des choses qu'il aurait dû apprendre un demi-siècle plus tôt. Sa fierté naturelle le fit transpirer sur des livres concernant l'ADN et le génome ou bien, encore plus difficile, *Le Darwinisme neuronal* de Gerald Edelman, mais il s'émerveillait beaucoup plus qu'il n'apprenait. Il découvrit avec stupéfaction qu'on avait réussi à contrôler l'activité onirique d'un bouvreuil australien et que dans ses rêves cet oiseau chantait des variations de ses chants diurnes, mais qu'il n'utilisait jamais ces dernières lors de sa vie consciente.

Ce savoir fragile et des milliers d'autres faits mal digérés concernant les oiseaux, y compris leur intelligence, changèrent la nature de la résidence d'hiver où sa femme et lui se rendaient, près de Patagonia, en Arizona, sur le chemin migratoire d'un nombre incroyable d'oiseaux. Vers la fin mars, il restait assis dans le patio en essayant de lire un journal pour des raisons peu claires ; alors, levant les yeux vers les fourrés environnants et la mangeoire, il découvrait jusqu'à deux douzaines d'espèces d'oiseaux différentes, tous manifestant avec exubérance leurs particularités génétiques, sans parler des coatis, des javelinas, des chevreuils de Coue, qui longeaient le lit de la rivière, des chats à queue annelée et des serpents à sonnette dans le fouillis des rochers tout proches de la maison, des traces de couguar souvent identifiables dans la boue des berges, ni même du jaguar surpris par une caméra automatique dans un canyon situé à une trentaine de minutes à pied de la maison, encore un immigrant clandestin venu du Mexique avec les pitoyables « dos-mouillés » et les trafiquants de drogue qui avaient abandonné une demi-tonne de marijuana à moins de deux cents mètres de leur *casita*.

Leur maison dans le Montana était encore moins wordsworthienne. On avait besoin de jumelles pour voir le voisin le plus proche, en dehors d'un ranch situé au nord et masqué par un épais bosquet de saules. Rose, leur setter anglais bien-aimé, entama un déclin rapide après s'être fait piquer deux fois par un serpent à sonnette, et il fallut extraire un croc du reptile logé dans son œil. L'année précédente, leur voisin rancher avait perdu trente-trois moutons à cause des loups. Linda, son épouse, l'avait appelé à Paris un certain mois de novembre, pour lui dire que les loups avaient tué trois autres moutons, ajoutant que de la fenêtre de leur chambre elle les avait entendus dévorer leurs victimes. On avait tué plus de huit cents serpents à sonnette au cours de ces dernières années, près d'un de leurs repaires situé à mi-pente de la colline juste derrière sa maison. Il n'était pas partisan de tuer les serpents à sonnette, sauf lorsqu'ils étaient dans le jardin et constituaient ainsi une menace pour leurs chiens et leurs petits-enfants. Il se rappela les paroles du critique Kenneth Burke sur la beauté particulière de la menace. Les grizzlys locaux et les serpents à sonnette étaient beaux, mais mieux valait être encore plus attentif dans leur voisinage que sur les flots turbulents de la Yellowstone durant les crues de printemps.

Après la vente de son chalet dans la péninsule Nord, la violence du mal du pays qui l'envahit le stupéfia. Il écouta la grande Cesaria Evora chanter sa « Sodade » en portugais. *Saudade*, c'est le désir incroyablement puissant qu'on ressent pour un lieu ou pour une personne, qu'en tout état de cause on ne pourra jamais retrouver en cette vie. Il pleura en secret, comme il l'avait fait en apprenant la nouvelle du décès de son frère John à l'âge de soixante-sept ans. Il utilisait un vieux truc quand il se rendait dans une ville ou un pays nouveaux : « Qu'y a-t-il ici qu'on ne trouve nulle part ailleurs ? Et puis, que n'y a-t-il pas ici que j'ai beaucoup aimé dans d'autres endroits ? » Le Montana passa ce test avec succès : il y avait de nombreuses nouveautés, suffisamment pour tenir l'esprit en éveil.

Le chalet était parfois lugubre sous le ciel obstinément nuageux du Nord et en mai il arrivait souvent qu'on ne vît pas le soleil durant toute une semaine ; une fois, un 11 mai, il était tombé trente centimètres de neige. Ce chalet avait été construit par des ouvriers suédois au début des années trente, il n'y avait pas assez de fenêtres, mais à l'entrée une petite pièce bien éclairée était idéale pour y écrire et prendre ses repas. Les fenêtres étaient à petits carreaux et il avait passé vingt-trois étés à se tordre le cou en tout sens pour réaliser autant de tableaux imaginaires qu'il y avait de vues du paysage environnant à travers chaque carreau. Parfois, un ours lui rendait visite, un chevreuil ou des coyotes ; mais c'étaient le plus souvent les oiseaux qui agrémentaient ces tableaux.

Il paraissait impossible de savoir précisément ce que l'esprit du lieu pouvait bien ajouter à tel ou tel paysage, et puis c'était tellement subtil que la perception qu'il en avait lui semblait parfois légèrement délirante, quoique inoffensive. Pourquoi telle chambre d'hôtel à Mérida, dans le Yucatán, ou à Arles, en France, lui accordait-elle un sentiment de bien-être aussi intense ? La même remarque était vraie d'un bosquet de bouleaux près de Saint-Pétersbourg en Russie, de fourrés très précis à Hampstead Heath à Londres, d'un bosquet d'arbres sur la propriété d'un ami dans l'ouest de la Bourgogne, et d'une demi-douzaine de fourrés dans la péninsule Nord. Pourquoi aimait-il autant Irving Place à New York et la rue Vaneau à Paris ? Aucun de ces deux endroits n'était très distingué ; en fait, ils étaient moins distingués que les rues avoisinantes. Ce pouvait être la courbe d'une rivière, une maison abandonnée et remplie de sauterelles, une pâture guère pittoresque, ou, rarement, un restaurant ou un café comme le Sélect à Montparnasse, une fruste taverne dans une bourgade anonyme, le bassin intérieur du Frick Museum, la vue de l'East River à partir de l'extrémité de la Soixante-douzième Rue, un ravin tout proche de la rivière Niobrara dans le Nebraska.

Il prenait le minimum de risques, et pour lui seul, décidant que ces lieux étaient simplement le meilleur habitat de l'âme, quelle que soit cette âme en dehors de la concentration neuronale de tous les événements vaguement spirituels d'une vie. Lorsqu'on est assis sur un rocher confortable tout au fond d'un canyon qui semble plus éloigné qu'autrefois, l'esprit se vide tandis que la chienne s'enfonce dans sa sieste. Une odeur sauvage pénètre le sommeil de l'animal et elle se réveille, regarde autour d'elle, puis se rendort en décidant que cette odeur est inoffensive. Une fois n'est pas coutume, l'esprit de son maître est apaisé, car il a été absorbé par le paysage. Quelles différences entre ce canyon préféré et ses voisins ? Rien de perceptible qui puisse justifier cette préférence. En fait, le canyon situé un peu à l'ouest est d'une beauté plus saisissante. On dirait que chaque être humain a ses endroits fétiches, même si personne n'en parle davantage que de sa religion secrète qui domine celle qu'il affiche. Ou bien des animaux qu'enfants nous aimions et qui sans doute nous approcherons de nouveau sur notre lit de mort.

Dans leur *casita* toute proche de la frontière mexicaine, il y avait un tiroir rempli de cartes inutilisées décrivant des lieux relativement inconnus. Ces cartes, ou du moins leur contenu émotionnel, étaient similaires aux livres qu'il écrirait peut-être plus tard. Pour un cerveau épuisé, ce sont surtout le noir et le gris qui prédominent ; mais dès qu'on retrouve son énergie, tout le spectre coloré devient de nouveau perceptible. Il vieillissait bien sûr, mais le sentiment d'automne ou de début d'hiver était absurde selon sa vocation. Ce sentiment ressemblait à l'usage contemporain et immodéré du mot « limite », qui pour un artiste équivaut presque à une sentence de mort. Les cercles se contractent et se dilatent. En déménageant dans le Montana, ils se rapprochaient de leurs deux filles, Jamie et Anna, après une longue diaspora familiale, ainsi que de leurs petits-enfants, Will et John, chez qui il discernait déjà certaines obsessions enfantines qui allaient façonner toute leur existence.

Pour Noël, Jamie lui offrit l'édition de 1937 de *My Book House*, les douze volumes au complet, l'œuvre qui avait le plus marqué sa propre enfance, et par une nuit d'hiver où il était malade il s'assit pour en feuilleter chaque page. Cette expérience fut pour lui la plus éloignée du désagréable épisode de science-fiction de ce matin-là : un scanner. Il pénétra dans un merveilleux pays enchanté où tout sentiment de menace avait été annihilé par le temps. Il y avait du danger dans l'*American Miner's Song*, une frayeur délicieuse dans *Wynken, Blynken, and Nod*, dans le mystérieux *Water-Babies* de Kingsley ou dans *Death of a Mad Dog* de Goldsmith. Autrefois, les livres pour enfants étaient beaucoup moins protégés contre la mort. Il savait que *Ring Around the Rosie* et son refrain « Cendres, cendres, nous tombons tous », venaient des années de la peste bubonique. Il tourna lentement ces pages durant des heures, constatant que bon nombre de ces histoires étaient restées gravées en lui, même sous forme de traces infimes. Les spécialistes peuvent bien parler de « systèmes de croyance », mais le cerveau est un fatras, et non une construction linéaire. Quand nous apprenons qu'une chose n'est pas littéralement vraie, cela ne veut pas dire qu'elle disparaît. Un garçon se sert d'un loup comme d'un cheval, une jeune Indienne utilise un ours polaire, ainsi que des grenouilles et des souris déguisées en soldats, Casey Jones meurt, Daniel fait preuve de courage dans une tanière remplie de lions énormes. Il se rappela avoir désiré vivre *à l'est du soleil, à l'ouest de la lune*, tel était le lieu où il se dirigeait avec certitude. Les ours aiment la musique, le monde est plein de jardins secrets, de passages et de portes. Il y avait des douzaines d'histoires des Indiens d'Amérique, sans doute la source d'une de ses obsessions majeures, de nombreuses fables d'Ésope et des mythes grecs. Thor et Odin étaient présents au même titre que Jésus, Robin des Bois défendait coûte que coûte ses jeunes convictions de gauche. Il n'avait pas désiré être un chevalier à l'armure rutilante, ni même un cow-boy. Transporter tout ce métal sur soi était encombrant, et puis comment faisait-on pour nager ? Il désirait être un Indien presque nu courant dans la forêt avec son arc et ses flèches, ou bien Joaquin Miller dans les paysages sauvages des westerns. À mesure que les volumes évoluaient vers des histoires plus complexes, celle de l'Amérique en tant que « melting-pot » lui avait paru vaguement sexuelle. Et pour lui instiller le virus de l'écriture, il y avait des extraits du *Songe d'une nuit d'été* de Shakespeare, et Faust, Cervantès, Dante, Villon, ainsi que de brèves biographies de Tolstoï, Keats et Byron, qui lui avaient semblé très admirables.

Comme les lieux, les livres concentraient le résidu doux-amer de la vie à vivre. Il doutait d'avoir renoncé à quoi que ce fût pour devenir artiste, une idée absurde mais très populaire. Même les pires moments de sa vie de bohème avaient été préférables au travail à la chaîne. Et la plupart des endroits où il avait vécu et voyagé avaient résulté de choix esthétiques. Entre autres choses, nous sommes tous les lieux que nous avons fréquentés. Il se rappela le vers de Rilke : « Prends garde, ô voyageur, la route aussi marche. » Le fondement de l'esprit identifié à l'être tel qu'il est suggère aussi le non-être, la fin du voyage. Certains de ses livres resteraient, ou pas. Il ne le saurait jamais, et au plus profond de la nuit avec *My Book House* posé sur les genoux, ce n'était pas une question intéressante.

Note de l'auteur à propos de *Traces*

Je crois qu'une trentaine d'années se sont écoulées depuis le jour où j'ai lu que le fondement de notre esprit est l'être tel qu'il est. Cette affirmation m'a semblé si agaçante que mon cerveau la ressassait sans arrêt, quand j'aurais mille fois préféré qu'il s'en abstînt. J'ai violemment essayé de la réduire à une autre idée : puisque nous sommes des mammifères, nous sommes essentiellement soumis au lieu, à l'espace physique où nous nous trouvons, une modalité qui diminue avec l'âge et la conviction d'être en sécurité à l'endroit où nous sommes. Les cinq sens ainsi que le cerveau organisateur peuvent très bien vivre dans le salon d'une maison aux portes fermées à double tour. Á dix-neuf ans, alors que j'habitais pour la première fois à New York et que je rendais visite à un camarade de travail de la librairie, je fus sidéré par le nombre de verrous qui fermaient la lourde porte métallique de son appartement. Chez nous, à cette époque, nous laissions la porte de la maison ouverte toute la nuit.

Le fondement de l'esprit est l'être tel qu'il est. S'agit-il de ce que nous sommes essentiellement ? Pourquoi ai-je eu autant de mal à accepter cette affirmation ? Entre-t-elle en conflit avec mes perpétuels efforts pour me « cultiver » au contact des meilleures créations de la littérature et de l'art, et de mes efforts moindres dans les domaines de la botanique, de l'histoire et de la biologie, sans parler de la philosophie et de la théologie qui réussissent davantage à remuer la marmite qu'à en éclaircir le contenu ? L'esprit curieux dès son plus jeune âge lance ses tentacules dans mille directions différentes.

En tant que romancier et poète, j'ai souvent pensé que je transportais avec moi une fenêtre afin de regarder ce que je souhaitais regarder, que ma vocation consistait à devenir cette fenêtre pour proposer une vision peut-être unique et esthétiquement agréable, quelle que soit l'horreur du paysage humain.

Le fondement de notre esprit, dans son sens le plus profond, est l'être tel qu'il est. Je suis assez âgé pour ne pas craindre de paraître naïf. J'avais un adorable et très élégant setter anglais, une femelle unique, toujours capable de me retrouver dans un paysage étranger en remontant la piste de sa propre odeur. J'ai choisi de passer presque toute ma vie à la campagne où je peux marcher, d'habitude avec des chiens, avant de me préparer à écrire, puis de nouveau marcher pour me remettre de mes travaux d'écriture. Je piste souvent des créatures sauvages quand il vient de pleuvoir et que les traces sont fraîches, ou quand il y a au moins une mince couche de neige. Contrairement à d'autres, je n'ai jamais été un très bon traqueur. Lorsque j'ai brièvement enseigné l'anglais comme langue étrangère, j'ai fait la connaissance d'un jeune homme originaire d'Afrique du Nord, dont le père traqueur de serpents gagnait sa vie en vendant ces reptiles aux naturalistes et aux zoos. Dans la péninsule Nord du Michigan il y a des dizaines de milliers de kilomètres d'anciens chemins de bûcherons que les animaux empruntent pour la même raison que moi : c'est plus facile pour circuler. Quand on découvre une piste intéressante, il n'est guère aisé de savoir d'où l'animal venait et dans quelle direction il se dirigeait. Un jour, dans une vaste région de dunes qui bordaient le lac Michigan, j'ai trouvé facile de pister une mère ourse et ses deux oursons, jusqu'au moment où je me suis dit que ce n'était peut-être pas très malin. Lorsqu'on réside assez longtemps dans un endroit au printemps, on peut même pister les faucons et d'autres oiseaux jusqu'à leur nid.

Il y a quelques années, j'ai écrit des mémoires intitulés *En marge* (mon lieu de résidence préféré), et après la publication de ce livre je me suis mis à me demander dans quelle mesure il contenait la vraie texture de la vie. Nous naissons nus, et que sont ces centaines de couches de vêtements que nous endossons ensuite ? La nature absolument hasardeuse et accidentelle de l'existence me sidère depuis le jour heureux où j'ai rencontré la fille que j'ai épousée, sans oublier le fait que, si mon père et ma sœur avaient entrepris leur trajet fatal une seconde plus tard, ils n'auraient pas trouvé la mort dans cet accident de voiture. Toutes ces coïncidences peuvent faire le lit de la démence ou d'un plus grand mystère, comme si le coup de ciseaux qui tranche le cordon ombilical nous propulsait dans un voyage à travers le chaos.

Avec l'âge on est libre de retrouver une certaine légèreté, qui n'est pas sans évoquer celle de l'enfance. On connaît sa propre intrigue, comme l'a dit Margaret Atwood, et, lorsqu'on est trop familier avec les ornières puantes de l'histoire littéraire, il devient aisé d'écarter toute vanité pour n'en faire qu'à sa tête.

Tous les sens humains s'accordent à privilégier la sécurité de l'habitude. Tel est le fondement spirituel de ce que vous souhaitez que la vie soit, plutôt que l'être tel qu'il est. Il y a quelques années, je me suis enthousiasmé pour une discipline relativement nouvelle intitulée la géographie humaine, laquelle, résumée en une formule absurdement lapidaire, s'intéresse aux raisons qui nous poussent à être à l'endroit où nous sommes dans ce monde. Avec l'âge la fenêtre perd de l'intérêt dans son être de fenêtre. Le traqueur s'oublie au profit de sa proie, des caprices de l'existence, des correspondances troublantes entre toutes les vies, et des processus de la vie dans un monde que nous nous obstinons désespérément à décrire comme étant identique à lui-même.

Depuis l'enfance, quand tant de parents âgés nous rendaient visite – et où que nous allions, il y en avait toujours plus –, j'aime parler avec les personnes très âgées, qui ne se font jamais prier pour me dire que la vie passe comme un rêve. Un rêve est-il une fiction ou bien la « réalité », ce mot malheureux et tout cabossé, une proie que nous nous croyons tenus de traquer, quitte à trébucher au cours de notre poursuite ?

Table

DANS LA COLLECTION
« FICTIVES »

Jonathan AMES
L'Homme de compagnie

Paul BOWLES
In Absentia

Toni CADE BAMBARA
Gorille, mon amour
Les Mangeurs de sel
Les goélands n'en sont pas morts
Ce cadavre n'est pas mon enfant

Fred CHAPPELL
De la neige dans le triangle
Lumières

Guy DAVENPORT
La Bicyclette de Léonard
Tatline !

Annie DILLARD
Pèlerinage à Tinker Creek
Une enfance américaine
Apprendre à parler à une pierre
Les Vivants
En vivant, en écrivant
Au présent

Diamela ELTIT
Quart-Monde

Jim HARRISON
Aventures d'un gourmand vagabond
De Marquette à Veracruz
En marge (mémoires)
Entre chien et loup
L'été où il faillit mourir
Faux Soleil
Julip
La Femme aux lucioles
La Route du Retour
Lettres à Essenine

Lointains et Ghâzals
En route vers l'Ouest

Denis JOHNSON
Des anges
Des étoiles à midi
Jesus' Son
Déjà mort
Le Nom du monde
Un pendu ressuscité
Pistes

Jack KEROUAC
Visions de Cody

Lisa LERNER
Similibeauté

Brice MATTHIEUSSENT
Jim Harrison, de A à W

Eric MCCORMACK
L'Épouse hollandaise
L'Inspection des caveaux
Motel Paradise
Mysterium
Première sonnerie de trompette contre le monstrueux régiment des femmes

Thomas MCGUANE
À la cadence de l'herbe
L'Ange de personne
L'Homme qui avait perdu son nom
Outsider
Le Club de chasse
La Source chaude
Rien que du ciel bleu

Robert MCLIAM WILSON
Eureka Street
Ripley Bogle
La Douleur de Manfred
Les Dépossédés

Gilbert SORRENTINO
Red le Démon

William T. VOLLMAN
Des putes pour Gloria
Treize Récits et treize épitaphes
Récits en arc-en-ciel

Edmund WILSON
Mémoires du comté d'Hécate

Rudolph WURLITZER
Lent Fondu au noir
Nog
Plans
Tremblement de terre

Adam ZAMEENZAD
Pepsi et Maria

La photocomposition de cet ouvrage
a été réalisée par
GRAPHIC HAINAUT
59163 Condé-sur-l'Escaut

Impression : S.N. Firmin-Didot au Mesnil-sur-l'Estrée
Dépôt légal : mars 2006
N° d'édition : 1753 – N° d'impression : 77992
Imprimé en France